INK INK INK INK INK INK
INK INK INK INK INK INK INK
INK INK INK INK INK INK
INK INK INK INK INK INK INK
INK INK INK INK INK INK
INK INK INK INK INK INK INK
INK INK INK INK INK INK
INK INK INK INK INK INK INK
INK INK INK INK INK INK
INK INK INK INK INK INK INK
INK INK INK INK INK INK
INK INK INK INK INK INK INK
INK INK INK INK INK INK
INK INK INK INK INK INK INK
INK INK INK INK INK INK
INK INK INK INK INK INK INK
INK INK INK INK INK INK
INK INK INK INK INK INK INK
INK INK INK INK INK INK
INK INK INK INK INK INK INK
INK INK INK INK INK INK
INK INK INK INK INK INK INK
INK INK INK INK INK INK
INK INK INK INK INK INK INK
INK INK INK INK INK INK
INK INK INK INK INK INK INK
INK INK INK INK INK INK

寫給你的故事

季季作品集①

季季·著

目錄

輯二　什麼是作家的財富

輯三　鷺鷥潭已經沒有了

輯四　側看張愛玲

輯五　黃昏的故鄉

輯六 蘇曉康密使

輯七　往事怎能如煙

〈代序〉大貝湖夜話

「你們有看過托爾斯泰的《戰爭與和平》嗎？」

我們搖搖頭。

「有看過史坦貝克的《憤怒的葡萄》嗎？」

我們又搖搖頭。

「那你們認為自己能寫出偉大的小說嗎？」

我們仍然是，只有，搖搖頭。加上，一絲苦笑。

「那這樣——」坐在我們面前那個出身東京帝大法律系的「法官」調整了一下姿勢，微笑問道：「你們還要繼續寫小說嗎？」

我們對望了一眼，然後向他點點頭。

「法官」確認了我們少不更事的熱情和決心後，嘆了一口氣。「有夠勇敢哦，」他說：

「那就要好好的寫啊！」

這是一九六四年九月十五日晚上，在高雄的澄清湖水廠廠長宿舍，林懷民父親林金生與我們聊天時的一番考問。

懷民比我小兩歲，却是我最早的文友。一九六二年接到他作爲讀者寫給我的第一封信時，他讀台中衛道中學高一，我讀虎尾女中高二，常在《雲林青年》發表作品；四月初發表了〈失敗者的凱旋〉後就接到他的信。此後我們的信來來去去，他還介紹了馬各和隱地與我通信，我也終於知道他父親就是我們雲林縣長林金生。假日他回斗六，偶而也約我去縣長公館聽音樂，看書聊天，參觀屋前那個近百坪的園子。懷民媽媽鄭翩翩愛花愛音樂，客廳櫃子裡的一長排黑膠唱片都是她的收藏。我第一次看到那排唱片時，懷民很驕傲的形容他媽媽有多寶愛那些唱片：「美國飛機攻打台灣的時候，都市人逃到山裡避難，人家女孩子背包裡都放著衣服化妝品，我媽媽背包裡放的是唱片！好寶貝喲！黑膠唱片很重耶！」林媽媽的大園子種了許多花卉蔬菜水果，林縣長每天早晨挑木桶澆水，最多一天要來回挑二十擔。懷民說：「爸爸很愛幫媽媽挑水，還可以減肥。」

一九六四年，他爸爸兩任雲林縣長居滿，被任命爲澄清湖水廠廠長。澄清湖原名大貝湖，後來被蔣中正改了名，但我還是喜歡叫它大貝湖。那年九月，懷民考上政大，也與皇冠簽了基本作家合約（第二批），平鑫濤社長帶我們及瓊瑤、朱西甯劉慕沙夫婦、尼洛王嫩娟夫婦去阿里山玩了三天。下山後懷民邀我去大貝湖玩，那晚就洗耳恭聽了林伯伯的一席文學夜話。

「像俄羅斯，土地兩千多萬平方公里，又有冰天雪地的西伯利亞，才能產生托爾斯泰那樣偉大的小說家。台灣只有三萬六千平方公里，地方小，很難產生偉大的小說家。」

「像美國，多種族，又有黑白衝突，才會產生福克納、史坦貝克那樣的作家。史坦貝克前年才得諾貝爾文學獎，那本《憤怒的葡萄》寫佃農被剝削和反抗的故事，一九四〇年出版就得了普立茲獎，你們要找來看一看。」

懷民爸爸說的，是人與土地與寫作的問題。我永遠記得他提出的問題，也永遠記得最後在他面前，點了頭的承諾。這些年來走過起伏歲月，備嘗了生活艱辛，一度消沉的我仍在繼續寫作，資質平庸，只想寫出一些聲音，不敢奢望偉大。懷民則才氣豐沛，能量飽滿，三十年來一心一意的把他的作品寫在舞台上。然而生命無時無刻不在變動之中，懷民對文學也從未忘情，十年或十五年之後，如果他自雲門退休，說不定有一天會突然大聲宣布：「我寫了一部長篇！」懷民一直是個變化無窮，奇想不斷的人，誰敢保證這樣的奇蹟不會發生？

二〇〇四・十・六・中國時報「人間」副刊

輯一

文星與明星

衡陽路十五號

你知道衡陽路十五號嗎？不久前我問一個詩人。詩人是比較文學博士、資深媒體人，年近半百，見聞廣博。

「不知道，」他說：「那是哪裡？」

「文星書店的舊址啊，以前我在那裡做過店員。」

「妳在文星做過店員？」他驚訝的說：「這件事妳好像沒寫過？」

是沒寫過。先來說它的位置吧。衡陽路十五號，靠近現在的重慶南路金石堂，同一門牌兩個店面：一家是瑪利快客義式美食，另一家是永和豆漿大王；每次路過，我總進去叫碗熱豆漿，慢慢的喝，喝到冷了才走。半個月前路過，我又進去懷舊一番。「你知道這裡以前開一家文星書店嗎？」我問那個年輕店員。「書店？不會吧？」他斜睨著我：「以前這裡是快餐店，我們接手開豆漿店已經十二年了！」

我想告訴他那是比十二年更早以前的事，但終於，我只是把豆漿慢慢的喝，喝到涼。我並不意外，也不心寒。生活裡的許多事，許多人，沉澱了的，就像我們腳下的塵土，一層一層被時光覆沒。你可能沒看過，可能不知道，也可能根本不記得了。歷史就是這樣的啊！歷史常常就是寂寞而且沉默的。

一九六四年，那是《文星》雜誌和文星叢刊熱烘烘的年代，衡陽路十五號的文星書店，就像個引領風騷的聖堂；也是書生和特務的角力場。那年三月我離開雲林到台北，帶的五六本書裡，有三本是文星叢刊。我在徐州路台大法學院夜補班上課，四月中旬要去上殷海光的理則學，照例經過文星書店，再穿過新公園去徐州路。那天文星門邊貼著招聘店員啓事，得先寄去履歷表；需附照片並有鋪保。我懷著朝聖的心情，洗好照片限時寄去，但註明初到台北，沒有舖保。照片裡的我一副鄉下人模樣，看起來沒舖保也不會捲款潛逃，三天後文星通知我去面試。面試完第二天又限時信囑我次日去上班。可以去文星上班，即使做個小妹我也願意啊。我興奮得立刻寫限時信給我的死黨林懷民、隱地；我們當時都是文星的死忠讀者。

文星書店創辦人蕭孟能。（林日山／攝影，蕭廣仁／提供）

我還因看文星「中毒」太深，高三上學期想休學在家寫作，導師從雲閣婉言規勸一個禮拜，我才答應讀到畢業。

四月二十二日去文星報到，老闆蕭孟能的太太朱婉堅告訴我，上班時間是上午八點半到晚上八點半，供應午晚餐，每月薪水六百元，試用一個月期滿再調升。蕭太太身材婉約，雙眸清澈，總是穿著碎花旗袍，行事精明俐落。每天早上九點，計程車停在文星門口，蕭太太匆匆走進來，秀麗的臉龐還有些睡意，蕭先生付好車錢就從門邊的樓梯直接上樓去；那時店面沒有分隔，二樓是文星編輯部、業務部，三樓是餐廳和廚房。蕭先生的父親蕭同茲曾任中央社社長十八年，當時任國策顧問，中午他們大多回家陪老太爺吃飯，下午兩點又坐計程車急馳而至，很少例外。

蕭孟能夫人朱婉堅晚年留影。
（蕭廣仁／提供）

一天上午，書店沒什麼人，我和蕭太太站在櫃檯後，一個穿白襯衫灰長褲的年輕男子，笑咪咪的走進來。

「敖之，你來了？」蕭太太笑咪咪的招呼他。

「是啊，來了，」他瞄著櫃檯下方，揚起眉毛，依然笑咪咪的問道：「來了？」

蕭太太彎下腰，在一個她從沒交代我的抽屜裡拿出一本又長又寬的書：「來了！」她說。

那是我第一次看到李敖。第一次看到他及許多男生最愛看的《Playboy》。他接過書就先把中間的跨頁攤開，一個金髮裸女，坦露著豐滿的乳房。「嗯，好看！」他依然笑咪咪的說。然後把書挾在腋下，上樓到編輯部去了。

那年李敖二十九歲，是《文星》主編。

二〇〇四・五・二十六・中國時報「人間」副刊

（「三少四壯集」專欄首篇）

妳需要什麼禮物？

門鈴響時，我正在房間整理搬進新家的東西。一邊往院子走一邊想：才搬來四天，會有誰來找我我呢？

意興闌珊的拉開斑剝的紅木門，我驚訝得說不出話來：啊，文星的老闆蕭先生！

「我是蕭孟能，妳還記得我嗎？」他說。

那天是一九六五年五月四日，我離開文星一周年的日子。

「聽說妳要結婚了，我特別來看妳。」

蕭先生那年四十五歲，皮膚白皙，鼻樑英挺，看起來還是那麼溫文儒雅。走過小小的院子，進到只有三坪多的客廳，看到裡面空無一物，蕭先生嘆了一口氣。沒有椅子讓蕭先生坐，二十歲的我尷尬的站在一旁，說不出話來。

「一年前的事情，眞的很對不起，」蕭先生說：「那個時候如果知道妳會寫小說，就不會讓妳走了，我會把妳調到編輯部去。現在妳成名了，而且要結婚了，我眞是很爲妳高興，一定要來看看妳。」

蕭先生說的「成名」，是指我離開文星一個多月後，皇冠的平鑫濤先生與我簽了基本作家合約。皇冠首創基本作家制度，當時轟動台灣文壇；五月九日我要在鷺鷥潭舉行野外婚禮，也是皇冠爲我籌辦並印發喜帖，上面有我的本名、筆名和新家地址。蕭先生大概是從文友處看到喜帖，循址而來的吧？

「我要送妳一份結婚禮物，怕送得不合適反而累贅，所以先來看看妳需要什麼禮物？妳這裡有買沙發了嗎？」他指的是客廳。

「還沒有，這裡準備放兩個書桌，」我囁嚅的說：「放不下沙發。」

「那，書桌，買了嗎？」

「也，還沒有——」

蕭先生像是找到了答案，笑著說：「那就送妳兩個書桌好不好？我想這是最適合你們的結婚禮物了，你們可以好好寫作。」

蕭先生來我家，前後不到十分鐘，沒有椅子坐，也沒喝一口水。除了謝謝，我什麼話也說不出口。送走蕭先生，靠在斑剝的門上，我感動得眼淚流個不停。

我在文星做店員，前後只有十三天。蕭先生大多在二樓編輯部，樓下書店由蕭太太掌理。五月四日下午，蕭太太有事外出，我一個人看店。當初來應徵，以爲可以盡情看文星叢刊，進了文星，才知道上班時間不准看書。那天蕭太太雖然不在，我也依照規定，沒有偷看書。店裡的書畫等物都照定價賣，只要收錢找錢記帳，注意一些裡外的動靜就好。那時特務已在找文星麻煩，蕭先生也許擔心我應付不來，每隔半小時就下來看看。有次蕭先生下來時，一個老先生拿著一幅仿古國畫捲軸到櫃檯問價錢，不巧那幅沒標價，也沒登記定價，我和蕭先生都說不出價錢，那個人悻悻然走了！蕭先生說：「妳已經來了快半個月，怎麼不知道價錢呢？」書店的進貨都由蕭太太打理，尤其書架後面一整排仿製的國畫、西畫，都是照她登記的價錢賣，那幅也許是她事忙疏漏了標價吧？但這理由，不便對蕭先生說明，我只能向他說對不起。

那天蕭太太沒再回店裡，我也沒向蕭先生再作解釋。吃過晚飯後，會計給我一個信封：「蕭先生說，請妳明天不用來了。」

走出文星，有點傷心，卻並沒有遺憾。每天上班十二小時，沒空再去台大夜補班上課，也不能盡情寫小說。輕重得失一衡量，我的天地不在文星，還是專心盡興寫小說吧。

一年之後的五四，文星情況更加緊繃，蕭先生面臨的煩擾想必更多，卻還記得我那偶然的一件小事，

我坐在蕭孟能先生送的書桌前快樂的寫作。
（一九六五年，程川康／攝）

親自來送結婚禮物！第二天下午，兩個書桌配著兩隻藤椅送來了。其中一個書桌，我用了三十年。但蕭先生來看我的那年年底，《文星》就被勒令停刊了！

二〇〇四・六・二・中國時報「人間」副刊

文星與明星

最近明星咖啡館重新開幕，六〇年代曾在那裡寫作的作家，重返當年流連之處，又被年輕記者追問「爲什麼要在明星寫作？」前兩年明星還在歇業時，樓上的居仁堂素食館發生火災，一個記者也問了我同樣的問題，並用一種羡慕的語氣說：「哇，妳那時好浪漫啊，都到咖啡館寫作！」

「不，不是浪漫，」我說：「是沒有書桌寫作。」

「眞的嗎？妳那時候連一個書桌都沒有嗎？」

當然是眞的。剛來台北時，沒錢買書桌，每天只能俯在竹床上寫。合於人體工學的書桌高度是五十五公分，床的高度只有三十五公分，雙手俯在床上埋頭寫，沒多久就頸肩緊繃，要站起來轉轉頭肩伸伸腰活動一下筋骨。一九六四年五月四日離開文星書店後，我又有時間到重慶南路書店街免費閱讀，五月十二日逛到與重慶南路垂直的武昌街一段，發現了典雅肅靜的城隍廟，以及城隍廟對面的明星，明星門口的周夢蝶書攤，花五塊五買了一本《現代文

眾文友重聚於新開幕的明星咖啡館。前排左起明星老闆簡錦錐、周夢蝶、陳映真；後排左起何良政、黃春明、季季、尉天驄、黃春明夫人林美音、尉天驄夫人孫桂芝、陳映真夫人陳麗娜。（明星咖啡館／提供）

學》。我的台北新地標，於是從文星延伸到了明星。

明星的三樓很安靜，桌與桌之間有屏風相隔，一杯檸檬水六塊錢，還有古典音樂聽，在那裡寫作的品質當然比俯在竹床上寫愉悅多了。那時白先勇他們《現代文學》同仁大多已出國留學，尉天驄、黃春明等人的《文學季刊》尚未創辦，明星三樓常常只有我一個人，在那裡寫一整天，沒人吵我，也沒店裡的人來趕我；〈屬於十七歲的〉、〈沒有感覺是什麼感覺〉、〈擁抱我們的草原〉……都是在那裡寫的。尤其是〈擁抱我們的草原〉，雖然後來受到一些本土認同的質疑，但我從沒忘記，在那個冷肅的年代，獨坐明星三樓聽著德弗乍克的

《新世界》，幾次飽含著熱淚寫完了那篇小說。

文星和明星，印刻了我來台北後最早的寫作記憶，成為我日後不斷想要重返的生命場域。如今，一九四九年由五個白俄人和一個台灣人合創的明星，歇息十五年後又由那個台灣人簡錦錐亮起了燈，繼續敞開胸懷讓遊子流連；而一九五二年由蕭孟能夫婦創立的文星，引領風騷十六年後，卻只能在歷史裡遙見光芒了。

一九八九年七月初，明星決定暫停營業前夜，簡錦錐在明星二樓留下的紀念照。（明星咖啡館／提供）

文星書店創立時，蕭孟能三十二歲，朱婉堅二十八歲；一九五七年創辦《文星》雜誌，一九六五年底被迫停刊。一九六八年三月，文星書店也被迫關閉了。作為四九年後最早的異議雜誌的命運，從《自由中國》到《文星》，結局都是黯然的！後來蕭先生愛上一個曾在文星出書的哲學教授的妻子，有時在公眾場合偶遇他們，蕭先生只對我微微一笑，我也回以微微的一笑。人生之事，有時就只能微微一笑了啊。

六○年代的蕭孟能、李敖、朱婉堅，可說

是文星鐵三角，打造了出版界議題書店的金字招牌。九〇年代，鐵三角卻官司相纏，鐵窗相見。蕭先生後來避走海外，住在舊金山，近年已移居上海。「蕭朱婉堅」則在二〇〇三年五月於台北辭世；一雙兒女謹遵母囑，讓她的骨灰與大海同葬了！

前幾日傍晚，我又路過衡陽路十五號，站在它對面的極品軒餐廳門口，凝望那幢大正年間興建的舊樓。闊氣的紅磚直條立面，古樸優雅，灰色的木窗多已毀損，玻璃也一片片殘破了。只有一棵在牆縫裡蹦出的雀榕，一片片葉子光亮肥滿，綠意盎然的從一樓牆邊攀爬到二樓，爲那一片漆黑破敗妝點了幾許生氣。車聲起起落落，腳步來來去去，在迷濛的光影中，我彷彿看到文星書店還亮著燈，蕭先生和李敖在二樓忙著發稿，蕭太太在樓下的書店幫忙搬書進貨，而我已不在那裡了。

二〇〇四・六・九・中國時報「人間」副刊

後記：

本文發表之後一個多月，二〇〇四年七月二十七日，蕭孟能先生於上海病逝，享壽八十五歲。陪伴他度過餘生的是王劍芬女士。

革命咖啡・文學蛋炒飯

——回首明星歲月

你也許不知道，關於明星，以及明星門口的周夢蝶，我的因緣是從城隍廟開始的。而且你可能也不知道，明星設在武昌街一段七號，其中的一個因緣也是從城隍廟開始的。

不過你最感驚訝的也許是，明星的淵源是從一九一七年的俄國革命開始的！作家與明星，或者明星與城隍廟，與流亡的白俄人，以及台灣人簡錦錐怎樣遇到了五個白俄人，與他們延續了上海的明星，合創了台北的明星……現在回首逐一翻閱，發黃的歷史冊頁裡還瀰漫著麵包與咖啡的甜香，而其間的生命起伏，故事轉折，却是一本書也難道盡的。

1

先說我自己與明星的因緣吧。一九六四年五月十二日，我剛到台北兩個多月，在重慶南路書店街免費閱讀之後逛到了武昌街一段，看到一座很古樸的廟宇，走近一看，是台灣省城隍廟（現在已華麗貴氣了）。後來站在廟埕（那時尚未加蓋）花園裡瀏覽周遭，發現對面「明星西點麵包」騎樓下有個清癯的中年男子，頂著光頭手握書卷，坐在椅子上垂目閱讀。街邊坐讀，神色肅穆，這陌生的影像彷彿一塊吸鐵把我吸了過去。男子手上握著泛黃線裝書，看不到封面和書名，但他旁邊立個木頭書架，排列著一些我讀虎尾女中時沒看過的詩集和雜誌。我立即明白了；第一次買了一本《現代文學》，五塊五毛。不過我從沒跟那個賣書人說過話。

後來我把這個發現告訴文友隱地，他是老台

上海霞飛路（今淮海路）時期的明星咖啡館。（明星咖啡館／提供）

北，當時主編《青溪文藝》。「那就是詩人周夢蝶呀，」隱地很平常的說：「那家明星麵包很有名，是白俄人開的，樓上還有明星咖啡館呢。」

周夢蝶書攤和明星咖啡館，於是在我的台北記憶裡留下了難忘的刻痕。六月初皇冠通知要與我簽基本作家合約，我就挑了一個星期天，請隱地、我的讀者阿碧，以及我的男友小寶去明星喝咖啡，一杯六塊錢。那時的稿費一千字五十元，四杯咖啡差不多喝掉五百字；但就算喝掉一千字，我也很高興啊。

那天是六月七日，我第一次走進明星，並且在三樓看中一個靠窗的位子，後來在那裡寫了〈沒有感覺是什麼感覺〉〈擁抱我們的草原〉等許多篇小說。

一九四九年十月剛開幕的明星麵包，右側五號是高玉樹居所；當時二樓尚未開設咖啡館。（明星咖啡館／提供）

明星檔案1：周夢蝶的愚人節

「我這是愚人節的故事啊，」二〇〇四年六月六日，諾曼地登陸六十周年的深夜，周夢蝶在電話的那一端這樣說。

「我第一天到明星門口賣書是一九五九年四月一日，最後一天是一九八〇年四月一日；不都是愚人節嗎？」他哈哈大笑了起來。

「到明星之前呢？」

「逐水草而居啊，每天揹一箱書帶一塊布，找個警察比較不容易發現的地方，把布攤開來，書就放在上面……」

逐水草而居那兩年，因爲沒執照，常被管區警察驅逐，有個警察是同鄉，勸他最好找個固定的地方，取得合法執照。他到明星第一天，仍是把書攤在布上，「簡太太看到了我，還拿了一塊蛋糕請我吃，對我非常友善！」每天揹書來去很沉重，後來他徵得明星同意，在騎樓下靠牆釘了一個書架，也取得了合法執照；「如此二十一年，除了農曆年假，每天都去明星，在那裡認識了很多朋友。」

周夢蝶一九二〇年生於河南，有二子一女。一九四八年孤身隨軍來台，一九五五年退役。一度受雇看墓，後以賣書寫詩度日，在台未再婚娶。一九五九年出版第一部詩集《孤獨國》，文藝界以「孤獨國主」尊之。一九九七年獲國家文藝獎；現在安居新店安坑。

2

二〇〇四年五月十八日，八十四歲的周夢蝶依舊穿著一襲布袍，頂著一頭光芒，仙風道骨走進明星咖啡館。七十四歲的明星老闆簡錦錐則穿著一身牛仔裝，兩人相互輝映。停業十五年之後，重新開幕試賣的明星更爲寬敞，牆上掛的還是當年白俄畫家帕索維基（Nadejda Tpassoviky）的油畫，五十多年前在淡水訂做的紅木桌椅，刻意的沒有重新上漆，桌邊椅腳那些直的橫的痕跡，深深淺淺就像我們走過的滄桑。《文學季刊》的尉天驄、陳映眞、黃春明都帶太太同來；春明的大兒子國珍新婚兩天，也帶著新娘子趙容旋來了。天驄說，一九六六年十月十日《文學季刊》創刊後，他們常在明星三樓看稿討論內容，那時只有春明已結婚。第二年八月國珍出生，才二十多天，春明太太林美音就把他抱到明星，睡著了就放在靠牆的桌上安睡。國珍稍大一點，簡太太常請他吃蛋糕，吃得白白胖胖的；國珍不但是《文學季刊》之子，也是標準的「明星之子」。陳映眞則說，那個年代大家都窮，辦文學雜誌靠的是理想和革命感情，有時候在明星肚子餓了，叫一盤蛋炒飯兩人分著吃，現在回想起來覺得特別香。一九七七年他和陳麗娜結婚，唐文標還特別在明星訂了一個蛋糕送到耕莘文教院禮堂，那蛋糕做得像一本翻開的書。

他們分別說著《文學季刊》同仁與明星的舊事時，坐在一旁的我有點遺憾，也有點孤單。曾與我在明星寫稿的林懷民，帶雲門出國巡演，而白先勇則去故鄉桂林參加書展，都沒能重返明星敘舊。白先勇大三與台大外文系同學王文興、歐陽子、陳若曦等人創辦《現代文學》，他們在明星聚會是一九六〇到六一，畢業後女生出國；男生當兵兩年，一九六三年也出國了。我在明星寫稿是一九六四年夏天至六五年五月；婚後偶而還去，六六年十一月做了

明星創辦人艾斯尼（左起）、麗娜、布爾林洛維赤及夫人，五〇年代在明星咖啡館二樓。（明星咖啡館／提供）

母親後就很少去了，無緣見識一九六七年的「明星之子」，以及一群熱血男子聚精匯神爲《文學季刊》選稿的「聖會」。但我婚後那年，他們籌畫《文學季刊》時曾來我家聊天討論，後來大夥也常一起去阿肥家（他的姊夫蔣緯國當時赫赫有名），聽瓊拜雅、鮑伯狄倫的反戰歌曲，談越戰，談社會寫實，談彼岸正敲鑼打鼓的文革。一九六八年陳映眞、阿肥等人因「民主台灣同盟」案被捕，《文學季刊》也在次年停刊了！

所以，我在明星寫稿那一年，很孤單，也很沉默。除了叫飲料，幾乎沒和誰說過話。當時我只認識馬各、隱地、門偉誠等文友，他們都要上班，偶而才來明星；最早認識的文友林懷民則還在台中讀衛道中學。明星的二樓很典雅，半捲的長窗簾，暈黃的燈輝，散發著古樸悠閑的光影；加上那些色彩沉鬱的白俄人油畫，濃郁的咖啡香，以及當時少有的冷氣，永遠瀰漫著一種慵懶浪漫的歐洲式氣氛，每次我去都看到一桌桌的人似乎無憂無慮，閑閑的坐在那裡談天抽菸。或許其中也有知名的作家吧？可惜我一個也不認識！而且剛從鄉下來還很怕羞，我總是快速穿過二樓，從來也不敢去問哪個是白俄老闆，當然也不認識簡先生。

爬上三樓，靠牆那個面窗的位子最亮，我喜歡坐那裡，寫不下去時還可以貼著窗玻璃看城隍廟的香爐，看久了身心漸漸沉靜，腦子彷彿空了，新的想像又幻化而出，於是坐下來繼續寫。三樓沒冷氣，但比二樓寬敞，左右兩排隔著紅木屏風的火車座，中間還有三個圓桌，但客人不多；常常一個下午只有我一個人，寫累了就趴在冰涼的大理石桌面小睡。明星咖啡雖然香醇，但我後來發現檸檬水更對我的胃口，一大玻璃杯也是六塊錢。午後走進明星叫一杯檸檬水，慢慢的喝慢慢的寫。傍晚又叫一杯檸檬水加一盤十二塊的火腿蛋炒飯，寫到快打烊才下樓。擴音器裡不時播放著柴可夫斯基的〈降B小調小提琴協奏曲〉，〈天鵝湖〉，〈胡桃鉗〉，或德弗乍克的〈新世界〉……對一個在台北沒書桌也沒收音機和音響的鄉下女孩來說，在明星寫稿的感覺眞是奢侈而又幸福啊！一個人守著一張桌子，自由自在想像，無拘無束描摹，在紙上呢喃的無非是青春的感傷，對人世愛恨的質疑，或者一些年輕浪漫的夢想。每次寫完了一篇小說走下三樓，心裡總是又快樂又滿足，而且又依依不捨。

一九六二年的明星咖啡館。右起簡錦錐、艾斯尼、麗娜、蔡春娥。（明星咖啡館／提供）

那年九月，林懷民考上政大，住在木柵，星期六下午或星期天也會到明星來。一走上三樓，他就興奮的說：「嘿，我來了！」然後坐在我前排的火車座。隔著屏風，聽到他窸窸窣窣攤開稿紙，聽到二樓服務生送來檸檬水，然後又安靜了下來。他寫他所想所見，我寫我所見所想。寫得不滿意，他會大聲嘆口氣，窸窸窣窣把稿子揉掉。有時他會走過來，拿著他正寫著的那頁：「這個字這樣寫對不對？」有時則會坐在圓桌邊，靠著綠皮圈椅，把腳擱在另一隻椅子上，悠閒點燃一支菸。「先休息一下，」他充滿期待的說：「我唸一段剛才寫的，妳聽聽看！」

那一刻的明星三樓，像個小劇場；懷民是唯一的演員，我是唯一的觀眾。演員結束了演出，總要急切的問觀眾意見。但是觀眾口才不好，常常辭不達意。演員最後總是看著自己的稿子，慢慢的說：「我感覺，這樣比較好。」

懷民後來帶著雲門到世界各地巡演，有了更大的舞台，更多的觀眾。每隔一陣就有人問他什麼時候再寫小說？我從沒這樣問過。我知道他一直在寫小說，把他的小說用身體寫在舞台上；因爲，「我感覺，這樣比較好。」

明星檔案2：五個白俄人和一個台灣人

一九四九年十月明星開幕時的六個合夥人：

1·布爾林洛維赤 Petter Noveehor，一八七三年生，曾任中國軍校教官，有中國國籍。

一九五二年移民巴西。

2．喬治艾斯尼George Elsner，一八九二年生，曾任沙皇侍衛軍團長，無國籍。擔任明星經理十二年，並擔任顧問至一九七三年在台去世。

3．拉立果夫Laricve，一九〇〇年生，火藥專家，任國防部兵工廠顧問，有中國國籍。一九八〇年在台去世。

4．列比利夫Levedwe，一九〇二年生，無國籍，善做火腿。一九五二年移民澳洲。

5．麗娜Lena，一九〇二年生，嫁給中國立法委員張大田（一九〇五年生）。

6．簡錦錐，一九三一年生，台灣台北人。

3

「我跟我太太一直爲艾斯尼保留他喜歡坐的那個位子，從一九七五年他去世到一九八九年明星歇業，都在他的桌上放著盤子刀叉，還有一杯紅茶。」

二〇〇四年六月十二日，簡錦錐坐在重新開幕的明星二樓，望著以前樓梯上來第一個靠窗的位子，說起他的忘年之交艾斯尼：「我跟那些白俄朋友的友誼，都是從艾斯尼開始的，他是一個正直的好人，我一直很感激他，也很懷念他。」

簡錦錐說，艾斯尼出身沙皇侍衛隊，二十二歲即在西伯利亞當軍事指揮官；一九一七年俄國革命後，他帶了一團人逃到哈爾濱，三年後輾轉到上海，在法租界工務局工作；爲了躲避共黨，一九四九年夏天流亡到台灣。那時簡錦錐十八歲，剛從建國中學畢業。他家在台北

五〇年代的武昌街一段街景。（明星咖啡館／提供）

郵政總局附近中正西路九十六號（今忠孝西路一百號）開台灣特產行，靠近火車站，常有外國人拿美金來私下換台幣。家中只有他會說英文，就那樣與五十七歲的艾斯尼及他的同鄉認識了。他們都長得金髮白膚，又都說英文，起先他不知道他們是白俄人。一天艾斯尼對他說，他們幾個朋友想開麵包店和咖啡館，請他幫忙找店面，並帶他去金華街十八號租居處相見。聽他們說話口音怪怪的，問起來艾斯尼才坦白說他們是白俄人，一九一七年俄國革命後流亡到中國；上海淪陷時又流亡來台北，大約有一百二十多人。艾斯尼住的那棟花園洋房是向一個上海人租的；布爾林洛維赤一家住樓下，樓上三個房間由艾斯尼及另二位單身同鄉分租，一間月租金一百八十元台幣。艾斯尼向他介紹布爾林洛維赤，說他一九二〇年後即在上海霞飛路（今淮海中路）開明星咖啡館，用的大冰櫃也運來了。布爾林當時已七十六歲，三個兒子都會烘烤麵包，他計畫用那個大冰櫃投資入股，另找幾個白俄同鄉，籌資七千五百美金（約三萬台幣），先開麵包店再開咖啡館。簡錦錐因此也獲邀投資了五百美金。

那時候西門町最熱鬧，簡錦錐找來找去，發現武昌街一段台灣省城隍廟對面有個店面大門緊閉；當時九號是文具行，三號是何耳鼻科，五號是城中小兒科，十三號是那玉眼科，只有七號空著。他打聽之後才知道，因生意人怕正對城隍廟犯冲，一直沒人租。他帶幾個有意投資的人去看，他們有的信耶穌教有的信天主教或東方正教，却都不在意正對著城隍廟，還一起到廟內燒香拜拜抽籤。簡錦錐於是去五號樓上找屋主高玉樹，洽定每月租金二千元。高玉樹那年三十六歲，執業律師；一九五四年在明星隔壁成立競選辦事處，五月以無黨籍身分當選台北市長。

那年十月明星麵包開幕，是西門町唯一的西點麵包店，轟動一時。那時還沒有電爐，用土爐烘烤，一次要燒五十斤木炭，燒到四百度取出木炭烤麵包，三百度時烤蛋糕，二百度時烤餅乾。下午四點多，武昌街一段兩側就陸續排列著外國使館或貿易行的黑頭車，都在等明星麵包出爐，蔣方良也常派人來買。次年年初，咖啡館開幕，艾斯尼擔任經理，二樓好像成了俄國同鄉會，白俄老鄉沒事就聚在那裡聊天。他們有的是畫家，有的在中山北路大友戲院表演舞蹈，變魔術，有的在大直外語學校教俄語，或在家做火腿、俄羅斯軟糖、核桃糕等各式糕點及玩具出售。每年一月十三日俄國新年，白俄老老少少全聚在明星，唱歌喝酒跳舞解鄉愁，蔣經國也陪蔣方良同來。一九五二年韓戰停火，台海局勢未明，恐共症如影隨形，布爾林等人移民到離共產黨更遠的巴西或澳洲，明星的股權首次重組。一九六〇年，由於房屋產權轉移，股權再次重組，明星差點面臨停業。而艾斯尼無國籍也無家人，護照一年一換，明星如果停業他就失業，會被遞解出境。

二〇〇四年新開幕的明星咖啡館一隅。（明星咖啡館／提供）

「我太太心地非常好，她對我說：我們一定要想辦法幫艾斯尼留下來。後來我和新屋主林英棟先生取得協議，明星才繼續營業。現在重新開幕，也是因爲我一直忘不了那段歲月，和那一群白俄朋友。」

簡先生望向牆上那一幅幅帕索維基的油畫，微笑著說：「像帕索維基，一九五三年又和他太太流亡到澳洲雪梨，那年他都六十多歲了！想念他的時候，我就看看他畫的這些畫。一九四九到五〇之間，我陸續向他買這些畫，每一幅都至少八百元台幣；那時候明星員工的月薪才二百元台幣呢。對我來說，這些都是無價之寶了！」

我也跟著簡先生微笑的看著那些畫，心裡思緒紛雜，難免憂傷與嘆息。畫裡那些山林和河流，都是帕索維基日夜懷念的俄羅斯大地。那裡的原野，一定也曾陽光燦爛，山林油綠吧？可是從流亡三十多年的眼睛看回去，經過革命洗禮的祖國山河早已變了顏色，染過大地的鮮血也已乾透了！流亡台灣三年的白俄畫家，留給我們的歷史印痕，就只有那一抹抹沉鬱的暗綠了！

二〇〇四・七・一・聯合文學二三七期

謝冰瑩逛四馬路

這是《女兵自傳》的作者謝冰瑩說的故事。這個故事與文藝營有關。與上海福州路有關。最重要的是，與作家是否必須開拓各種生活經驗有關。

先說文藝營吧。最近幾年暑假，總有好幾個文藝營陸續開課，課程大多三四天，而且各具特色，想參加者可以有多重選擇；我們以前可沒這麼自由！一九六三年夏天我從省立虎尾女中畢業時，只有救國團所屬的青年寫作協會辦的「文藝寫作研究隊」，課程一周；其中兩天還與大學聯考撞期。不知是救國團心態獨大，抑或有意考驗文藝青年對文學的忠誠度，總之我被迫二選一，最後決定放棄在台中的考試到台北報到。開課之後才發現，同學不是大學生就是師範畢業、職校畢業，或要去讀政工幹校，大多沒我的慘痛經驗。

「文藝寫作研究隊」隊址在大直的實踐家專（即今實踐大學）。當時實踐創校五年，校舍新穎，環境幽靜，每天在那裡聽名作家談寫作經驗，談當時風行的存在主義，《麥田捕手》等等，很新奇也很快樂。所有的講師之中，寫《藍與黑》的王藍最受矚目，但最吸引我且留下深刻印象的是謝冰瑩。初中時我就讀過她的《女兵自傳》與《愛晚亭》，也從一些文藝刊物的介紹，知道她一九〇六年九月出生於湖南新化，反抗傳統婚姻，堅持女性接受新教育，追求新思想，是特立獨行的奇女子；一九二七年參加北伐，次年在上海出版《從軍日記》，被林語堂譯介到英美等國發表，一夕成名。她讀過長沙的湖南第一女子師範、武漢的中央軍校、上海藝術大學、北平女子師範大學，日本的法政大學、早稻田大學；曾因「抗日反滿」被逮捕入獄，寫有報導文學《在日本獄中》。一九四八年來台後擔任師大國文系教授。

謝冰瑩來「文藝寫作研究隊」講課那年已五十七歲，仍留著三〇年代女學生那種清湯掛麵的髮型，偏左分，鬢邊各夾一支黑髮夾，身材高而瘦，穿一襲長及小腿的暗色碎花旗袍，脂粉不施，一派天然。她的嗓音高亢，帶一些湖南鄉音，說話快如連珠砲，急切處口角含沫，有時還加上表情、手勢和笑聲，侃侃而談，熱情洋溢。

謝冰瑩說，寫過《從軍日記》後，因爲中央軍

謝冰瑩的家鄉湖南長沙岳麓書院，以她著名的小說《愛晚亭》取名的「愛晚亭」。（季季／攝）

校解散女生隊，她插班到上海藝術大學中文系，仍然熱愛寫作。

「但我總覺得生活經驗還不夠！不是老家就是學校，不然就是戰地，對廣大的社會；尤其對社會低層百姓的生活，了解太少，一直想出去多接觸，多觀察，擴大寫作範圍，強化作品深度！後來我才明白，理想與現實很難事事相合，我來舉個例子，你們聽完就知道了。」

於是她說了逛四馬路的故事。上海的四馬路是清末舊稱，一八六五年改名福州路。福州路東段有商務印書館、開明書局、世界書局、中華書局等許多百年老書店；西段會樂里一帶則有百餘家妓院。上海人爲了區隔，稱東段爲福州路文化街；西段妓女街則仍稱四馬路。謝冰瑩說，她和女同學去逛過文化街，但不敢去逛四馬路。有一次她二哥到上海，下課後她陪他去逛書店，一路上向二哥抱怨生活經驗不足，寫作題材貧乏：「我死纏活纏，一定要二哥陪我去逛四馬路，開開眼界，看看那些悲慘的女性同胞。」

謝冰瑩作出挽著二哥的手往前走的姿勢說：「二哥拿我沒辦法，逛完文化街只好答應陪我去逛四馬

一九六四年十二月十八日，謝冰瑩率婦協文友赴澎湖勞軍。

路。哪知道一到那裡就發生了搶人大戰！」

「啊！搶人？」同學中有人尖叫了一聲。

「是呀！那些女人都來拉我二哥進去，我當然不讓我二哥進去，跟她們拉來扯去，我二哥的提包還差點被她們搶走！幸虧我是湖南騾子，當過女兵力氣大，終於把我二哥搶回來了！兄妹倆被她們搶白了一頓，趕緊落荒而逃！二哥還奚落我說：觀察清楚了吧？以後還敢不敢來？」

謝冰瑩的結論是：寫作這件事，經驗和觀察固然重要，但也要保留一些想像的空間；「因爲人生之事，我們不可能事事參與。」

二〇〇四・九・三・中國時報「人間」副刊

後記：

謝冰瑩自師大退休後，七〇年代移民美國。二〇〇〇年一月五日，病逝舊金山，享壽九十四歲。

星吟・晚蟬・寶斗里

上海有四馬路，台北有寶斗里。謝冰瑩逛四馬路是拖著二哥陪她去，我逛寶斗里則是「晚蟬書店」發行人陳星吟拖著我去。那年她二十二歲，是台灣最年輕的女性出版人，和逛四馬路時的謝冰瑩一樣，認爲女作家必須拓寬創作視野，關懷勞苦大眾。「不要整天關在家裡，」她說：「要常走出去，多了解外面的世界。」我開玩笑說：「有啊，我每天都有走出去，送兒子去上幼稚園，然後去買菜，菜場也有各色各樣的人啊。」她急得搖手瞪我一眼：「那不夠，那不夠！每天那樣，生活圈子還是太小！譬如說寶斗里，妳一定沒去過對不對？趁妳兒子還沒放學，我帶妳去逛逛！」

午後三點多，陽光發白，寶斗里一片慵懶，尋芳客稀少，有些穿短褲胸罩的女人坐在矮屋門口搖扇子抽菸聊天。一旁的保鑣兇惡的瞪著我們：「少年查某，來這做啥？」有的女人斜睨著我們說：「要看就讓她們看啊，又不會減一塊肉！」——我想起了謝冰瑩逛四馬路的故事，但沒說給星吟聽。

那是一九六九年夏天，星吟從輔大哲學系畢業，創辦了「晚蟬書店」。她第一次來我家，說她看了我在六月號《幼獅文藝》發表的〈尋找一條河〉，六月下旬在「人間」副刊發表的〈異鄉之死〉及七月號在《幼獅文藝》發表的〈河裡的香蕉樹〉，希望我把那三篇小說再加幾篇作品，整理一本十萬字左右的小說集給她；十一月底出第一批書，書名就叫《異鄉之死》。我五月剛在皇冠出版《泥人與狗》，一時湊不齊十萬字，她說：「沒關係，妳再多寫幾篇，等第二批再出。」後來《異鄉之死》排在次年元月，與李喬的《山女——蕃仔林的故事》（即《寒夜》三部曲雛型），沈萌華的短篇集《怒潮》及鍾肇政翻譯的三島由紀夫長篇《金閣寺》同時出版。

出書之前，星吟有空就來我家，除了催稿，還說些她的出版大夢和對作品的看法。第二次來我家時，我讚美她的名字很有詩意，她欣喜的笑著說：「我父親很會取名哦，我上面那個姊姊叫雲端，名字更美！」我聽了大吃一驚：「妳是雲端的妹妹？那我去妳家吃飯怎麼沒看到妳？」她聽了也大吃一驚：「妳去過雲端家吃飯？」

我立即明白是怎麼回事了，但只點點頭，不敢說破。她卻無所謂的淡然說道：「雲端是那邊的三姊，比我大一歲，她們住松江路，我們住寧波西街。」

星吟的父親陳逸松祖籍宜蘭，東京帝大法律系畢業，是著名律師，也熱愛文學；「認爲文藝應爲社會服務」。一九六四年四月吳濁流創辦《台灣文藝》，他從旁出力相助。一九六五年夏天，他作東請林海音、劉慕沙、黃娟、丘秀芷、劉靜娟及我，清一色台灣女作家去他松江路家中吃晚飯，由吳濁流作陪；希望我們常爲《台灣文藝》寫稿。吳老事先告訴我們，陳逸松娶了台灣五大家族之一的基隆顏雲年家的千金（即陳星吟的母親），生了三男三女；後來又娶了二太太（即陳雲端的母親），生了四個女兒，提醒我們席間別說錯話。走進陳家底樓，只見一整層發黃的線裝書，到了二樓才看到清瘦的陳逸松先生和皮膚白皙臉龐富麗的二太太。吃飯之前，他們請女兒們出來見客；三女兒就是雲端。我把這個經過說給星吟聽時，她的眼神彷彿有些神往，却又像聽著別人的故事，平靜的臉上看不出波動。後來她就帶我去逛了寶斗里。

一九七三年文革期中，陳逸松帶著二太太從台北赴日再轉往北京；做過中共政協委員。後來夢幻成泡影，一九八一年離開北京轉往美國，二〇〇一年在德州休士頓去世；立法委員林濁水曾是他的女婿，娶的就是雲端。

星吟是大房的么女，備受兄姊疼愛，後來隨家人移民美國，聽說近年在夏威夷養病，一直未婚。我常想起一九六九年的她；二十二歲，充滿熱情與衝勁，是唯一帶我去逛寶斗里的出版人。次年她匆匆結束晚蟬，許多文友都覺得遺憾，而且不解。

二〇〇四・九・八・中國時報「人間」副刊

後記：

星吟的三哥陳希寬看到文章後，自台北寄報紙及我的聯絡電話到夏威夷給她，她看完情緒激動，半夜在我手機留言，興奮不已。次日回她電話，她說很多北一女及輔大的舊日同學看到文章也紛紛給她寫信打電話：「讓我這安靜的養病生活，突然熱鬧了好幾天。」星吟要我務必保重身體，提到她的大姊陳映雪博士，罹癌十三年往生，語氣不勝唏噓。陳映雪一九八六年在美國發現乳癌，一九八八年與夫婿吳文成博士返台創設中研院生醫所與國家衛生院，映雪並親任癌症研究組召集人，其間經過手術及五十多次化療，仍因癌細胞轉移，不幸於一九九七年七月十九日去世。映雪病中詳細紀錄自己的醫療過程，一九九九年夏天，吳文成博士根據映雪的筆記完成《映雪》一書，由新新聞出版；「那本書很棒，妳一定要去找來看。」她說自己的病是感冒引發腦膜炎，思考及行爲都受影響，經過長期靜養已漸好轉，希望一二年內能回台灣小住；「好好敘舊，聊些出版的事。」

允芃．琴手．南戈壁

在蒙古共和國的南方，戈壁阿爾泰山脈之下，有個省城達蘭札達加德；蒙文之意是「七十條河流匯合之地」。聽到蒙古友人如此譯釋，那浩瀚意象立時溢滿我的腦袋，使我激動得幾乎要爆炸。綿延著粗砂與礫石的南戈壁，我們印象裡的廣袤沙漠，竟有匯合七十條河流之地，那是上天怎樣的垂愛，給了它那麼大的包容，賦予它那麼壯闊的財富！

一九九一年七月中旬，蒙古女子席慕蓉做團長，興奮的帶我們十幾個文友去烏蘭巴托，參加蒙古共和國建國七十周年慶典。然後搭運輸機到南戈壁省會達蘭札達加德，看阿爾泰山裡一條淡藍色的萬年冰河，睡戈壁灘裡的蒙古包，騎步履優雅的駱駝，也在牧民家享用新鮮的駱駝奶茶，聽到只有沙漠牧區才有的深情故事。

那天午後我們漫步戈壁灘一個多小時，一路上唱歌拍照說笑話，對著沙漠奇觀啊啊驚嘆，後來詞窮困乏，沉靜的走向七十條河流之一的一條小河邊，要在那裡用石頭樹塊與駱駝糞乾烤全羊吃野餐。砂地忽高忽低，十幾個人忽前忽後，各自細品著生活裡難有的空曠滋味。就在那樣的情境中，《天下》雜誌發行人殷允芃走到我身邊，輕聲問道：「季季，妳還記得我們第一次見面是什麼時候嗎？」

「哦——」我笑著側過臉去看著她：「當然記得啊，妳來我家送〈琴手〉的稿費！」她的臉也溢滿笑容：「還記得啊？很久以前的事了！」

「一九七二，二十年了！」

說完我們仍默默走著，在廣闊的戈壁灘上回想著遙遠的台北，遙遠的一九七二。那時我剛離婚不久，仍以寫作撫養兩個孩子，租住在朱西甯劉慕沙夫婦幫我找的內湖精忠新村眷舍，離他們內湖一村的家不遠，常去打牙祭撿紅點聊天。殷允芃愛荷華大學新聞研究所畢業後在《費城詢問報》做了兩年記者，那時回國不久，在南海路美國新聞處工作，約我給《今日世界》寫小說。美新處出的《今日世界》半月刊，十六開，彩色封面，雪銅印刷，內容涵蓋科學、地理、藝術、歷史、文學，我讀虎尾女中時就常看，從沒想過有一天會被約稿發表小說，而且稿費每千字三五〇元；當時最暢銷的《皇冠》雜誌或《聯合報》等大報

一九九一年七月，殷允芃（左）與季季（中）在蒙古共和國南戈壁騎駱駝。（席慕蓉／攝）

副刊，稿費每千字一百元。我一天寫一千字，二十天完成了兩萬多字的〈琴手〉寄給殷允芃。

〈琴手〉寫的是工業廢水、海難、賣身與救贖的故事，但女主角Piano不是被賣入寶斗里，而是自願出沒大飯店。Piano的父親在南部漁村做牧師，教會裡收容了許多因海難失去父親與母親的孩子。Piano是獨生女，每月寄錢回家幫忙父親撫養那些孤苦的孩子。她告訴父親是教鋼琴賺的錢，其實大多是她進出大飯店賣身所得；但是「我一點也不感到罪惡……也不怕神會遺棄我，我知道神看得見我的心是清淨的。」

小說寄出兩個多月未見發表，也許是題材敏感不便刊登吧？我寫了一封信給殷允芃，說明我是職業作家需靠稿費維生，請她把稿件寄回。過了大約一個禮拜，一天午後村幹事跑到我家敲門，神色緊張的說：「有個小姐坐黑頭汽車來找妳，不知道有什麼事？」他剛說完，小姐也走到門前來了。「嗨，我是殷允芃，」她伸出手，露出陽

一九七三年一月一日《今日世界》四九九期刊載之〈琴手〉版面。

光一般的笑容及一排雪白的牙齒。我握住她的手迎她進門。她抱歉的說，因爲剛回國不久，不了解我的生活情況，而《今日世界》的小說積稿不少，〈琴手〉一時無法發表。說完低頭打開提包，我以爲她要拿出稿子還我，但她遞給我的是一個信封：「所以我把稿費先給妳送來。」

殷允芃比我大五歲。那年她三十二歲，未婚，我二十七歲，單親媽媽。那也許是殷允芃生命中的一件小事，但在十四年職業作家生涯中，她是唯一把預支稿費親自送來我家的主編。我哽咽著向她道謝時，她拍著我的肩膀輕聲說：「不要謝，這是我該做的。」

一九八一年允芃創辦了《天下》雜誌，我們有時在一些活動場合偶遇，人聲喧譁之中，只能雙手緊緊一握，無言勝過萬語。一九九一年在南戈壁，在七十條河流匯合的壯闊裡，我們的心胸終於從容的呼喚了遙遠的記憶，在一片荒寂之中，再度傾聽〈琴手〉的Piano。

二〇〇四・九・十五・中國時報「人間」副刊

林懷民的陳映真

林懷民把他的偶像陳映眞，珍藏在心底四十年，不時回味，左右推敲，終於在二〇〇四的九一八，把陳映眞的小說從幽微的角落，推向了燈光明滅，車輪隆隆的舞台。

雲門舞集《陳映眞・風景》首演的日子，你在舞台上看到的，也許是紀律和技巧，也許是意念和意象。但是在那一片白的紅的綠的黑的風景裡，我還看到了一種清澈的溫暖和鼓舞，那是林懷民對一個堅持寫作的靈魂的熱情擁抱。我也從那傾斜的山坡，浪漫的探戈與巨大的撞擊聲中，看到一條讓我不時回首的路，一段讓我終生緬懷的時光；那些只能在記憶裡傾聽的笑聲和話語，喟嘆和眼淚，驚恐和怨恨，如今都與我的血肉合而為一了。

一九六四年六月，我在武昌街明星咖啡館樓下向周夢蝶買了一本新出的《現代文學》，第一次讀到陳映眞的小說：〈淒慘的無言的嘴〉，立刻被那憂傷而深沉的氣息所吸引。後來又買到一本舊的《現代文學》，讀到了〈將軍族〉。那時懷民還在台中讀衛道中學，專心準備大學聯考，我不敢寄給他看。考完聯考後，林媽媽陪懷民到台北，在延平北路林耳鼻喉科為鼻竇炎開刀。我帶了那兩本《現代文學》去看他。懷民的臉頰腫脹如肉包，嘴上蓋著一塊厚紗布，說話含渾不清，看起來很是淒慘。他的雙手不停的比畫，描述著醫生的手術刀如何切開他的上唇內側，再伸進鼻竇清除那些息肉；「哎喲，眞的好恐怖啊！」林媽媽在一旁溫柔的微笑的看著她最疼愛的大兒子說話，只偶而疼惜的輕聲說道：「好了啦，嘜擱講啦，醫生叫你嘜講話呢。」

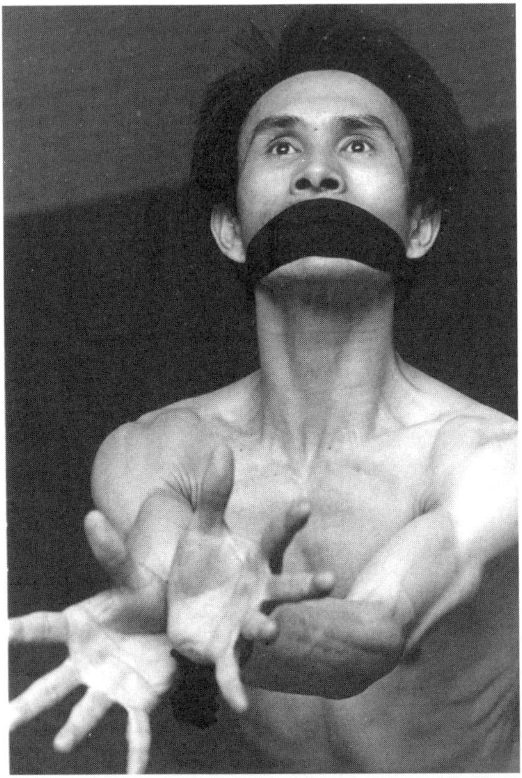

一九八二年四月，林懷民實驗舞展〈致魏京生〉。（蘇俊郎／攝）

我走後懷民開始讀〈將軍族〉和〈淒慘的無言的嘴〉；我們都是從這兩篇小說開始閱讀陳映眞的。懷民在這次《陳映眞‧風景》演出的答客問裡，這樣形容他看那兩篇小說的情景：「我一個臉腫得兩個大，用腫成一小縫的眼睛一字一字的讀，感動得唏哩嘩啦。讀完，再讀，再哭。那次手術不算成功，不知道跟養病期間激動的情緒有沒有關係。」

也許該怪我雞婆帶那兩本《現代文學》給他；也許該怪陳映眞寫了那麼讓人感動的好小說。然而懷民挨了一刀，鼻竇炎並沒什麼改善，秋天到台北讀政大後，不管在明星咖啡館三樓寫稿或到我家聊天，仍然不時的咳痰、擤鼻涕，桌旁放一疊衛生紙備用。時歲更替，我們也跟著陳映眞從《現代文學》追到了他與尉天驄創辦的《文學季刊》，讀了〈唐倩的喜劇〉〈六月裡的玫瑰花〉〈第一件差事〉。

懷民大三那年，陳映眞去了遠方的綠島。離別了陳映眞及他的小說，我們都處於慌亂憂傷之中。陳映眞停筆的七年中，懷民發表〈逝者〉之後出國，去了生命裡的遠方。一九七三年創辦雲門，懷民開始把他的小說寫在舞台上，等待著陳映眞的歸來。等待著歸來之後的陳映眞，又爲我們寫了〈賀大哥〉〈夜行貨車〉〈山路〉〈鈴鐺花〉，等待著有一天，要把陳映眞的小說寫在舞台上。

九一八那天，陳映眞坐在國家戲劇院第八排，默默的等著開幕。我向他道賀時，他低沉的謙虛的說：「今天我跟妳一樣是個觀眾，」然後指著舞台：「我們都是來欣賞別人的作品的。」但是演出結束接下懷民經由一雙雙年輕的手傳遞給他的一束深紅的玫瑰花後，陳映眞在哄堂的掌聲裡激動得流淚了。而林懷民，一襲黑衣，繼續站在舞台上，面對人間的陳映眞，深情注視，鼓掌，微微的笑著。

二〇〇四・九・二十二・中國時報「人間」副刊

後記：

《陳映眞・風景》九一八首演之前兩天，林媽媽鄭翩翩女士九月十六日凌晨在台北去世。九月十八穿著一襲黑衣的林懷民，封鎖著失去母親的悲痛，站在舞台上爲陳映眞鼓掌。有人看到陳映眞激動落淚，沒人看到林懷民眼角含淚。

林媽媽享壽八十四歲。十一月六日，懷民與弟妹在台泥大樓士敏廳爲林媽媽舉行了一個鮮花環繞，樂音悠遠的追思會。

陳映真・阿肥・在高處

雲門舞集的秋季公演，幕啓處是伍國柱的作品〈在高處〉。奔放的年輕生命，在舞台上恣意奔躍，捂耳吶喊。煙視媚行，孤獨戰慄。上下求索，尋找出口。每一個軀體都是等著千錘百鍊的靈魂，藏著一個個喧囂不已的故事。然而他們終於沉靜下來，於無聲處緩慢舉步，爲自己擎起一束微亮的光。

然後是林懷民的作品《陳映眞・風景》；那是對舊世代理想主義者的回首顧盼，殷殷寄情。在成長的歲月裡，六年級的伍國柱崇拜三年級的林懷民；林懷民崇拜二年級的陳映眞；陳映眞崇拜十九世紀的魯迅。而崇拜林懷民的，不止是伍國柱；崇拜陳映眞的，不止是林懷民；崇拜魯迅的，也不止是陳映眞。一代又一代，偶像從來不會消失。偶像不一定足爲典範，却必然有些特殊的形貌、語彙和思惟是我們自身所沒有的。

一九六五年春天，閱讀了陳映眞的幾篇小說之後，我在臨沂街的阿肥家第一次看到陳映眞。當時二十八歲的陳映眞，濃眉大眼，和二十歲的阿肥一樣有著象牙色的臉孔與微卷的頭髮。他的嗓音低沉，面對崇拜者讚美他的小說時，總是雙手攏在胸前，靦腆的笑著說：「哦，是嗎？」

阿肥本名丘延亮，比我小三個月，後來雖然讀了台大人類學系，出獄後出國拿到芝加哥大學人類學博士，我認識他時却是個叛逆青年，師大附中只念到高一就輟學，跟何雨郎到屏東瑪家部落採集排灣族民歌，到三育書院及台大各系旁聽遊學，逍遙自在。他的姊姊如雪嫁給蔣緯國，哥哥延明讀台大森林系，妹妹如華讀文化音樂系，他的父親當時擔任中央信託局儲運處處長，希望他好好讀個文憑，他却照樣我行我素。「我老子不爽我，就在零用錢上面摳我，」阿肥說：「我家那條狼狗一個月吃三百元牛肉，我一個月只有一百五十元零用錢，哼，我這個兒子不如那條狗！每天回家我都踢牠一腳！」

阿肥和母親一樣喜歡音樂，曾向許常惠學作曲。但他反對古典音樂，學了半年，許常惠告訴他：「老弟，你是最前衛的，不要跟我學了，回家自己搞吧！」我認識他就在那段期間。他和陳映眞因社會主義理念相近而結識的藝文記者楊大哥，當時在《聯合報》寫「爲現代畫搖旗的」及「這一代的旋律」專欄，系列報導了十六位現代畫家和十位現代作曲家；介紹阿肥的那篇，題目就叫「兩百磅的前衛派」。

阿肥十四歲那年母親病逝，父親工作忙，家務由兩個佣人照料，客廳不時坐著搞文學繪畫音樂電影的，談魯迅楊逵老舍沈從文，罵美國越戰國民黨，聽瓊拜雅、鮑伯狄倫的反戰歌曲。我與他們的「大哥」結婚後，他們有時也來我家，照樣罵越戰聽反戰歌曲；不同的是，阿肥家有蹄膀吃，我家只有白開水。一九六六年，美國反戰正烈，彼岸文革啓動，十一月三日我初爲人母那天，阿肥與女友熬了一鍋魚湯送到醫院來，陳映眞也抱了一紙袋的雞蛋來：「恭喜啊，辛苦了哦！」還是那樣有點靦腆的笑容。一九六七年夏天吾兒突患無名熱，他和阿肥也很憂心，想辦法弄來一部舊冷氣到我家安裝。次年夏天，因「民主台灣同盟」案，已是台大學生的阿肥，與陳映眞等人相繼入獄遠行，我的家也分崩離析了。——那是被冷戰結構撕裂了的六〇年代，我們的「在高處」。

九一八《陳映眞・風景》首演那天，人類學教授阿肥在香港教書。其他那些曾經遠行或未遠行的同志，許多人已走完搖搖擺擺或血肉模糊的一生。只有陳映眞，依然毅力堅忍的拿著他的筆，在高處或在低處，繼續爲他的理念發聲。那晚《風景》謝幕，走出了國家戲劇院大門，迎面仍是一條掌聲很少的路。然而歷經千錘百鍊的靈魂，從來不會孤獨。

二〇〇四・九・二十九・中國時報「人間」副刊

輯二

什麼是作家的財富

林先生罵我的那句話

林海音先生去到另一個世界，忽忽竟已兩年過半！在路上走著時，我常想起她矮胖的身影和飛快的步伐。與人說話時，看到有些人神情僵硬冷漠，眼神畏縮游移，尤其會懷念林先生那任何時刻都熱切開朗的臉孔和眞誠堅定、黑白分明的眼睛；沒有什麼人的驕傲和脆弱，能躲過她那雙像X光一樣，彷彿可以直探人心的眼睛。不過更多人更難忘懷的，是她脆亮悅耳、中氣十足的京片子。許多人愛聽她的京片子，天南地北趣味無窮。許多人則領受了京片子的當頭棒喝，終生難忘。

一九七五年四月，台灣省教育廳兒童讀物小組出版了三本給國小高年級讀的「中華兒童叢書」：《青青草》——童年的回憶；《一條永恆的彩虹》——故鄉的回憶；《祖母的拐杖》——人物的回憶。這套書是林先生策劃的。一九七四年四月收到約稿信後，我即給她打電話，想多了解一些她的意見。

「妳都在寫小說，還沒寫過散文吧？」她說：「寫作的人有時候也要爲兒童寫點文章啊，這套書我計畫約二十位作者，年紀最大的是洪炎秋先生，最小的是妳，一篇不要超過二千字，文字要盡量簡潔，讓兒童容易看懂。七月底交稿，沒問題吧？」

林先生說的事情，誰敢說有問題呢？三本書的二十位作者，從七十多歲的洪炎秋，六十多歲的謝冰瑩，五十多歲的林海音、琦君，到四十多歲的朱西甯、林良（子敏）、段彩華，三十出頭的鍾鐵民和我……涵蓋了各代，各省，各地。那時還是冷戰時代，台灣尚未開放出國觀光，報紙沒有旅遊版，也還不時興旅遊文學，能在書上神遊各人的故鄉；尤其「鐵幕」內的城鎮，好奇之餘也讀得更爲入神。《忙人閑話》的洪炎秋，寫鹿港寺廟。《女兵自傳》的謝冰瑩，寫湖南的謝鐸山。《城南舊事》的林海音祖籍苗栗頭份，生在大阪，五歲隨父母去北平，三十歲返回台灣；寫的是她度過二十五年歲月的北平。《三更有夢書當枕》的琦君，寫她的兩個故鄉浙江永嘉與杭州。《鐵漿》的朱西甯，寫山東青州的老黃河。《小太陽》林良，寫廈門。《神井》

一九七四年十一月十六日，盧克彰、心岱夫婦請我們在家中吃韓國烤肉。林先生幫我們拍了這張紀念照。左起盧克彰、盧紀君、心岱、姚宜瑛、琦君、楊小曼、季季、辛鬱。

的段彩華，寫徐州。《菸田》的鍾鐵民，寫屏東竹頭莊。《屬於十七歲的》我，寫西螺大橋……作家寫故鄉，濃筆淡墨都飽蓄著深情；即使現在重讀，還是覺得餘味悠遠。

林先生一向熱心寬厚，凡事總爲各人境遇設想。她曾協助我脫離痛苦的婚姻，知道我那時靠稿費養育兩個孩子，在電話裡特別說，教育廳兒童讀物小組經費有限，稿費不多；「妳如果覺得一千多字意猶未盡，可以再寫多一點，投去報紙副刊發表啊。」後來我把寫童年回憶的〈木瓜樹〉改寫爲三千五百字，寫人物回憶的〈一個雞胸的人〉改寫爲三千字，寄給聯合副刊。從那之後，寫小說之餘，我也經常寫散文了。

一九九四年一月，林先生寄這張獨照送我。看她多麼美麗又神采煥然！

那年八月末，〈木瓜樹〉在聯副發表。過了半個多月，盧克彰、心岱夫婦請林先生、琦君與我等幾位文友到家中吃飯小聚。琦君一見我就說：「哎呀，妳那篇〈木瓜樹〉寫得眞好！」一向不善言辭又滿口台灣國語的我，面對長輩的讚美竟難爲情的說：「哎呀，那是混稿費的啦！」林先生在旁立即用她的大眼睛看了我一眼：「不許說那個字！」她正色說道：「我最討厭人家說『混』那個字！我是看妳文筆好才約妳寫稿，妳怎能說是混稿費呢？那不是侮辱我也侮辱妳自己嗎？而且妳這個庄腳人明明很樸實，不是那種混的人呀！」

從那之後，我再也沒說過「混」那個字。也決不用「混」的態度面對人生。每個人，每個字，都是「混」不得的！

二〇〇四・六・三十・中國時報「人間」副刊

聶華苓嗑瓜子

等了幾年，終於等到了聶華苓的回憶錄《三生三世》。目錄之前只有簡單幾個字：「我是一棵樹。根在大陸。幹在台灣。枝葉在愛荷華。」她寫母親的委曲，父親的殉難，烽火青春的流亡，《自由中國》的災難，雷震的被捕，保羅．安格爾（Paul Engle）在芝加哥機場的遽逝……每一件都是她生命裡的大震撼，但她筆下沒有火氣，沒有自憐；淡筆細描，一棵大樹渾然成蔭。掩卷之際，不禁想起一九六四年在宜蘭太平山招待所看到她嗑瓜子的往事。

那年六月二十三日，平鑫濤先生帶我們幾個皇冠基本作家去宜蘭，從羅東到土場再到太平山，坐驚險刺激的蹦蹦車，看林務局員工爲了替國家賺外匯而用電鋸伐倒千年古木，「一棵只要五分鐘！」雖是開了眼界，心內難免震驚不已。二十五日午後下著雨，太平山籠罩在雲海之中視線不明，我們只好坐在招待所一樓的客廳聊天。《狂風沙》小司馬（司馬中原）先去睡了個午覺，一進來就坐在聶華苓旁邊的沙發上，中間隔著茶几。他抓起茶几上的瓜子往嘴裡一咬：「咦——」他驚叫了一聲：「是空的呀？」《野馬傳》的大司馬（司馬桑敦）

爆出東北漢子雄渾的笑聲，《失去的金鈴子》聶華苓發出湖北女子的爽脆笑聲，《窗外》的瓊瑤也發出湖南女子尖拔的笑聲，我們其他人的笑聲則像天眞的小學生此起彼落。「這是我嗑過的，」聶華苓提高了嗓音說：「旁邊那一堆才是沒嗑過的！」

「啊，大姊，是我莽撞啦，」小司馬謙卑的笑道：「不過這也見出我們聶大姊的功力呀，」他的眼光在另外幾張茶几上掃了一輪：「妳看，他們其他人嗑的！」

小司馬說的沒錯。我們沒功力的人只會咬瓜子，用力過猛，體無完膚；一堆瓜子殼支離破碎，黑白參差，慘不忍睹。聶華苓却是功力不凡，輕輕一嗑，縫隙微啓，瓜子仁已沒入口中，而瓜子殼一粒粒尚完好無傷，我們只能讚嘆不已。

那年秋天，聶華苓離開台灣去了愛荷華，開始和保羅·安格爾譜寫金色黃昏。一九八八年秋天我和蕭颯去參加愛荷華大學「國際寫作計畫」，與白樺、北島及三十多個各國作家住在離她家不遠的「五月花」大廈，常接到她的電話關懷我們的生活近

一九六四年六月，皇冠基本作家遊太平山。左起段彩華、平鑫濤、瓊瑤、聶華苓、季季、司馬中原、司馬桑敦。（朱橋／攝）

況，或邀我們四個華文作家去她家吃飯聊天。保羅．安格爾雖然聽不懂中國話，卻總是在我們大笑的時候跟著大笑。那年他已八十歲，笑聲還像個玉米帶大草原裡的牧馬人一般豪邁。他是著名詩人，愛荷華大學「作家創作坊」創始人，與聶華苓合創「國際寫作計畫」，美國國家文學藝術委員會委員，但他總是笑咪咪的爲我們放音樂泡茶煮咖啡，任何時刻都散發著熱情，帶給人溫暖。

一九九一年，他們的老朋友哈維爾新任捷克總統，邀他倆去捷克訪問，三月二十五日在芝加哥轉機赴歐之前，保羅．安格爾去機場書店買《新聞周刊》，却是一去不回：「Paul的一生就是永不休止的旅行，一站又一站……沒有告別，說走就走了。那充分象徵了他的一生。」

Paul去世後，聶華苓在愛荷華河畔的家中冷却她的哀傷。每次我打電話去問安，她總說：「我很好啊，」聲音却是低弱的，聽不到我熟悉了二十多年的金鈴子一般的笑聲。過了一年多，她說開始整理Paul的回憶錄，書出之後才要寫自己的回憶錄。後來再打電話去，都問她的回憶錄寫得如何了，她總說：不急呀，要慢慢寫。她的生命太豐富，故事太曲折，眞的是要慢、慢、慢的寫。今年二月，慢慢寫的《三生三世》，終於面世了。

嗑瓜子和寫作，看起來是兩回事吧？但其間的技巧和境界，因人言殊，輕重難以細表；像聶華苓那樣的技巧和境界，只能說是「天衣無縫」了！

二〇〇四．七．十四．中國時報「人間」副刊

梁實秋與孫立人看戲

梁實秋先生的一生，完成了許多夢想，在他各時期作品留下一條長長的璀璨光影。最讓人佩服的是從二十九歲至六十六歲，前後三十五年，翻譯出版了《莎士比亞全集》四十冊；晚年又從七十二歲至七十八歲，七年完成了百萬字《英國文學史》三卷。一九七五年獨排眾議，以七十二歲之齡和比他小二十一歲的韓菁清再婚，也體現了他不斷追求夢想的浪漫性格。

一九八六年十一月初，他去世之前一年，樂評家徐世棠（筆名石吟）陪我去台北四維路梁先生家中訪問，八十五歲的梁先生猶滔滔說著許多未竟的夢想。他形容自己是「古典頭腦，浪漫心腸」；但「許多想做的都沒有做或沒有做好，眞正是老大徒傷悲。」他感嘆的說：「沒有夢想的人生，是很乏味！但是夢想不能實現，也很痛苦！」尤以想用英文完成《中國文學史》，而「現在年老體衰，時間已經不夠用了，」讓他最感遺憾。他還提到三個夢想，限於當時環境，未便發表，但我始終難以忘懷：其一是「和孫立人再說幾句話」；其二是「想寫一本小說叫女僕列傳」；其三是「希望以後能與韓菁清長相伴」。時隔十八年，如今所寫也僅能素描眉目，其間的曲折與深情，唯有讀者各自體會。不過限於篇幅，這次只能先寫梁先生的第一個夢想。

梁先生與孫立人將軍及徐世棠的父親徐宗涑，都是一九二三年畢業的清華同學，他們那年畢業的同學還包括冰心、梁思成、熊式一，及後來被尊爲江澤民恩師的顧毓琇等人，俱爲一時俊傑。一九四六年五月，徐宗涑由四川水泥廠調至台北任台灣水泥總經理。一九四九年六月，梁先生夫婦與小女兒文薔離開廣州抵台，已婚的大女兒文茜及思想左傾的獨子文騏留在大陸。船抵基隆那天，徐宗涑公務繁忙，請人開一輛大卡車到基隆迎接，安排他們一家借住台北市德惠街一號林挺生所有的平房，並介紹他到林挺生的大同工業學校教書。徐世棠說：「初見梁伯伯那年，我才十歲呢！」因著這兩代情誼，訪談之間梁先生也提到幾位清華校友；當然也包括了孫立人。

梁先生說，孫立人做陸軍總司

一九八六年十一月二十九日，梁實秋出席第九屆時報文學獎。（蕭嘉慶／攝）

令時住在南昌街，暇時會邀清華校友去他家聚會。劫後海島重見，又都正當盛年，無不覺得餘生可爲，開懷敘舊暢快淋漓；「哪裡想到後來會發生什麼兵變事件？」孫立人被軟禁在台中後，「我們不敢去看他，他怕帶給我們麻煩，也不敢來看我們。」不過他們曾在台北中華路的國軍文藝中心偶遇了幾次，「坐在同一個戲院裡看京戲，但隔著幾排椅子相望，不敢說一句話。」

在國軍文藝中心看戲，孫立人與監視他的隨從大多被安排坐在前排，梁先生則多買八九排的票。梁先生說，孫立人在前排落座之前，會假裝不經意的回頭掃視一下後排，看看有沒有熟朋友。「他看到了我，我看到了他，四眼默默對望了一下，然後他就轉回頭坐下了！」看完戲，梁先生故意坐著，等孫立人先走：「他走過我旁邊，我們又默默的對望一眼，然後他就走過去了！」他跟在孫立人後面走出去，看著他清瘦的沉默的背影，「心裡難過得發抖，強忍著不敢把眼淚流出來！」他猜想孫立人到台北看戲，「也許也想藉機看看老朋友吧？」他希望孫立人能盡快重獲自由，大家能再無拘無束的重聚；「再和孫立人說幾句話；到底我們都已八十多歲，來日無多了啊！」

但是一九八七年十一月三日梁先生去世，這個夢想沒能實現。四個月之後，一九八八年三月，孫立人將軍重獲自由，我去台中市向上路一段十八號那幢軟禁了他三十三年的家，與他商量《孫立人回憶錄》在「人間」副刊發表之事。後來也趁機把梁先生的夢想轉述給他。比梁先生大兩歲的孫將軍，當時已非常虛弱，聽完後紅著眼眶，茫然的眼神似乎在腦海裡搜尋著梁實秋的聲影。但到底，他只嚅動著蒼白的嘴唇，一句話也說不出來！

一九九〇年十一月十九日，孫將軍也去世了！在另一個未知的世界裡，梁先生「和孫立人再說幾句話」的夢想，也許，終於，可以實現了吧？

二〇〇四・七・二十八・中國時報「人間」副刊

後記：

本文發表後，梁文騏先生（北大數學系畢業，九〇年代經美來台，任中研院統計所研究員。）告訴我，他也聽過父親偶遇孫立人的故事。不過他聽到的版本是在台北市仁愛路的仁愛醫院，看病不期而遇。兩人都已老病纏身，也只能默默對望，錯身而過。梁文騏好奇的說：「不知他們的偶遇故事，還有沒有其他的版本？」

慈悲與悲涼的，夢想

梁實秋先生學識淵博，有妙筆又有妙語，與他聊天是一種享受。我們去他家訪問那天，徐世棠向他稟告將搬新家。梁先生問：搬到哪兒？徐世棠答：搬到萬芳社區。梁先生又問：萬芳社區在哪兒？徐世棠答：在木柵動物園的旁邊。「哦，」梁先生半瞇著眼睛睨著徐世棠，提高聲調問道：「不是在動物園的裡邊？」說完兩人相視大笑。梁先生的散文，也如這幾句對白，簡潔，幽默，讓人難忘。

梁先生曾說，「文學的紀律是內在的節制」，從《雅舍小品》到《雅舍散文》，他都依循這個理念，無論寫人，寫景，寫動物或寫花草飲食，總要「多加剪裁，避免枝蔓」，因而文體挺拔，文氣暢達，豐饒有味。那天我向他請益一些散文的問題後，梁先生突然對我說：「我這輩子，什麼文章都寫過，就是沒像妳一樣寫小說！其實年輕時我也寫過幾篇小說，來台灣後一直想寫一部長篇，書名都想好了，就叫《女僕列傳》，但是只能想不能寫啊！怕那些傳主看了傷心！」

梁實秋（右二）與韓菁清（右三）在辛亥路雅舍。右一梁錫華；左一林清玄，左二高信疆。
（林柏樑／攝）

梁先生與第一任夫人程季淑育有三個孩子，一九四九年來台灣時，長女文茜、獨子文騏都未能隨行，只有么女文薔陪在身邊。一九五八年文薔赴美留學，夫妻倆年近花甲；「家裡請的女僕，就像我們的女兒，每一個都跟我們很親。」梁先生說，那些女僕，大多來自鄉村，讀書不多；在他家工作幾年就回去結婚，前後請過五、六個。她們談戀愛，相親，跟男友約會、吵架，或與家裡人爲了嫁妝鬧意見，甚至結婚後與丈夫吵架或與婆婆不合，都會找他們訴說心事：「有的哭哭啼啼，有的怒氣衝天，我們就給她分析分析，出一點兒意見，說幾句勸慰的話。有時候男方找上門來，我們還得做調人呢！」每個女僕的外貌談吐個性不同，境遇也各異，

「都是很好的小說題材；但她們都還在，怎麼能寫？」梁先生最後笑道：「總不能爲了自己要寫小說而賭咒她們比我先死啊！」他的笑裡有一絲遺憾，却也飽含著慈悲和疼惜。

後來聊到師母，梁先生提到了第三個夢想。當時韓菁清不在家。梁先生說，一九七二年五月他與夫人程季淑赴西雅圖，住在文薔家養老，也想託人在大陸打聽文茜文騏的下落。七四年四月底，他倆去買菜，市場門口的梯子突然倒下，夫人竟被擊中，意外去世了。他遭逢遽痛，悲不能抑，四個月奮筆疾書，完成近十二萬字的《槐園夢憶》，記述他倆從初見到死別的五十年情緣。其中提到在西雅圖安頓之後，夫人對他說：「我們已經偕老，沒有遺憾，但願有一天我們能夠口裡喊著『一、二、三』，然後一起同時死去。」梁先生嘆說，這種奢望，人間難有，而「逝者已矣，生者不能無悲」，惟有期望百年之後長相伴；「所以在槐園她的墓旁，預留了一塊自己的地。但是生命裡的事眞是難料，這期望到底落空了！」

那年秋末，他返台處理《槐園夢憶》出版事宜，十一月底認識了三〇年代的「上海歌后」韓菁清。梁先生說，夫人去世後，他的內心非常空虛，與韓菁清交往陷入熱戀，決定再婚，親友大多不諒解；「我理解他們的心情，但他們不了解孤獨老人的寂寞！」他說，親情友情固然珍貴，「但男女之情是沒法取代的！這十多年來，幸而有菁清陪伴我；百年以後，我們也還要長相伴。」

一九八七年十一月十八日下午，梁先生的喪禮之後，我們一隊親友從民權東路送他到淡水北海墓園。微雨近黃昏，天色陰沉，黃土一鏟一鏟伴著海風覆在梁先生的墓上。在他的墓旁，也預留了一個墓位。但這個墓位，和程季淑在槐園旁的墓位一樣，「到底落空了！」

一九九四年八月，韓菁清去世。她沒有親生兒女，後事由娘家的晚輩料理。我在報上看到消息，說她安葬於台北新店。

一個在西雅圖。一個在淡水。一個在新店。

浪漫的夢想，悲涼的結局。梁先生最後還是孤獨的！

二〇〇四・八・四・中國時報「人間」副刊

韓菁清的未竟之夢

寫完梁實秋先生的三個夢想，如果沒寫韓菁清的未竟之夢，總覺有著虧欠，於心難安。梁先生一九八七年十一月去世後，韓菁清曾對我說，想在台北四維路的住宅成立「梁實秋紀念館」；或把他遺留的文物捐給梁先生的母校清華大學。如今韓菁清去世也已十年，她的夢想至今沒能實現，原因始終如謎。有人說，如果梁先生沒有再娶韓菁清，這些文物留給子女，問題就比較單純。又有人說，如果再娶的不是韓菁清，問題也許不會發生。然而「如果說」只是馬後炮，因爲事實永遠走在「如果」的前面！

一九七五年春，梁先生與韓菁清交往期間常挽著手逛街，白髮紅顏將譜第二春的消

韓菁清與她的愛貓「白貓王子」。

（林柏樑／攝）

息轟動海內外，門生故舊議論紛紛，大多勸梁先生三思。那年五月結婚之前，梁先生對窮追不捨的記者說，謝謝大家對他要和韓菁清結婚的關心；「但是她比我年輕，又比我有錢，我並沒有吃虧啊。」——據說韓菁清在香港有好幾棟房子出租。

其實梁先生的門生所慮，也不是「吃虧」與否的問題。當時一般人對韓菁清為人大多不了解，只約略知道她是退隱的「上海歌后」，曾在台銀總行櫃檯發生疑似溢領風波；兩人的教育程度懸殊，唯恐梁師與她結婚有損士林清譽及婚後和諧，影響他的寫作生活。但梁先生認為他追求的是純粹的愛情，他人的疑慮與勸阻越大，反而越加強他追求暮年之愛的浪漫決心。

梁先生晚年聽力衰退，徐世棠與我訪問他時，說話必須提高聲調，他也常吃力的拉起耳朵傾聽，但答話仍如大珠小珠落玉盤，琤瑽有聲，興味盎然。我問到再婚十二年的生活，梁先生說，那些反對他與韓菁清結婚的人，「起先都等著看我們離婚，後來都失望了。我們結婚既然不容易，離婚更是不容易了。我這個太太，看起來很精明，其實心性單純，常做些糊塗事情，我說兩個例子給你們聽聽。」

梁先生說的第一個例子是搬家，第二個例子是丟毛皮大衣。他說四維路的房子臨著街邊比較吵，看出去都是樓房，景觀也不佳，韓菁清為了讓他有個安靜又視野寬闊的書房，就在辛亥路三段頭買了一戶十二樓的頂樓房子。他那時忙於《英國文學史》與《英國文學選》的收尾工作，「而且錢的事情都由她負責，」搬家之前，他從沒去看過新家。搬家那天，看到路樹井然，對面山坡一片翠綠，確是賞心悅目。「那時我的聽力還沒這麼差，搬進去沒多久就常聽到嗩吶鑼鼓吹吹打打，有一天我特別站在窗邊仔細看，看到一列送葬隊伍往前邊山上而去，我再仔細點兒看，前邊山頭那翠綠之中的點點灰白，原來是一座一座墳墓！打電話問朋友，才知道那是三張犁公墓！」後來他嫌那些吹打聲干擾寫作，才又搬回四維路居住。

四維路康橋大廈的房子是二三樓的樓中樓，樓上書房臥室，樓下客廳餐廳廚房浴廁。客廳與餐廳相連，頗爲寬敞，但四處放著東西，顯得有點雜亂。梁先生說：「我家實在太小了，才七十幾坪，我太太又什麼都捨不得丟，東西堆得到處都是。她爲了讓我安靜寫作，下午常出去找朋友喝咖啡聊天逛街，我就趁她不在家，把一些沒用的東西丟掉，她也不知道。」然後他突然壓低了嗓音說：「告訴你們一個祕密，我太太以前從上海帶了好多毛皮大衣出來，台灣沒那麼冷，她很少穿，又沒好好保養，放在箱子裡都發霉了，每次她去香港，我就偷偷幫她整理整理，丟掉一兩件，她也都沒發覺。」說完梁先生露出得意的笑容，神情像個孩童一般純潔和俏皮。

就是那個「才七十幾坪」、「東西堆得到處都是」的家，曾經藏著梁先生所寫的札記、文稿、書法，以及收藏的書籍字畫等等文物。梁先生去世後，它們都到哪裡去了呢？它們是否將永遠神祕的失蹤？這個謎，如果無人能夠破解，對我們的時代是個多大的損失啊。

二〇〇四・八・十一・中國時報「人間」副刊

梁實秋的遺物與遺事

梁實秋先生說韓菁清「心性單純，常做些糊塗事情」。他所舉的實例雖然有趣，我聽完却在心裡不停的琢磨。那些實例，只是生活中的小點，未必能涵蓋人性的複雜面。梁先生翻譯了莎士比亞的所有戲劇，一字一句，一筆一畫的碰觸了劇中那些人性的拉扯與爭鬥，怎會不了解這一點呢？想了幾天，我終於想通：就因他洞澈人性，才能置得失於方寸之間，以寬大的胸懷，卓然的姿態，冷靜看待人性的變貌。

一九九五年十月，我去上海拜訪張愛玲之弟張子靜，商量《我的姊姊張愛玲》的合寫事宜。上海友人送我一本文匯出版社新出的《二十世紀上海大博覽》，二十四開精裝，一千多頁，條目詳盡，資料豐富。回家後仔細翻閱，發現一條與韓菁清有關的資料，對她更加另眼相看。書中第五九四頁左上角，是一九四六年八月二十日「爲募捐申城評選『上海小姐』」的報導，並附有五位當選小姐的合照。文內提到，報名者三百人，選出「上海小姐」王韻梅、「坤伶皇后」言慧珠、「歌星皇后」韓菁清、「舞星皇后」管敏莉……頒獎者梅蘭芳；

「上海市救災籌募委員會主委杜月笙、副主委吳開先到會主持」；吳開先並說：「此次選舉是爲救苦救災，所以可以說是『錢的競賽』，目的爲捐款，選舉不以容貌、身段等爲標準。因此各候選人都竭力推銷選票，私人捐款亦不在少數。」

後來我從其他資料發現，比韓菁清大五歲且已走紅上海灘的金嗓歌后吳鶯音，昧於當時上海複雜的政經情勢，只得退出歌星組選拔；而十五歲的湖北商會會長之女韓菁清，則以兩萬票當選「歌星皇后」，由此不難看出她的手腕、人脈與實力。（當十五歲的韓菁清在十里洋場參與杜月笙、吳開先、梅蘭芳等上海名流的大陣仗時，四十三歲的梁實秋剛應聘爲北京師大英文系教授。）

「上海小姐」王韻梅、「舞星皇后」管敏莉都出身舞廳，後來急流勇退結婚生子。「坤伶皇后」言慧珠是梅派青衣，一嫁京劇小生關正明，二嫁崑曲大師俞振飛，文革不久即上吊自殺。韓菁清則四九年從上海到香港，以「上海歌后」名銜遊走影歌兩界，並曾自組電影公司拍片，自編自導自演。一度嫁給菲律賓華僑，一九六七年離婚後來台定居，

一九八七年一月六日，梁實秋與韓菁清及文藝界友人在環亞飯店歡度他的八十壽慶。（季季／攝）

一九八六年十一月底，梁實秋去世未及一個月，韓菁清赴北京探望梁公長女梁文茜及清華好友冰心（右）。（韓菁清／提供）

七五年實現夢想，嫁給她崇拜的「莎士比亞專家」。一九四六年與她同批獲得「上海小姐」榮銜的「皇后」，只有她做了令人稱羨的教授夫人。

梁先生去世三年多後，一九九一年十月，上海作家葉永烈在大陸出版《梁實秋韓菁清情書選》，收錄韓菁清提供書信一五〇封；次年五月也由出版《雅舍小品》的正中書局在台出版。葉永烈的編者說明第一項第一句說：「本書是遵照梁實秋先生遺願出版的。」隨後的說明則頗耐人尋味。梁韓在一九七五年五月九日結婚，梁先生卻在三月三日的信中即說：「情書可以出版，那是將來的事。」可見韓菁清婚前就已想到怎樣善用梁先生的情書。接著三月十七日信中又說：「關於我們的書信，將來如何處理，確是一個問題，我不反對發表，如果妳同意，但必須在我去世之後。我這一個條件，我相信妳會贊成的。」顯然梁先生是在韓菁清表達了強烈的意願後，作了不得不同意的答覆。

韓菁清在梁先生去世後不久，感情另有所託，搬離了四維路，與一個比她年輕三十多歲的男子同居。一九九四年八月十日晚上，她在台北市東區的頂好商圈住家附近散步，突然中風倒地猝逝，得年六十六歲。據說她沒有留下遺囑。她從梁先生處繼承的《雅舍小品》、《雅舍雜文》、《梁實秋論文學》、《梁實秋札記》、《看雲集》、《雅舍譯叢》等書的著作權，及她名下財產與梁先生留給她的文物，都由她娘家的晚輩取得。一九九七年，梁先生的高足、香港嶺南大學教授胡百華計畫撰寫梁先生傳記，我打電話給那位晚輩，問他可否把梁先生的日記和筆記借出來影印以供胡先生寫傳參考，晚輩答說，東西都沒整理，不方便出借；我問他是否要成立梁先生紀念館或把文物捐給清華大學，他也說等整理好再說。二〇〇二年十二月，梁先生生前任教的台灣師大爲了紀念他的百歲冥誕，舉行兩天的「梁實秋學術研討會」，並在師大圖書館設一小型梁先生遺物紀念展。展出之前，師大也曾與這位晚輩聯絡，答覆仍是尚未整理好。二〇〇三年十一月底，晚輩突然去電師大，說遺物已整理好，計有一皮箱五紙箱，放在一友人處：「你們如果要，就派人去拿；如果不要，就當垃圾丟掉。」師大派人興沖沖取回，打開一看，箱裡裝的大多是照片、剪報、手稿影本、發表作品影本，及一些不重要的書信與紀念品。一個友人聽我轉述後，嘆息道：「花了十年，整理得這麼乾淨，眞不容易啊！」另一個友人則說：「聽說值錢的東西都到古董店去了，有空去找找看吧！」

二〇〇四・八・十八・中國時報「人間」副刊

楊逵的資生花園

資生花園在桃園大溪，一般人大多不知道它與楊逵的關係。二〇〇四年五月下旬與婦協文友去桃園觀音鄉賞蓮，也曾到大溪慈湖附近賞花海，不免說起一九八二年二月到資生花園訪問楊逵的舊事。文友聽了都懷疑的說：楊逵的花園不是在台中東海花園嗎？怎麼還有資生花園？

楊逵生於一九〇五年，一九八二年初離開東海花園到大溪資生花園與長子楊資崩一家同住；那年已七十七歲了！楊逵本名楊貴，他認爲「貴」字不夠平民，一九三二年在高雄砍柴爲生時發表了他的名作〈送報伕〉，遂仿黑旋風李逵而取筆名楊逵。同年長子出生，乾脆替他取名「資崩」。二二八事變後，楊逵夫婦雙雙入獄，資崩從台中一中輟學，做過各種苦力小工，協助養育弟妹，也曾因幫楊逵發送傳單而入獄一百多天。他對父親所取之名不敢貿然更改，但在勞苦貧困之中始終鬱卒難平，一九五九年與同爲政治受難者的蕭素梅結婚後就離開了東海花園。「資本都崩潰了，怎麼能賺錢呢？」北上創業後，他的名片都在正名之下括

一九八二年二月，楊逵在劫後的資生花園。（季季／攝）

弧加上「資生」兩字。那年二月十八日我去慈湖附近的資生花園訪問時，楊逵指著四處幼苗說，資生花園經過一場「慈湖浩劫」，最近才逐漸恢復生機。

慈湖原名新埤，是灌溉池塘，由水利局管理並定期保養固堤。蔣介石賓館完工後，新埤改稱慈湖，由總統府管制，未再請水利局人員定期固堤。螻蟻能撼大樹，蝦兵蟹將泥鰍烏鰻也能土底深鑽。水上慈湖一片祥和，水下堤岸卻日漸鬆軟。一九八〇年十月五日慈湖潰堤，資生花園首當其衝，八分多地的肥土及高價花木全被沖走，只餘一片礫石，損失近千萬元。管理慈湖的總統府人員，卻說那是「天災」，只願賠償五萬元！資崩夫婦抱著再入獄也不怕的心情，「白天彎腰整地復育，晚上低頭寫陳請書」，分寄相關單位投訴求償，但是從總統府到縣政府，從調查局到水利局，從國防部到警備總部，各單位互踢皮球，相應不理。如此三年，借貸養育三個孩子，苦境沒有媒體敢報導，平民百姓也只有暗自吞忍，無可奈何。有一天新聞局長宋楚瑜請幾位台籍作家吃飯，告辭時楊逵鼓起餘勇，私下告訴他這件慘事，事情才有了轉機。後來資生花園雖獲得比五萬元還多數十倍的賠償，但仍不及全部損失的一半。

楊逵的勇氣與堅忍，早期台灣文藝界少人能比。日據時代，他參加過農民組合，編過文學雜誌，做過工人小販；一生入獄十二次，最長一次十二年。綠島繫獄歸來，一九六二年在東海大學對面山地拓墾東海花園時已五十七歲了！他的太太葉陶比他大一歲，二十歲即辭教職參加農民抗日運動。她是台灣婦女運動的先行者，也曾入獄十次。由於性格剛毅，行事俐落，楊逵戲稱她「土匪婆」，從事反抗運動者則尊稱她「鱸鰻查某」。楊逵入獄期間，葉陶堅忍養育五個孩子，一九六一年獲選「模範母親」；一九七一年八月一日去世。一九七五年，集結楊逵日治時代重要作品的《鵝媽媽出嫁》出版後，文壇掀起一股楊逵旋風，青年學子紛紛上山朝聖。那年初秋我去東海花園拜訪，他大病初癒，每日在屋前大鄧伯花架下與友人聊天敘舊，烈日普照花園，雜草已漸蔓生。

一九八二年夏天，楊逵移居大溪之後半年，我去東海大學座談，在那裡住了一晚。第二天上午，當時還在東海讀書的呂岸陪我重訪東海花園，穿過一大片及膝荒草，才找到大鄧伯花架，但是枝蔓乾萎，滿棚紫花只能在記憶裡尋找了。木門雖然上鎖，有些窗玻璃却已破損，屋內四散著舊衣棉被書籍紙張；葉陶那面「母範楷模」的橫匾，則不知爲什麼棄置在地。兩個多月後，楊逵赴愛荷華大學參加「國際寫作計畫」之前，我再去資生花園拜訪，不忍把這悲涼的景象說出來；不過資生花園已漸恢復生機了。資生花園的慈湖浩劫，因爲當時尚未解嚴，始終未敢形諸文字。

然而眞相不會消失，有一天總會被時光淘洗而出。從楊貴到楊逵，從資貧崩到資生，從新埤到慈湖，從「天災」到「賠償」，此中轉換，眞是一頁弔詭的歷史啊！

二〇〇四・七・八・中國時報「人間」副刊

什麼是作家的財富

作家的財富是許多讀者都感興趣的話題。有的作家善寫暢銷書又善理財，可能成爲富翁。有的作家眼高手低或揮霍無度，可能淪爲窮人。然而作家的財富不止於金錢，時間也是其中一種重要的財富。在富人與窮人之間，作家從事哪一種工作才能兼顧溫飽而又有比較完整的時間創作，這也是很多人感興趣的話題。後來我發現，做學校老師可能最爲理想，因爲寒暑假可閉居家中寫作；尤其是寫長篇，思惟不致因每天出門上班而中斷。鍾肇政、李喬、七等生、白先勇、王文興、蕭颯，都利用寒暑假寫出長篇巨構；葉石濤的經典之作《台灣文學史綱》，也是利用一九八五至八七年的三個暑假完成的。

一九八六年十二月，我在馬尼拉訪問菲律賓作家希歐尼・荷西（Francisco Sionil Jose），他比葉老大一歲，說話的語氣及對母語寫作的看法也與葉老相近。不過他對「作家的財富」之認知與實踐更爲圓融，讓我深爲羨慕與佩服。那年荷西六十二歲，是《團結》月刊發行人，菲律賓筆會會長；住家樓下是「團結書店」，由他太太Teresita管理。Teresita長得玲瓏秀緻，笑臉溫雅，把一個家庭書店規畫得井然有序，明亮溫暖。艾奎諾夫人雖已就任總統十個月，書店裡還擺了許多報導「二月革命」和馬可仕惡行的書，銷路尚未降溫。但入門處最醒目的是一個可以旋轉的透明書架，一層層陳列著荷西的作品；包括他最重要的五部長篇：《僞冒者》、《起源》、《樹》、《我的兄弟我的行刑者》、《群眾》。Teresita指著《僞冒者》說，這本荷西一九六二年出版的第一部長篇，英文版每年在菲律賓銷四千本，「但是在蘇聯，俄文版每年銷五萬本，荷西也不明白爲什麼。」她看了荷西一眼，笑著說：「他只要知道版稅就好了。」

荷西生於一九二四年十二月四日，就讀聖湯瑪斯大學期間開始寫小說。大學畢業後擔任英國《經濟學人》周刊駐菲律賓特派員，三十八歲出版第一部長篇《僞冒者》。「到了四十歲那年，我想更專心的寫小說，不想再做記者了。但寫小說收入不穩定，要怎麼養家呢？我二十五歲就結婚，有三個孩子啊！想來想去，

一九八六年十二月九日，季季在馬尼拉團結書店三樓訪問西歐尼・荷西。（徐宗懋／攝）

一九六五年就開了這家書店，由我太太管理。我可以看很多書，又可以安靜的在樓上寫作；我認爲這是一個作家很理想的生存方式。」一九六六年，書店站穩了腳步，他又創辦了《團結》月刊，內容以現代思潮與藝術爲主。

「團結書店」的二樓是住家，三樓是荷西的書房，掛著竹簾，很是幽靜。荷西比葉老高大壯碩，但一樣理個平頭，皮膚黝黑，爽朗健談。徐宗懋爲我及愛亞翻譯時，必須常常請他暫停一下，他總是抱歉的哈哈大笑。荷西說，做了十幾年記者，對菲律賓的大地主制度最爲痛恨，曾先後來台十次，收集台灣土地改革資料，作爲報導與批判時的參考和比較。「因爲對現狀感到憤憤不平，」他的小說處理最多的，也是大地主制度的貧富對立及因而引起的政治壓迫；「做一個作家，一旦你停止生氣，你就已經死了，那表示你已經接受現實的一切！」他強調說：「只有在墳場裡的死人才那樣的！」

荷西出身於呂宋島西北部的Rosales，從小的母語是伊利幹諾（Ilocano）族語，寫小說初期曾堅持以母語寫作三年。七〇年代菲國人口五千八百多萬，伊利幹諾語人口四百六十多萬，雖是全國第三大語言，但族人星散民答那峨等地，「能用Ilocano語讀我小說的人很少！」經過幾番思索，他不再堅持母語創作；「爲了讓更多人看到菲律賓的眞相，我只好改用國家的官定語文英文寫小說，讀者增加，反應也不斷的增加。」後來他的小說被譯爲中、日、德、蘇、荷、瑞典、印尼等二十多國語文出版，美國藍燈書屋也出版了他的《樹》、《我的兄弟我的行刑者》等三部英文小說。一九八〇年，荷西獲得麥克塞塞獎，被認爲菲律賓最具代表性的政治小說家。

荷西對生命的態度也和葉老一樣豁達。我們最後談到作家與年齡的關係時，荷西笑著說：「不要怕老，年齡是作家的財富。」——這是另一角度的時間定義。

二〇〇四・六・二十三・中國時報「人間」副刊

後記：

荷西說的沒錯，年齡是作家的財富。他的創作持續不衰，已出版十部長篇、五部短篇小說集與一本詩集。二〇〇一年六月，獲得菲律賓國家文藝獎。二〇〇二年三月，《Discovery Magazine》票選東南亞讀者心目中的十大英文小說，荷西的《Ermita》，與康拉德的《黑暗之心》，格林的《沉默的美國人》等書並列。今年八十一歲的荷西，如今已被視爲「菲律賓國寶」。

除了寫作成績，荷西的生活成績同樣可觀。一九九九年，他與Teresita慶祝結婚五十周年。他創辦的《團結》月刊，發行近四十年，影響力持續增加。由Teresita管理的「團結書店」，今年屆齡四十，被公認是「亞洲最好的小型書店」。

金門人黃東平的「僑歌」三部曲

瘦小，微駝，出身金門「甲政第」黃家；曾因車禍斷過右臂，一度須以左手書寫，今年八十二歲的黃東平被研究海外華文文學的學者稱爲「印尼華文文壇的開荒牛。」二〇〇五年四月二十四日，黃東平走進雅加達的印尼華文作家會議會場時，一身素樸，面容謙和；白襯衫，灰長褲，膠底黑布包鞋，戴著黑框眼鏡，由金門鄉親簇擁到第一排坐下來。有點靦腆，沒有寒暄，他默默凝望著面前方桌上那十卷「黃東平文集」：包括短篇小說、劇本、散文及費去他最多心力的「僑歌」三部曲。他的眼睛彷彿穿越那套積累了六十年創作辛酸的文集，看到一九六五年蘇哈托上台後印尼排華的艱辛歲月。不能公開使用華文，華校華報關閉，他在雅加達一家鹹魚行做賬房。悶熱，腐腥，鹹濕，他穿著汗衫短褲記賬打工，耳裡盡是鼎沸的華人怨聲。幼年時代，父親睡前躺在床上給他說聊齋；青年時代，父親以聊齋方式告訴他上一代華人海外打拚的辛酸；壯年時代，他在鹹魚行記賬，寫筆記，構想著從一九二〇年代荷印殖民寫起的「僑歌」三部曲。

黃東平（中）接受亞洲華文作家文藝基金會董事長林忠民（左三）致敬；其右為印尼華文作家協會會長袁霓。（季季／攝）

印尼華人一千多萬，遍布各群島，但是「由各殖民地洋人記存的文字多，由華人自己寫下的經歷少。」黃東平說，「荷印」年代日漸遠去，記得那時代事蹟的老人越來越少，而「華人在殖民者壓迫下那段困辛的生活，以致對這統治的仇恨和反抗，越加沒有人能加以記錄。」他構想的三部曲，「不準備像某些名著以一個家庭爲中心來寫」；「要更廣泛地反映這個『華僑社會』，使我熟悉的、在那時代有代表性的人物的生活都得到反映。」他也不準備以一個主角串貫全篇；「人物將只有重要和次要之分，寫法只有繁簡之別，各人物都在作品裡承擔一定的使命，並沒有非他莫屬、馳騁全局的英雄角色。」

作家寫長篇，很少人能像朱天文寫《荒人手記》那樣「奢侈的實踐」。尤其寫三部曲，費時費力，大多難以兼善生活，甚至潦倒以終。黃東平在繁忙的記賬之餘寫作，不僅體力勞頓，更是精神上的巨大冒險。身處印尼的華文黑暗時期，他深知「一碰上意外，都能使前功盡棄。」幾度思慮，萬全之策是每完成一章就謄寫五份，分別寄到親友處匿藏；當時沒有影印機，他的方法是「用六張稿紙，套五張複寫紙，透十一層謄抄。」——現代的年輕作家，能想像那是一種怎樣的寫作方式嗎？

以那樣艱難的方式書寫，一九六九年六月到七一年十二月，黃東平完成了三部曲第一部《七洲洋外》四十萬字；當時甚至不知日後能否發表與出版。次年一月，緊接著寫第二部《赤道線上》近五十萬字，七六年十月完稿。第三部《烈日底下》近四十萬字則於一九九二年四月至九六年一月終稿。四十六歲到七十三歲，二十七年歲月經歷了車禍斷臂，割除頸部腫瘤等等各種生活波折，但他意志堅定，毅力不移，寫完結構分明、故事曲折的「僑歌」三部曲。

一九二三年四月，黃東平出生於印尼加里曼丹附近的小島，十一歲返回金門讀公學校（今中正國小）。後來因戰爭及母親亡故，十八歲經香港到印尼，跟著父親學珠算記賬，靠這門手藝遊走各埠謀生；業餘自學苦讀，以魯迅爲師開始寫作。一九九六年，獲首屆「亞細安文學獎」。二〇〇三年，雅加達「金門互助基金會文化部」爲他出版十卷「黃東平文集」。二〇〇四年底，返鄉參加「世界金門日」，金門縣文化局也爲他出版十卷「黃東平文集」；他對金門鄉親說：「我是在寫生活，要爲苦難無告的華僑華人寫盡一生。」二〇〇五年四月二十四日，亞洲華文作家文藝基金會董事長林忠民向他贈禮致敬，他平靜的說：「做了一輩子記賬員，沒想到會獲得這樣的榮耀。」

多麼謙卑而堅強的寫作前輩啊！

二〇〇五・五・十一・中國時報「人間」副刊

閱讀呂赫若長篇

小說呂赫若。傳說呂赫若。日記呂赫若。閱讀呂赫若，永遠覺得不夠。「中國第一才子」錢鍾書，三十六歲出版長篇小說《圍城》。「台灣第一才子」呂赫若，三十六歲命喪鹿窟武裝基地。錢鍾書身處「孤島時期」的上海，無視於國共之爭，專心一意寫小說。呂赫若二二八後不滿國民黨，夢想共黨革命救台灣，終至荒廢寫作，慘然冤死；不但屍骨無存，甚至也沒留下一部長篇！如果不參加革命，靜心寫作，呂赫若將留給台灣文學多少遺產？然而他留下的，除了數十短篇與幾部劇本，只有如他次子呂芳雄所言「留給他的家屬寒冷又黑暗『冬夜』般的生活」。

閱讀一九四二年一月至一九四四年底的《呂赫若日記》，我的心情彷彿閱讀著呂赫若以三年時間完成的一部長篇。這長篇由近千個日子的極短篇所綴連，在戰火的邊緣奔波喘息，在臨睡的夜晚鎮定心情，枝骨分明的逐日完成。閱讀這部日記，終於可以稍解沒有閱讀一部呂赫若長篇的缺憾。

一九一四年出生於台中潭子的呂赫若，有個很鄉土的本名呂石堆。呂芳雄說，他父親取這個筆名，「是希望做一位赫赫有名的年輕人」。一九三五年一月，還在新竹峨眉公學校任教，他以這個筆名在日本《文學評論》發表〈牛車〉，開始於文壇嶄露頭角。一九三九年帶著妻兒到東京學聲樂，曾在著名的東寶歌舞劇團工作，幫李香蘭的演唱會做過合聲，也在日比谷等劇場演出。一九四二年，二十九歲的呂赫若在東京開始寫日記；一月一日即寫著：「從事文學艱苦奮鬥第九年。一、要多創作。二、戲劇。三、發現美的事物。」在日本三年多，他的創作一直猶疑於戲劇與小說之間，從一九四二年二至四月即可見出端倪。二月十九日：「要以劇作家來立身。把主要精力貫注在這方面吧。」三月十六日：「將短篇小說〈月夜〉付諸一炬。……想寫更像台灣人的生活、不誇張的小說。有台灣色彩的……」四月十七日：「相信文學才是自己的使命，要一心一意的寫下去。」四月二十二日：「小說暫且先擱筆吧，應該要寫戲劇。」

一九四二年五月十日返台後，呂赫若曾在《興南新聞社》等文化機構工作。但日記裡提到上班，大多出現「無聊」或「想辭職」的字句；提到文學則「要自主，是爲了要以作家來立身。要努力不懈。對文學持續的熱情。」一九四三年五月二十二日看了老舍的《駱駝祥子》，「驚嘆其規模宏大。覺得：短篇小說要取範於日本，長篇小說則要取範西洋、中國。」七月二十四日讀了杜斯妥也夫斯基的傳記，覺悟「文學終究是苦難的道路，是和夢想戰鬥的道路。」十二月二十九日與王井泉去拜訪一個日本友人，「他勸我一定要寫長篇小說。當然自己也有那種打算。」一九四四年元旦，「工作計畫：一、出版回想風味的長篇小說《竹圍抄》三〇〇頁。二、完成長篇小說《建成堂記》（暫定名）的構想。爲此，要讀破古典文學。」爲了強化意志，他還引述一句莎士比亞的話自勉：「飽食與和平養出怯懦，艱難常生果敢有爲。」然而到底，我們後人還是無緣讀到他的長篇。

《呂赫若日記》，結束於一九四四年十二月十七日。一九五〇年他於台北石碇鄉鹿窟蒙難後，家人害怕再受白色恐怖波及，在呂芳雄外婆家的荔枝園挖坑，讓他的手稿書籍等物深埋泥下：「埋好之後，還在上面潑了幾桶水。」不知其中有否一部呂赫若未完成的長篇？

三十六歲遽離人世，呂赫若的人生是個短篇。在這個短篇裡，《呂赫若日記》成了他唯一的長篇。眞實的人生，詩一般的文采，記錄了他的家庭悲喜、創作夢想與浪漫生活；但在與爲他生了兩個非婚生子女的蘇玉蘭熱戀初期，却讓日記呈現近三個月的空白。閱讀呂赫若，短篇連長篇，滿足了我們的窺視，也考驗著我們的歷史想像與解讀空間。

二〇〇五・三・二・中國時報「人間」副刊

《呂赫若日記》的留白

藝術的留白是一種神祕美學，在不同的方寸之間，引領觀者進入不同的想像，於不著一字一色處領會種種意境。繪畫裡的留白，常常一眼就可看出畫家的藝術功力。文學裡的留白，則是機關重重，有時需一再比對，才能領會其間的疏密，或如張愛玲所言「在兩行之間另外讀出一行」。但《呂赫若日記》的留白，更神祕也更私密，解讀之時彷彿獨自溯溪垂釣，赤足在大小溪石之中穿行，水花不時濺到眼前，冷冽却有探險之喜。

根據呂赫若次子呂芳雄的說法，一九五二年他十歲時，外祖母命令他與十六歲的大哥在家前荔枝園挖坑，把一捆捆母親捆好的父親書籍手稿等物深埋入土；《呂赫若日記》得以倖存面世，「是因爲裡面有記載子女出生年月日而保存下來。」他說，那些書稿看來約有一百多本書那麼高，其中有無未完成長篇或日記，「當時很害怕，而且還不懂事，不知道裡面的詳細內容，更不明白那些東西的價值。」十多年前與母親林雪絨（現年八十九歲）聊天，才知道父親青年時代就開始寫日記，「所以父親的日記應該不止一本。」——其他日記被白色恐怖深埋於黑土之下無緣面世，這是呂赫若日記的第一種留白；巨大，非自覺，只有悲慘，沒有美感。

相對於第一種留白，二〇〇四年十二月面世的《呂赫若日記》，則在一九四三年秋天至次年春天之間出現第二種留白；非常自覺的自我掩埋部分事實。有些讀過《呂赫若日記》的朋友，看了我上周的〈閱讀呂赫若長篇〉後，都來追問結尾提到的日記空白與婚外情女主角蘇玉蘭的關係，「到底要從哪裡解讀？我怎麼看不出來？」

《呂赫若日記》記錄了很多他與藝文界男女友人散步看戲吃飯喝酒的交往，卻有意的讓蘇玉蘭的名字消失其中。呂芳雄說，他很久以前即從母親那裡知道蘇玉蘭與父親生了一女一男的事：「母親說這件事時，表情平靜，只是陳述一個事實。她出身傳統大家族，又經歷過那麼多苦難，早就把人世的很多事情看淡。」他在《呂赫若日記》後記〈追憶我的父親呂赫若〉中說：「父親在世時，風度翩翩，英俊瀟灑，集作家、聲樂家於一身，多才多藝，是一些女性崇拜的偶像，在當時的文藝界，被戲稱爲『文化界的風流人物』。於興行統制會社工作期間，認識一名女子，名叫蘇玉蘭，並在外金屋藏嬌，育有一女一男。」

一九四二年十一月底，呂赫若一家從台中潭子搬到台北，租居於今圓山保齡球館附近山坡，房東是山坡更上面一點的昭明寺的尼姑。次年一月二十日，呂赫若到「台灣興行統制會社」就職：「月薪七十五元，負責新劇業務。」此後即忙於舞台劇與廣播劇的劇本寫作；爲了生活，也曾爲小西園撰寫布袋戲劇本，「小說方面的工作沒能按自己的意思進展，總覺得太忙碌了。」呂赫若毅力堅定，日記很少間斷，但與蘇玉蘭交往後，從四三年八月至十二月出現大量空白。得知《台灣文學》將被停刊，他以四天時間於十二月十六日完成一萬六千字的〈玉蘭花〉於終刊號發表；這是「玉蘭」兩字唯一一次於日記中出現。此後日記又是大片的空白。

十多年前，蘇玉蘭的女兒朱麗玉（從養父姓）知道自己的身世後，透過王白淵夫人倪雲娥找到呂芳雄，「我才知道那個父親最小的兒子已在二十歲時因車禍不幸去世。」他說，朱麗玉形貌很像父親，也很愛唱歌，他曾帶她回台中潭子祭掃祖墳。朱麗玉也曾帶他去安養院探望病中的蘇玉蘭；「但過不多久，蘇玉蘭就去世了！」

二〇〇五・三・九・中國時報「人間」副刊

黃凡問的那句話

猶太裔美國小說家索爾．貝婁活到八十九歲，二〇〇五年四月四日在波士頓去世。貝婁六十一歲（一九七六）以《韓伯的禮物》獲得諾貝爾文學獎，但在他所有作品中，四十九歲（一九六四）出版的《何索》，最爲轟動也最爲暢銷。《何索》描述一個婚姻二度破裂的歷史學教授，以寫信、筆記、喃喃自語等方式，孤獨穿越情感與心靈困境的過程。一九八一年貝婁接受吳魯芹訪問時說，《何索》出版後，讀者來信無以計數，他綜合歸納後發現，「很多離了婚的人喜歡這本書，很多自言自語的——那些發現人世間無與可言只有自己對自己談話的人喜歡這本書，大學畢業程度的人喜歡這本書，還有，還想繼續活下去一段時間的人也喜歡這本書。」

一九七一年八月，《何索》中文版由劉紹銘、顏元叔翻譯，香港「今日世界社」出版後，台灣讀書界也讀者眾多。一個當時已四十多歲的作家，乾脆改用何索爲筆名，出版《何索震盪》《何索打擊》之類的書，竟也暢銷一時。還有一個文壇新人黃凡，以《何索》式的技法寫了一篇〈賴索〉，獲得第二屆時報文學獎小說首獎。發表後文壇側目，稿約紛至。

在時報文學獎小說作品中，早年的首獎以一九七九年黃凡的〈賴索〉與一九八六年張大春的〈將軍碑〉（第九屆）最受矚目；兩人確也才氣過人，創作不衰，成績早已備受肯定。不過大春獲首獎之前就已成名：第一屆以〈雞翎圖〉獲優等獎，第七屆以〈傷逝者〉獲科幻小說首獎；黃凡則是眞正的新人，以〈賴索〉獲獎之前，從未發表過作品。

黃凡獲獎那年，我負責編「書評書目社」的《六十八年短篇小說選》，收錄白先勇、東方白、陳若曦、鍾延豪（鍾肇政之子）、胡迪菁、王禎和、黃凡、廖蕾夫（即前任立委廖風德）、吳念眞、王璇、張貴興、葉言都等十人的作品。撰寫評介之前，每一作者我都先做詳盡訪談，像黃凡這樣的新人，訪談時當然著重他的文學教育與寫作經驗。

黃凡（左一）一九八一年十一月與文友同遊新加坡。左二季季、蔣家語、黃寶萍、應鳳凰。

黃凡那年三十歲，中原理工學院工業工程系畢業，曾在貿易公司和食品工廠工作。他說，高中以前只讀武俠和國內作家的短篇小說。上了高中才懂得選擇杜思妥也夫思基、羅曼羅蘭、海明威、梅爾維爾、沙林傑、史坦貝克、傑克倫敦等人的作品。上大學後，德國的鮑爾（一九七二年諾貝爾獎得主）及美國的貝婁最吸引他。鮑爾的《小丑》和短篇小說集，他看了五遍；貝婁的《何索》，則看了三遍。李歐梵在文學獎評審會議時曾說，看完〈賴索〉，想到《何索》。果然其來有自。另一位評審白先勇則認爲〈賴索〉的主題「觸及台灣現實的核心」；「是眞正能夠反映現代的文化和政治氣候的小說……有非常重要的政治諷刺。」

黃凡說，發表〈賴索〉之前，其實寫過三篇小說，但都未獲發表。他那時對現代工商社會的冷漠刻板有深切的觀察，有些事讓他覺得荒謬，有些則覺得憤怒和無奈。然而融入這些觀察的三篇作品，「不知道爲什麼都被退稿？」好在他深知「寫作是自我教育的過程」，並不因而感到氣餒；「但是請問，以後我要怎樣才能成名？」

黃凡最後的一問，是我從來沒想過的問題。

「照你想的寫下去就好」，我只能這樣誠實的回答。

不久之後，那三篇被退稿的小說，因爲獲獎成名，也被其他報刊拿去發表。其後二三年間創作不斷，成爲文壇最閃亮的新人。

時隔二十六年，黃凡仍然照他想的，繼續的寫著。已經出版二十多本書；中篇小說《慈悲的滋味》並有法文譯本。

貝婁四月四日去世，時報文學獎四月十一日公布今年徵文辦法。兩個消息交集回想，訪談黃凡的這個故事，此時此刻依然清晰如鏡，照見寫作這條艱難的路，一代又一代，總有人歡喜行走。

二〇〇五・四・二十・中國時報「人間」副刊

輯三

鷺鷥潭已經沒有了

鷺鷥潭已經沒有了

1

早春的清晨還有一層淡灰的薄霧。父親陪我走出家門。

三分鐘到派出所對面，在堂姊夫開的小店前等車。

從永定坐台西客運到西螺，十分鐘。

轉公路局汽車到斗南，二十五分鐘。

在斗南火車站坐縱貫鐵路慢車到台北，七個小時。

父親給我一隻鄉民代表會送的咖啡色提袋，裡面放了一支鋼筆，一篇剛寫好的小說〈一把青花花的豆子〉，一本筆記本，一疊稿紙，幾本書，以及裝在信封裡的二千元。火車內人不多，我把裝了幾件換洗衣物的紙箱放在座位旁，左手擱在紙箱上，右手緊抱著提袋，很快就睡著了；昨晚我興奮得幾乎沒睡呢。

下午四點到達台北火車站，坐三輪車到徐州路的台大法學院。馬各和門偉誠在那裡等我。

「報名都快截止了呀！」馬各焦急的說。

我趕緊去報名，選了三堂課：修辭學，英文文法，理則學。

辦好手續，法學院的紅磚樓房已沉浸在淡金的暮色裡。

「妳今晚住在哪裡？」門偉誠關心的說。

「還不知道呢！」我說。

「那就住我家吧！」她說。

那天是一九六四年三月八日。我與馬各、門偉誠第一次見面。

門偉誠和我同年，一九六三年育達商職畢業，沒再上大學，以第一篇小說〈湖上〉獲得《文星》雜誌小說徵文第一名。我讀虎尾女中高二時獲《亞洲文學》小說徵文第一名；高三畢業，爲了參加文藝營而放棄大學聯考，但在文藝營結業時獲得小說創作第一名。馬各則比我們年長十多歲，那時在《聯合報》做編輯；已在高雄的大業書店出過一本散文集《遲春花》；在台南的新創作出版社出過短篇小說集《媽媽的鞋子》和散文集《提燈的人》。一九六三年四月二十三日林海音因「船長事件」被迫離開聯副，馬各曾代編兩個多月；門偉誠和林懷民都是當時的作者。懷民那時讀台中衛道中學，父親林金生是雲林縣長，放假日他回斗六，偶而約我去縣長公館聊天聽古典音樂；馬各、門偉誠、隱地，都是他的筆友；通過他的介紹也成爲我的筆友。

選擇三月八日婦女節到台北，後來被一些人解讀爲女性意識的出發。作爲女性，怎麼會沒有女性意識呢？然而最確實的原因很單純：那天是台大夜間部補習班報名的最後一天。

2

門偉誠家住通化街一四〇巷的通化新村。她父親是陸軍中校，在國防部上班，分配的眷舍只有一個大通間，放了四張床，一家六口同住，另在外面搭個棚子炒菜做飯。她那時在大直海軍總部做接線生，下了班忙著談戀愛看電影，總是很晚才回家，沒再寫小說。

到台北的第二天，我就把〈一把青花花的豆子〉寄給《皇冠》；一九六三年十一月在《皇冠》第一次發表小說，這是第二次投稿。通化街有二十路公車，我每天搭去衡陽路，然後穿梭在重慶南路的書店之間，站著享受免費閱讀。台大夜補班的課一周三天，站著看書站累了，我就走到省立博物館，坐在那棟古樸典雅的維多利亞式大樓的台階上，看人，看風景，胡思亂想要寫的小說，時間差不多了就穿過新公園，漫步到徐州路的台大法學院上課。

過了一個多禮拜，馬各說已託他的房東太太幫我找好了房子，三坪大的房間一月二百元。我去通化街口買了一張竹床，請老闆讓我和這張床一起坐他的馬達三輪車，搖搖晃晃到了永和鎮竹林路十七巷十三號；房東一家四口住樓上，我住樓下前面的單間，後面是浴廁、廚房和餐廳。馬各和他的同事韓濤住在對面巷，鄰著打造了竹聯幫威名的勵行中學與溪洲市場，房東張先生一家是上海人。我去市場買了一些日用品，馬各和韓漪來看了之後說，「沒有椅子，坐在哪裡寫？」回去合力搬了一隻有扶手的藤沙發椅給我。

一九六四年七月，季季（右二）在文藝寫作研究隊獲小說組冠軍，與亞軍黃勝惠（左二），老師王平陵（右一）、章君穀（左一）合影。

坐著那隻藤椅，伏在竹床書寫，我的職業寫作生涯就那樣開始了。三月三十日到四月十九日，在《中央日報》副刊發表了三篇小說；五月一日出刊的《皇冠》登出了〈一把青花花的豆子〉；五月十六日又在《中央日報》副刊和《中華日報》副刊各發表一篇小說；六月十九日，《皇冠》的平鑫濤先生與我簽了五年的基本作家合約；見證人是瓊瑤。那份合約書，是平先生親自以鋼筆寫在五百字一張的《皇冠》稿紙上，薄薄的兩張，八項條文，力透紙背，大約七百五十字。

七月號的《皇冠》，正式公布了基本作家辦法：「說得具體一點，這辦法有些類似歐美的經理人制度，站在作家的立場上，爲他們作一切最好的安排。使他們把一切困擾，交給我們，使他們可以把整個心力，融匯入作品；我們也將邀請基本作家們定期小聚，或野餐，或郊遊，或茶會，或彼此交換心得……如果有生活上或臨時的需要，我們願意預支稿費及版稅。」平先生讓我每月預支六百元稿費，付了房租還有四百元吃飯生活。

《皇冠》公布的第一批基本作家，共有十四位：司馬中原、尼洛、朱西甯、季季、段彩華、茅及銓、桑品載、高陽、張菱舲、華嚴、馮馮、魏子雲、聶華苓、瓊瑤。他們不是已享盛名就是文壇前輩，只有我未滿二十歲，只發表了幾篇小說；而且是唯一的台灣人。這種機緣和幸運，是我離開永定來台北時，未曾夢想到的。

3

永定村的李家是大家族，族人密如蛛網。像我這樣讀完全縣最好的省立女中，不考大學也不出去做事，常有熱心親戚來家裡說媒，不然就是一出門碰到三姑六婆，一個個雞婆的問道：「啊妳每日在家寫什麼啊？」眼睛直愣愣上下打量，彷彿我在家做著什麼不該做的事。

在家寫什麼，哪裡說得清楚呢？小說寫的，不就是人世的牽牽絆絆，說也說不清的一些事嗎？如果說得清楚，也就不必字字書寫了啊。

一九六四年二月下旬，我在報上看到台大夜間部補習班的招生廣告，遲疑到三月初，把那張廣告以及發表過和未發表的小說拿給父親看，對他說想再去台北讀些書，自由寫作維

聯合報發行人王惕吾一九六四年七月一日宴請皇冠基本作家。前排左起：王友蘭（王惕吾三女）、張菱舲、瓊瑤、王惕吾、聶華苓、華嚴、季季、張寶琴（王惕吾準媳婦）；後排左起聯合報祕書宋仰高、馮馮、茅及銓、魏子雲、司馬桑敦、皇冠發行人平鑫濤、司馬中原、尼洛、段彩華、桑品載、朱西甯、聯合報總編輯劉昌平、高陽。

生。父親十四歲就去東京讀書，比我更早就走得更遠。他理解了我，立即答應了。父親是六兄弟的老么，在東京有兄長族親照顧；我是父親七個子女的老大，決定到台北的那天，還不知道晚上住哪裡呢。但他放心的讓我走出永定的蜘蛛網絡，去到陌生的台北都會，做一個自由的人，一個自由的寫作者。

在台大夜補班修的三門課，最吸引我的是自由主義大師殷海光教的理則學。殷先生那時是台大哲學系教授，四十五歲，滿頭灰髮，穿著白襯衫米黃長褲，教室講桌上頭懸著一支細長的日光燈，照得他的身形愈顯瘦小。他說話急促略帶金屬聲，講課時不苟言笑，神情有點疲憊，下了課收起書本就走，大概覺得我們只是慕名而來，並非眞的想鑽研學術精髓。殷先生娓娓而談的那些演繹，歸納，論證，邏輯，雖然條理明晰，我卻總不能專心聽進去，漸漸感覺枯燥，一個多月後因爲去文星上班，就沒再去上課了。可見要做殷先生的學生，也得要有些慧根啊！

不久殷先生開始受政治迫害，一年多以後離開台大；一九六九年因胃癌辭世。然而我始終懷念著日光燈下娓娓而談的殷先生的臉孔。他教的那些理論雖然枯燥，卻讓我學會用邏輯的眼光看待人世；演繹，歸納，論證，不至因迷惑而軟弱。

那是我最大的收穫。

4

「難道整天寫作妳都不覺得枯燥嗎?」

是的。那時的我的生活，除了寫作，再沒有更讓我覺得入迷、刺激、有趣的事了。而且皇冠有時安排聚餐或郊遊，可以和那些前輩作家吃飯聊天，聽一些我所不知道的文壇掌故，那種樂趣也是從寫作衍生而來的。有一晚我們在新台北飯店聚餐後，散步去附近的聶華苓家聊天，那時她和媽媽及兩個女兒住在松江路的《自由中國》宿舍。閑談之間，才知道曾與她在《自由中國》共事的殷先生，結婚前就和她們同住在那棟日式房子裡。如果不是因爲寫作，怎能發現這種因緣巧合呢?

整天伏在竹床上寫作，確是單調孤獨的，但組合那些文字，人物，表情，慾望，從無到有或從有到無，常常只是一念之間；或甚至只是一瞬之間。寫作的過程，奇妙得像玩魔術，神祕，緊張，刺激，怎會枯燥呢？

我租的房間，面對一道老舊的暗紅磚牆，牆縫裡密生著毛茸茸的青苔，牆頭攀出手臂粗壯的茄苳枝椏，偶有麻雀家族在枝頭吱吱喳喳道東說西，此外沒有任何人來問我每日在家寫些什麼。那種自由的感覺，是一種神奇的力量，有時早上起床開始寫一篇小說，中午去永和豆漿旁邊吃麵，就把寫好的小說投入路口的郵筒；過了一個禮拜，小說就在副刊登出來了。

那時十七巷巷尾住著曾在南京辦《救國日報》的龔德柏先生，有時我拿著信封出門，看到他也拿著一個信封，仙風道骨飄然而過，大概也是寫好了稿子要去投寄吧？他那時已七十多歲了，一把灰白美髯配銀髮，穿一襲深藍長袍，一雙黑布包鞋，低著頭，心事重重的往前走。他慢慢的走，我慢慢的走在他的後面。他不知道身後的我。我是在重慶南路書店免費閱讀時，從作者簡介的照片認出了他。等他把信封投入郵筒轉身走了，我才去投入我的信封。一個可敬的、筆耕數十年的長者，沉默，而且陌生。然而走在他的後面，每一次我都有一種追隨者的孺慕與感動。

5

我們嘻嘻哈哈去坐往宜蘭的公路局，到小格頭那一站下車。越過山坡穿過樹叢跨過斷崖，二十八個人沿路唱歌說笑聊天。忽高忽低跋涉了兩個小時，汗水淋漓的抵達了北勢溪上游的鷺鷥潭。林懷民、丘延亮、桑品載、蒙紹、楊蔚、王葆生等會游泳的，都光著上身穿著內褲跳入了溪裡，一時水聲喧譁水花四濺。不會游泳的朱西甯、劉慕沙、司馬中原、魏子雲、段彩華、蔡文甫、瓊瑤、王令嫻、朱橋等人，坐在河灘上繼續唱歌聊天。清澄的溪水在五月的陽光裡綠得發亮，雪白的鷺鷥在松林間悠閒飛舞。鷺鷥潭，一個白得最白綠得最綠的幽谷，在那裡，二十一歲的我，要結婚了。

《皇冠》主編陳麗華和發行部的楊兆青，在河灘上鋪了兩條塑膠布，撿了幾個石頭壓住，然後從籃子裡拿出餐點、草莓酒、杯子、結婚證書等等。爲我安排婚禮的平先生，在一旁細心的檢視，把桑品載舉了一路的兩支包了紅紙的竹筒分插兩旁，愼重的點起了紅燭，然後以主人的身分開始分配任務：男方主婚人魏子雲、女方主婚人瓊瑤；證婚人朱西甯；介紹人段彩華、張時；男女儐相王葆生、張菱舲；司儀桂漢章。

「喂，要開始囉，」平時溫文優雅的平先生，對著溪裡幾條好漢扯開嗓門大喊：「你們趕快上來啊！」

一九六五年五月九日下午一時，好漢們的上身映著水光，內褲還滴溜著水珠，我穿著一件金黃底色斜插幾枝鮮紅玫瑰的無袖洋裝，捧一把沿路採來的金黃馬纓丹，赤足站在瓊瑤與張菱舲之間。新郎楊蔚站在魏子雲與王葆生之間。朱西甯站在我們六人的中間。於是司儀開始唱名，證婚人致辭，介紹人說些無關事實的介紹辭，主婚人致謝辭。然後司儀大聲說道：「新郎新娘喝交杯酒！」於是我與《聯合報》記者楊蔚，轉過身子，舉起杯子，喝了我們的交杯酒。

午後我們又跋涉兩小時，到小格頭坐公路局回台北。傍晚回到永和中興街，買了半個西瓜。吃完了西瓜，我們就累得睡著了。

那天是在綠島坐過十年政治牢的新郎的三十八歲生日。沒有生日蛋糕也沒有結婚喜宴。他的老家在山東，與家人音訊斷絕。我的老家在雲林，爸爸來信說，結完婚帶回來見見親戚，一起吃頓飯吧。爸爸與我們一樣，都不喜歡喧譁的婚宴。

6

一九七一年，鷺鷥潭繼續白得最白，綠得最綠。

秋天來時，帶著兩個孩子，我回到了永定，結束了婚姻。

一九八七年，翡翠水庫完工，北勢溪上游沉入庫底。

鷺鷥潭已經沒有了！

二〇〇四・四・一・《印刻文學生活誌》第八期
入選九歌出版社「九十三年散文選」並獲年度散文獎

後記：

年度散文獎頒獎那天是二〇〇五年三月八日，恰是我到台北專業寫作四十周年紀念日。九歌總編輯陳素芳說，這完全是巧合！

皇冠牛肉麵

那時是初冬，有一點冷，但沒有風。二十五路公車在遼寧街口那一站停下來。上午十一點多，陽光亮燦燦暖呼呼的照在身上，我的心裡也是暖呼呼的，因爲中午又可以在《皇冠》吃到平太太做的好吃的上海菜了。

那天是一九六四年十二月二十二日，平鑫濤先生通知我到《皇冠》校對次年元月號要發表的短篇小說〈紅色戰役〉。走進南京東路三段三〇三巷，周邊都是秋割後的金色稻田，田裡蔓生著一簇簇粉綠鼠鞠草，田溝裡的布袋蓮肥大飽滿，擎著一柱柱紫色花串。四野沉寂，只有幾隻烏鶖搖著剪刀般的尾巴，在牛背上跳躍吱叫。當時台灣最暢銷的雜誌《皇冠》，就在那片空曠的田野之中安靜矗立著。兩排一式的二層樓大約十幾戶，《皇冠》的兩棟樓連在一起，左邊住著平先生夫婦和平瑩、平珩、平雲三個從十歲到四歲的小孩，右邊辦公室除了平先生夫婦，還有編輯陳麗華、曾美珠，以及做發行業務的楊兆青、林佛兒。斜對面住著從高雄搬來台北不久的瓊瑤。

那年七月《皇冠》公布了第一批十四位基本作家後，平先生對我這個年齡最小的基本作家要求很嚴格，我的小說發表之前，他都親自寫信叫我去校對。平先生那時也兼任《聯合報》副刊主編，每天下午到當時還在康定路二十六號的《聯合報》上班：我的小說在聯副發表就到《聯合報》校對；在《皇冠》發表就到南京東路三段三〇三巷一一〇弄三號與五號的《皇冠》校對。

三號的紅色木門半掩著，推開門就聞到一陣濃郁的肉香。那時我住永和竹林路，每次來校對，必須從永和坐五路車到衡陽路轉二十五路，到達《皇冠》已近中午，我在客廳後面的餐桌校著稿子，平太太林婉珍也從五號的辦公室回到廚房準備中飯。有時稿子還沒校好，平太太已把飯菜端上來，溫婉的笑著說：「先趁熱吃吧，吃過了再校。」平太太那年三十四歲，皮膚白皙，五官端麗，身材和氣質很像《北非諜影》裡的英格麗褒曼，是我到台北後看過的最漂亮最典雅的女人。

那天我一走進客廳，平先生已把〈紅色戰役〉的三校稿從隔壁辦公室拿過來。「中午我太太要做牛肉麵吃，」平先生說：「妳喜歡吃牛肉麵嗎？」我說，我沒

林婉珍一九六四年六月十八日（前左一）陪同平鑫濤（後左四）在新台北飯店宴請皇冠基本作家。前排左二起瓊瑤、季季、聶華苓、琦君；後排左起高陽、吳詠九、茅及銓、司馬桑敦、司馬中原、段彩華。

「閩人林婉珍」近照。（林婉珍／提供）

吃過牛肉麵。平先生有點緊張的說：「哦，對了，妳們本省人有很多人不吃牛肉，妳敢吃嗎？」我說，我們鄉下沒有人賣牛肉，我媽媽姓廖也不能吃牛肉，但我爸爸很愛吃牛肉，偶而到虎尾買到牛肉，他就很興奮的用木炭爐子慢慢的清燉一鍋木瓜牛肉，我們都是配飯吃，沒吃過牛肉麵。平先生於是放心的笑了：「那妳一定喜歡吃我太太做的紅燒牛肉麵。」他說。

〈紅色戰役〉大約八千字，我校好稿子，平太太也把牛肉麵端出來了。我爸爸的清燉牛肉一色濃白，平太太的牛肉麵却像一幅畫：白色瓷碗，紅褐色肉塊，淡綠小白菜，石榴色湯汁，底下是晶瑩剔透的麵條。喝下鮮美的石榴色肉湯，嚼著筋肉分明的紅褐色肉塊，濃腴豐實之氣不斷從舌根直入肺腸，然後上昇到我的腦門，在那裡留下至今未曾磨滅的印記。

平先生也請我們基本作家吃過大飯店，去頭城、太平山、阿里山等地吃過各種地方菜，但我只記得平太太端給我的那碗香濃如畫的牛肉麵。後來雖然也在其他地方吃過各種不同做法的牛肉麵，但我總是向朋友們說，我吃過的最好吃的牛肉麵，是皇冠牛肉麵！

二〇〇五・三・二十三・中國時報「人間」副刊

後記：

皇冠牛肉麵的美好記憶，幾十年來沒有消失。但幾十年中的現實人生，早已經過一番激盪重組。平先生後來移情瓊瑤，另結連理。林婉珍移情繪畫，也另組家庭，自設「竹影軒」畫室創作與教學。「閩人林婉珍」，兼融嶺南畫派與中國傳統繪畫之長，尤其擅寫花鳥、動物、山水。我去看她的畫展，幾株雛菊斜倚籬邊閑閑而開，四隻野鴨漫步草地一派安然，用色濃墨淡綠相間，幽雅的小品意境，隱含著主人的生命情態。巨幅的潑墨寫荷則莖幹挺拔，枝梗粗放而葉片圓潤，既有頂天立地的氣勢，兼有婉約嫵媚的溫柔。離開了皇冠，「閩人林婉珍」活出了自己的天地與意境。我敬佩與祝福著她，也永遠感念著她端給我的那碗皇冠牛肉麵。

恍惚的五分鐘

——寫給春明與美音

1

春明與美音，人底肉身，完全冷却之後，一縷魂魄會是去到哪裡呢？眞的是四界漫遊，無所棲止嗎？抑或如旅世一般找一處安穩的所在棲止，偶而才四界漫遊？這一縷離棄了肉身的魂魄，仍能感知人世的動靜幻變嗎？最近十多年來，各種討論生死的書籍層出不窮，但是對於未知的死後世界，我還是不免有些好奇，猜疑，困惑；不過自從國峻六月往生之後，因著親身經驗了五分鐘的恍惚之境，我彷彿從中窺見了一點點神祕意象，已把好奇困惑拋諸腦後了。

春明與美音，人底心性有千百萬種，在世間彼此結緣或牽絆；魂魄想必亦千絲萬縷，於大氣之中相互爭鳴或唱和。國峻天性孤高清絕，在人世即不與時人彈同調，魂魄上昇之後，想必也不與眾魂同唱和吧？也只有像他那樣孤絕、善良而又孝順的一縷魂魄，才會擁有以無聲之聲勸止我打那個電話到你們家的能量吧？

2

春明與美音，我要敘述的那短暫的恍惚的五分鐘，於我是極為陌生卻又是極為眞實的經驗。對於我的敘述，也許你們——或任何人——會有不同的解讀，我自己的解讀則是：在那特殊的時刻，國峻的魂魄偵測到我腦波裡要發送的一則訊息，急急飛奔而至，刹時之間就把那訊息封殺了！

春明與美音，你們一定記得，六月二十那天是星期五；是春明劇作〈外科整形〉在「人間」副刊發表的最後一天。春明這幾年都在宜蘭或花蓮工作，星期五晚上才回台北陪陪家人或與老朋友聚聚。我們幾個老友偶有新作發表，也會在電話裡相互討論，彼此打氣。那天看完〈外科整形〉，我計畫著晚上發完稿後要給春明和天驄打電話，一方面談談春明的新作，一方面告訴他們一個我剛聽說的有關我們的共同朋友陳君不幸中年喪子的消息，請他們給這個朋友寫一封慰問卡。可是十點發完稿坐在辦公桌前望著電腦螢幕，我的眼前突然一片灰濛濛，恍恍惚惚不知要先打給春明還是先打給天驄。彷彿失去了感知能力，我的眼界模糊，無所思無所想，意識陷入眞空，木木然坐著，忘了拿起電話筒。

過了五分鐘，我才像受到魔棒一點，深吸一口氣回過神來，拿起電話筒就撥了天驄家的號碼，和天驄談了近半小時。首先當然是談春明的劇作，天驄說，日本有個國際偶戲節本來邀春明帶黃大魚劇團去演出〈外科整形〉，雖然因爲SARS而延期，老朋友們還是都替他高興；談到陳君中年喪子，我們也難免一陣唏噓，慨歎人世無常，唯有各自保重。最後談到他家的任之，去年和四個外國同學從巴黎回來過暑假，還合開了一場音樂會很受大學生歡迎；天驄說，今年暑假任之不回來，改由桂芝去探親；桂芝這兩年勤學法文，去巴黎探視兒子正可派上用場……掛了電話，我又忙些別的事，怕太晚了打攪春明家作息，心想天驄會把寫慰問卡給陳君的事轉告春明，也就沒再打電話到春明家了。

春明與美音，你們當然不會忘記，六月二十那天的白日，國峻已經冷却了他底肉身；這是他底私密，那時他還不想讓任何人知曉。到了晚上九點多，美音下班回家才發現了他底私密，給遠在花蓮的春明和住在工作室的國珍打電話。那時，這世界只有最愛國峻的三個親人知道了他底私密，但只有媽媽一個人陪在他身旁。

春明與美音，如今事情已經過去了三個多月，每天我還是會對自己說：天啊，幸好那晚十點我恍惚了五分鐘；幸好那時我沒打電話去春明家！眞的，事後細細回想，就是那恍惚的五分鐘，國峻小飛俠來到我身邊，把我腦波裡要撥出的一通電話號碼封殺了！是那善良的魂魄心疼著他底母親，不要我去打攪那時正陷在無助之中痛哭的他底母親啊！

想想看，如果那時我打了電話去你們家，是多麼的殘酷啊！電話響了，美音以爲是春明或國珍打回來的，接起來却是無知的我問著春明回來了嗎？美音會強忍著哭聲說，春明還在路上呢。然後無知的我繼續說著看了春明新作的感想；說著我們的朋友陳君的二兒子車禍往生的不幸……美音屏著氣靜靜聽著，但是天啊，美音要怎樣應答我呢？要用怎樣的語氣說話，才能守住國峻底私密呢？

3

春明與美音，一九九九年七月十一日晚上的畫面，因此在我記憶裡永遠停格了。那晚你們請天驄桂芝夫婦與我帶著兩家的孩子去你們家晚餐，春明還特地到樓頂陽台用木炭烤了一個鮭魚頭。我家的孩子因岳父生日先回去，我們五個大人據著飯桌，任之和國珍國峻坐客廳，春明幫他們挾了幾盤菜放在茶几上，笑著說：「如果再小一點，就叫你們去外面吃麥當勞好了。」春明家附近就有一家麥當勞，他喜歡用這種〈兒子的大玩偶〉的語氣和孩子們說笑。

吃過飯三個孩子溜到國峻房間。我們從小看著這三個孩子長大，他們都愛美術和音樂，國珍已有一個美術設計工作室，國峻在家作畫寫小說，東海美術系畢業的任之最小，已開過一次畫展，正準備去巴黎讀電影。他們在國峻房間自由的聊天，聽音樂，後來輕輕的彈起吉他，輕聲的唱著歌，大概怕吵到我們吧。我忘了他們唱些什麼歌，但一直記得那低低的和諧的歌聲，因為那聲音裡有著醇厚的友誼，謙卑的愛，以及年輕的夢想。

我們五個大人則繼續據著飯桌，喝茶聊天吃水果，回憶著六月中旬我們和聶華苓、李歐梵，以及愁予梅芳夫婦、映眞麗娜夫婦同遊雲南的趣事。美音小時候家裡開唱片行，後來曾在中廣主持節目，桂芝是音樂老師退休，梅芳曾拜師學聲樂，她們歌喉好，什麼歌都會唱，一路上帶著我們一群老孩子唱老歌。聶華苓那時還是歐梵的岳母；岳母跟著我們唱得嘻嘻哈哈，女婿則是神情凝肅，大多只聽不唱。其實歐梵出身音樂世家，嫻熟中西音樂，他的父親李永剛教授曾任政工幹校音樂系主任，在台灣音樂界的門生不計其數。一九八八年秋天，白樺、北島、蕭颯和我到愛荷華大學參加「國際寫作計畫」，歐梵邀我們去他執教的芝加哥大學東亞系座談，還在他密西根湖畔的家中小住兩天，見識了他滿屋子的音樂收藏，只能以「瞠目結舌」形容。那時歐梵大概五十歲了吧，還在獨善其身，品味遊牧之樂。過了兩年，他與藍藍結婚，做了聶華苓的女婿，讓我們大感意外也喜出望外。不過同遊雲南時，歐梵與熱愛舞蹈事業的藍藍因工作分居東西岸，兩人聚少離多，藍藍想要離婚，歐梵難於割愛；岳母萬般不捨也愛莫能助。我們見歐梵神思游移，無心加入混聲合唱，也就順其自然了。

從麗江去中甸那天，車子盤旋在通往香格里拉的山路上，梅里雪山高聳天際，終年積雪不化的卡瓦博格主峯在陽光之下亮得刺人眼目。導遊告訴我們，這座聖山眞的神聖不可侵犯，一九九一年有十多個想攻頂的中日登山隊員遇難；八年之後才有十三名罹難者的遺體隨冰川移動而下被人發現……他還加重語氣說：「想登頂的，沒一個成功！想要征服雪山的，都是一群傻瓜！」眞的，挑戰大自然，有時只是做了大自然的祭品罷了！

海拔越來越高，粉紅的高山杜鵑在路旁山腰間一簇簇閃過，我們一路唱著「淡淡的三月天，杜鵑花開在山坡上……」愛搞笑的春明突然站起來，戲謔的笑道：「喂喂，你們有沒有搞錯，現在是六月天，唱什麼淡淡的三月天？」我們也不管他，繼續唱著「淡淡的三月天，杜鵑花開在山坡上……」春明只好又坐下來，跟著我們繼續唱，越唱越大聲。一群走過滄桑的老孩子，在那蜿蜒的山路上，忘記了年齡和往事，坐在往前奔馳的汽車裡，只是忘情的歌詠自然山色，沉醉於我們的混聲合唱。

4

春明與美音，寫作這篇文字，斷斷續續總是遲疑又遲疑。唯一可以確定的是，我懷著虔敬的心情寫下了眞實的記憶和感受。親愛的老友，經歷了一場辛苦的夢境之後，黎明已來過，陽光月亮已來過，雨水也已來過；大地經過了一番洗滌蒸發，秋天已然來臨了。在微涼的風裡，我遙遠的看見你們穿越過那個夢，兩個步履緩慢的背影走入了綠色草地，午後陽光還有一點刺眼，國峻小飛俠在你們的頭頂上爲你們撐著一把米白色的傘呢！看著或想著這一幕，我的心中唯有綿綿的祝福。

不要忘記喲，親愛的老友，有一天我們這些老孩子還要一起去旅行，在蜿蜒的山路上盡興的說笑話，唱老歌，讓自然山色撫慰我們的滄桑……

二〇〇三・十・十八・自由時報副刊

黃春明九彎十八拐

宜蘭人黃春明天生一頭卷髮。任何時候看到他，那頭卷髮總是龍飛鳳舞，氣勢飛揚。一九六六年夏天《文學季刊》籌備期間，他與尉天驄、陳映眞、七等生、吳耀忠等人第一次來我家，那頭卷髮在眾頭服貼之中顯得特別搶眼。那年他三十二歲，新婚不久，剛從宜蘭來台北，在廣告公司上班。次年四月，他在《文學季刊》第三期發表〈青番公的故事〉，接著陸續發表〈溺死一隻老貓〉〈看海的日子〉〈兒子的大玩偶〉〈鑼〉等幾篇轟動文壇的鄉土小說。後來的〈兩個油漆匠〉〈蘋果的滋味〉〈莎喲娜啦·再見〉〈小寡婦〉等描寫城市的小說，也至今傳誦海內外。

黃春明是「文壇第一頑童」，從小是非分明，愛打抱不平，而且常付諸行動；「師範學校從台灣頭讀到台灣尾」，紀錄無人能比。他也是「文壇第一玩家」，文字上玩過詩、散文、短篇、中篇、劇本、兒童文學、廣告文案；只差沒玩出一部長篇。工作上則玩過電器行學徒，國小老師，中廣記者、編輯，多家廣告公司企劃；製作過電視兒童劇及鄉土紀錄片；十多年前回宜蘭做了一系列自然生態田野調查；成立「黃大魚兒童劇團」，演出許多大人小孩都愛看的戲，二〇〇五年七月將演出他的童話故事〈小駝背〉。他也為蘭陽戲劇團編導過多齣歌仔戲，最近剛演完《新白蛇傳》第二部。他還善畫，開過撕畫展，出過漫畫集，並為自己的書親繪封面與插圖。如此遊走各領域，忙碌奔波，辛勞備嘗，春明卻說：「羊吃草，是牠的工作，也是牠的娛樂。」他太太林美音則說：「我們家的理想，是以黃春明個人的理想為理想，為了寫小說，他不斷換工作，小說寫得太晚，第二天趕不及上班，只好辭職了，最苦的時候，我們賣過便當，那時我們只要小孩有牛奶喝就夠了。」

三十年前去過春明家的人都記得，他家有一面「玩牆」，父子塗鴉作樂。國小的國珍，幼稚園的國峻在矮牆上畫圖，玩家爸爸在更高一點的牆上寫一則又一則小說篇名。朋友看了問說：「這篇什麼時候寫出來？」春明就說：「會啦，會寫出來啦。」

孩子長大告別了塗鴉年代，春明也不再在牆上塗鴉，但與朋友聊天，常談起他還沒寫出來的兩部長篇。其一《夕陽卡在那山頭》，「六〇年代我小說

走過昆明「世界花卉博覽會」會場，黃春明又在想什麼怪點子？

（季季／攝）

裡那些鄉土人物已經老了」，人到黃昏，本來生活平靜，却因總統大選生波，被總統候選人握過手的尤其興奮不已；「但平凡的小老百姓，被政客利用過後又被遺忘了。」這長篇一開筆就寫了兩萬多字：「後來太忙暫停下來，一停氣就斷了，要再慢慢接回去。」其二《龍眼的季節》，以他阿嬤爲骨幹，寫童年的成長故事。春明八歲喪母，有一弟三妹，都由阿嬤帶大。阿公開輕便車賺錢不多，阿嬤照顧孫子料理家務還編草鞋貼補家用；「她的個性堅韌強悍，比我阿公還男性，」是那個時代女性形象的代表。「阿嬤在我心裡一直存在著呼喚的力量，有一天一定要把她寫出來。」至於那一天是什麼時候呢？春明還是說：「會啦，會寫出來啦。但是現在事情實在太多了，時間不夠用啊。」

雖然時間不夠用，玩了五十多年的春明玩興未減，又爲宜蘭人籌辦一份雙月刊。「我們不像政府辦的那些文化刊物直統統硬繃繃，」他說：「我們的雜誌取名《九彎十八拐》，像北宜公路一樣拐來拐去，層次多豐富啊。」——只有黃春明，想得出這款搞怪的名！

春明的卷髮，卷髮之下的頭腦，頭腦之下的腳，腳下的生命道路，其實也一直很九彎十八拐。「文壇第一玩家」，有誰玩得過他？

二〇〇五・三・十六・中國時報「人間」副刊

朱家媽媽劉慕沙

那時眷村房子沒門鈴，沒冷氣，客廳的門整天開著，只在紗門上用個小鐵勾勾住。那時大家也沒電話，周末周日去朱家，想去就去，在客廳紗門拍幾下，就聽到劉慕沙中氣十足的聲音：「來啦，來啦，」——那聲音仿佛在唱歌。

拜訪朱家，總是先看到客家女子劉慕沙。面如滿月，笑容燦爛。天熱時她說：「快進來快進來，外邊天氣熱。」天冷時她說：「快進來快進來，外邊風大。」山東男子朱西甯明明也從書房走到客廳來迎接客人，但是清瘦的身子站在豐腴的慕沙背後，常像穿著隱身衣不見人影。「西甯不在？」客人這樣問的時候，朱西甯就斜側著頭說：「在啊，在啊。」

走進客廳剛坐下，慕沙馬上端來一杯香片。如果中午剛過，她笑咪咪問道：「還沒吃吧？我來給你下碗麵。」如果客人說吃過了，她接著說：「晚上留在這裡吃飯吧？」

留在朱家吃飯，就像留在自己家吃飯，無須客氣無須推辭。在那個貧乏的年代，許多人去朱家就是爲了留下來吃一頓飯。沒有成家的，想盡興享受一頓熱呼呼的家常菜；成了家的，也覺得自家的菜不如慕沙做的好吃。大盆飯，大盤菜，大碗湯，人氣加熱氣上桌；客家小炒，糖醋里肌，乾煎帶魚，百頁燒肉，粉皮拌黃瓜……無一不是盤底朝天。「吃哦，盡量吃，後面還有。」慕沙理解著食客們的假日鄉愁，從廚房端菜出來時總不忘加上這句貼心的叮嚀。然後回到廚房，繼續以鍋鏟爲她的歌聲伴奏。那時朱西甯總是微笑的傾聽著。

朱家的文藝界食客，每逢假日少則二三人，多則八九人甚至十餘人。每個人坐上桌理直氣壯，拿起筷子理所當然，吃進嘴裡一派安然。有時吃到一半，又有食客同好前來共襄盛舉。於是一批退下，一批又上，彷彿流水席。慕沙唯恐怠慢了後來者，總是殷殷勸道：「要吃飽哦，冰箱還有狗魚。」聽到這句話，食客吃得更爲心安理得。痛快吃吧，那些狗魚可也都是慕沙用她的翻譯稿費在菜場魚攤精挑細選的。經她一番調治，糖醋或者紅燒，一盤佳餚很快又清潔溜溜。

一九七二年搬到內湖後，常與朱家媽媽劉慕沙帶著孩子和狗到山坡上玩耍。

食客圍著餐桌大吃大喝時，朱家三姊妹——天文、天心、天衣，只好端著盤子到她們房間去吃。不過朱家的狗族倒能自在的蹲在桌下啃骨頭。幾隻比較靦腆的，蹲在門口張望，慕沙把骨頭收進盆子端出去：「來哦，小白小黑花花，來吃哦。」如果碰上狗媽媽生了狗寶貝，慕沙忙完食客們的胃還要忙著狗寶貝的胃，在書房給那幾隻還瞇著眼睛的狗寶寶餵牛奶，朱西甯則在一旁幫著擦屎擦尿。如果有人想要抱一隻狗寶寶回家養，慕沙一定說：「眞的嗎？我們家的狗是要睡沙發的喲。」

朱家的沙發，確是狗族的睡床。牠們常常弓著身子，在沙發裡埋頭睡覺。食客進門，慕沙喊著「起來嘍，客人來嘍！」牠們經驗老到，立即一躍而下。如果遇上換毛季節，坐過牠們的寶座回家，脫下外套總會發現牠們送的禮物在飄動。然而有誰在乎那些細毛禮物？拿起毛刷，輕輕刷一刷，下禮拜還是要去朱家報到！朱西甯寫小說的稿費，劉慕沙翻譯日文小說的稿費，就那樣一筆筆，在食客的胃裡，消化得無影無蹤。

但是慕沙照樣在她的王國裡唱歌，在鍋鏟聲裡快樂的照顧她的子民。朱西甯完成了《鐵漿》、《破曉時分》、《旱魃》；朱天文完成了《世紀末的華麗》、《荒人手記》、《花憶前身》；朱天心完成了《方舟上的日子》、《我記得》、《漫遊者》……

朱家的文學故事未了，劉慕沙的奉獻早已完成。

二〇〇五・四・二十七・中國時報「人間」副刊

捷運裡的《荒人手記》

周日下午的捷運，少了上班族和學生，也少了擁擠和喧譁。走進第二節車廂，還有幾個空位，我在一個正在看書的男子旁邊坐下來。難得車廂沒人站著，人人各安其位，閉目養神，細聲說話，讀書看報，悠遊自在。上班的日子，尤其是上下班時間，捷運裡的上班族像爭著浮出水面的魚，神色慌亂，神情疲憊，一幅苟延殘喘浮世繪。周日下午的捷運客，經過周末休養生息，內心彷彿滋生著重生的歡悅，大多閑適而安靜。我坐捷運時，只想靜靜的閉目休息；因爲平時用眼過度，即使有座位，也很少看書報。但是對於別人正在說什麼話，看什麼書，我的耳朵沒有關閉，眼睛也常發揮掃描功能；短暫的偷窺，並且儲存與歸納。捷運裡的會話主流（包括手機族），無非是辦公室八卦，外遇八卦，婆媳八卦。而捷運裡的閱讀主流，也無非是八卦周刊，漫畫，羅曼史，或者理財，星座，勵志之類，很少有人讀小說；尤其是像《荒人手記》這樣文體與議題皆殊異龐雜，需要凝聚心力深度閱讀的小說。

但是那個周日的下午，我一上車就看到迎面那個正在看書的男子旁邊有個空位。快去瞄一下他在看什麼書，我三步到位，旁他而坐。然後挺直胸膛，低頭似假寐，實則掀高了左眼簾。短短的一秒鐘，瞄到他正讀著的，啊呀，竟然，竟然是朱天文的《荒人手記》！

那男子大約四十歲左右，面容白皙靜定，體型清瘦，雪白長袖襯衫，卡其棉布長褲，配著咖啡色皮帶皮鞋，二郎腿上放一隻米白書包，書包上攤著《荒人手記》，兩手一派優雅的按著書頁。他正讀著第一九二頁，說到小津安二郎的電影美學與身世：「他終身未婚，我揣測他是否一名隱藏，或昇華的吾等族類？」

《荒人手記》是朱天文的第八本小說，第一部長篇，男主角「我」是一個中年同志（queer），描繪「我」與眾多同志情色交歡，肉身修行，心緒在試鍊與崩解中蜿蜒起伏的過程。一九九四年，《荒人手記》擊敗了同時晉入決審的蘇偉貞《沉默之島》，平路《行道天涯》，陳漱意《蝴蝶自由飛》，獲得第一屆時報百萬小說獎。施淑教授（評審之一）認為：根據敘述者的同性戀身分認同，我們可以說這部作品應該是仍被排擠到台灣

一九八二年十一月二十五日，朱天文以〈伊甸不在〉獲第五屆時報文學獎優等獎，於贈獎酒會會場其畫像前。（季季／攝）

文化邊緣的女性官能的經典之作，一部現代科技——權力結構下的感官宣言。王德威教授則認爲朱天文：祭起了「文字的鍊金術」，以纏綿繁複的意象修辭，僞百科全書式的世故口氣，築造了她的「色情烏托邦」。朱天文在得獎感言裡則說，隱居三年書寫《荒人手記》，是一次「奢靡的實踐」；「僅僅是爲了自我證明存活在現今這個世界並非一場虛妄，否則，我不知道是否還有存活下去的理由和勇氣。」

那男子仍然專注的閱讀著《荒人手記》。我仍然挺直胸膛，低頭假寐，心裡卻像穿越千山萬水，澎湃激動，難以止息。一九六四年秋天，我第一次拜訪朱家，板橋浮洲里婦聯一村五五八號，簡陋窄隘的眷村，屋裡沒有廁所。那時朱西甯三十七歲，正在寫第一部長篇《貓》；劉慕沙二十九歲，正在翻譯日本短篇小說；天文八歲，天心六歲，天衣四歲，喜歡在大床上玩堆枕頭、嫁新娘的遊戲。一九九四年秋天，天文以第一部長篇《荒人手記》獲獎。二〇〇四年秋天，我看到一個男子在捷運裡，在靜靜的閱讀《荒人手記》。

十五分鐘過去，台北站已到。

我下了車，那男子與《荒人手記》繼續前行。

二〇〇五・五・四・中國時報「人間」副刊

輯四

側看張愛玲

張愛玲的海明威

大部分讀者閱讀張愛玲，是從她的散文《流言》或她的小說《怨女》《張愛玲短篇小說集》開始。我讀張愛玲，卻是從海明威開始。而我讀海明威，則從一九六一年七月的一聲槍響開始。那年我剛讀完虎尾女中高一，放暑假在家看報，一則外電報導美國小說家海明威在愛達荷州家中以獵槍射擊頭部自殺，得年五十五歲，並介紹他曾以《老人與海》獲諾貝爾文學獎；著名作品包括《在我們的時代》《太陽照樣上升》《戰地春夢》《戰地鐘聲》等。虎尾女中圖書館的翻譯小說，大多是舊俄英法等國的歐洲經典，那時我還沒讀過美國小說。但是看了那則外電後，我牢記著海明威這個以槍聲烙印在我腦海的名字。一九六七年五月，《今日世界》出版《美國現代七大小說家》，讀了其中張愛玲翻譯的〈歐涅斯．海明威〉，終於對他的生平與作品有了較詳盡的了解。一九六八年七月，讀了皇冠出版的《流言》，又看了《怨女》等張愛玲小說，才領略了翻譯海明威的張愛玲，也有自身的一頁傳奇。

後來我才知道，張愛玲翻譯海明威，並不是第一次。

一九五二年七月，張愛玲持香港大學復學證明，離開上海到香港。她出國的終極目標是想以英文寫作揚名，並未回到港大復學。初抵香港，她為「美國新聞處」翻譯美國文學，也接受美新處委託，撰寫以中共土改為背景的英文小說《秧歌》與《赤地之戀》。她的好友宋淇說，「愛玲對翻譯的興趣不大」；翻譯《愛默森選集》，抱怨「我逼著自己譯愛默森。」譯華盛頓·歐文的小說，抱怨「好像同自己不喜歡的人說話。」宋淇說：「唯一的例外，可能是海明威的《老人與海》。」一九五四年，海明威以《老人與海》獲諾貝爾文學獎，張愛玲即進行翻譯，一九五五年在香港出版中譯本，不久即搭船赴美。

一九五六年二月，張愛玲在美國新罕布夏州結識六十五歲的德裔美國劇作家賴雅。她與胡蘭成相差十九歲，轟轟烈烈一場戀愛未得善終。與賴雅相差二十九歲，認識半年即匆匆結婚。賴雅對她深情款款，但是沒有穩定職業，婚後不久又一再中風，生活所需大多靠張愛玲張羅；包括賣古董，寫劇本，做翻譯。《美國現代七大小說家》，即是賴雅生命末期，張愛玲為香港美新處翻譯的。這本書的原作者七位，譯者則僅四位：林以亮、於梨華各譯一篇，葉珊（即楊牧）翻譯兩篇，張愛玲則譯了序文、海明威、辛克萊·路易士、湯麥斯·吳爾甫等四篇。林以亮譯的費滋傑羅，以《大亨小傳》頗受國人喜愛。葉珊譯的福克納，甚至比海明威早六年獲得諾貝爾文學獎。但張愛玲翻譯的海明威，傳奇一生最為國人所熟知。海明威的文字簡潔嚴謹，小說主角多自我流放，被稱為「迷失的一代」；《太陽照樣上升》《戰地春夢》《戰地鐘聲》《老人與海》《雪山盟》等，並先後改拍為電影。他曾兩次參與世界大戰，「身上中彈九處，頭部受傷六處……沒有人像他受那麼多傷，還能活命。」一生結婚四次，最後卻「以他心愛的獵槍把自己的頭打掉大半個」，爲他的生命傳奇加上另一頁傳奇句點。

張愛玲翻譯〈歐涅斯・海明威〉時，想必也不斷在他的剛性傳奇中照見自己的柔性傳奇。但在小說風格上，他們都謹守「描寫事蹟，嚴格地照事情發生的次序」。而在對白上，「海明威的耳朵像陷阱一樣，捕捉住人類語言的各種音韻與腔調，能夠很快地使一個角色變成活生生的人物。」——張愛玲的對白，不也是這樣的嗎？

二〇〇五・三・三十・中國時報「人間」副刊

唐文標的張愛玲

張愛玲去世，匆匆竟已十年！十年之間，張迷日增，許多人閱讀她的文本之時，還不時對照著她孤絕的死亡。張愛玲爲什麼會那樣封閉自己？張愛玲到底是怎樣的人？涵蓋種種臆想與紀錄的張愛玲傳記，論文，舞台劇，電視劇，一波又一波出現；書寫張愛玲，重尋張愛玲，成爲跨世紀，跨性別，並且橫跨兩岸三地的閱讀風潮。然而誰也不能否認，大俠唐文標是這一風潮的啓蒙者；他主編的《張愛玲資料大全集》，更是所有這些書寫者都想參拜的神殿。有那本書的人不多，沒那本書的人不少；總是想方設法借來影印，甚至借別人的影本再去影印。遺憾的是，唐文標以十年時間搜尋資料編選這本書，却也因這本書而引發鼻咽癌傷口破裂出血，

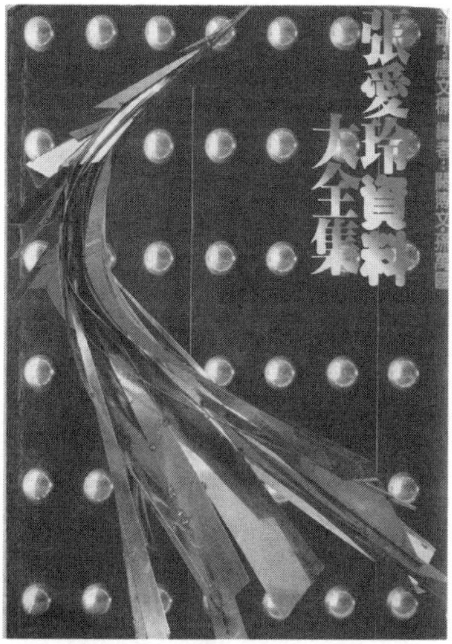

唐文標主編的《張愛玲資料大全集》封面。

一九八五年以四十九歲之齡往生，距今恰是二十年。

唐文標一九三六年出生於香港，美國伊利諾大學數學博士，曾任教於加州大學沙加緬度分校及台大數學系與政大應用數學系。在台灣文藝界，有人尊稱他唐大俠，或乾脆直呼老唐，他都微笑以對。夏天沒課的時候，他喜歡趿拉著拖鞋，揹著書包找朋友串門，沒一點教授架子。他的嗓門不小，話題不少，從新詩論戰到張愛玲，甚至老鼠會等各種社會議題，他都是犀利的行家，一開口就口若懸河。他的門牙有點暴，說話有點漏風，一口廣東國語口沫橫飛之際，油油的頭髮也跟著舞動起來。

唐文標在香港讀中學時就看過張愛玲的小說。高中畢業時，老師還送了他一本剛出版的《秧歌》英文版。一九七三年決定研究張愛玲後，十年之間「足跡幾乎遍及諸大洲自由世界各大學圖書館」，把張愛玲上海時期的資料陸續影印出來；「在我以前台灣還未有人做過這類事。」一九七六年五月在聯經出版《張愛玲雜碎》，包括他對張愛玲早期小說的評論及張愛玲的照片與自畫像。一九八二年在遠景出版《張愛玲卷》，收錄了張愛玲〈多少恨〉等三篇小說；胡蘭成〈評張愛玲〉等五篇散文，及蘇青散文等十餘篇：「是我整理收集到的有關張愛玲資料的第一本書。……但我個人仍希望能有一天，把我手頭收集到各式各樣的，未爲張愛玲先生以前結集問世的散稿圖片，全部影印出來。」一九八四年六月，「儘量用原版影印」；「全採擷雜誌中散佚未結集者而成」的《張愛玲資料大全集》由時報出版公司出版，十六開本，近四百頁；包括照片、圖片，佚文、殘稿，訪問、座談，評介，雜碎等五大部分。據說張愛玲在美國看到書後很生氣，認爲侵犯她的著作權，委請皇冠代爲處理。後來時報出版遵照余紀忠先生之命，停止發行。

次年六月初，時報出版總經理柯元馨（高信疆夫人）打電話給當時住在台中的唐文標，說倉庫還有四百本書，「你如果要，我就雇一輛小發財車給你送去；如果不要，就準備銷毀。」老唐豈能容忍他的張愛玲被銷毀？自是滿口要，要，要。六月九日，柯元馨請發財車送那四百本書去台中，司機把書運到老唐家樓下門口就走了。

老唐一九八二年（四十六歲）五月三十日才與邱守榕結婚，兒子還幼小。四百本書送到時，邱守榕還在彰化師大教書，老唐一個人搬上樓。老唐患鼻咽癌多年，却不改唐吉訶德精神，一趟又一趟的，搬，搬，搬，搬。照過鈷六十的鼻咽癌傷口，承受不住負重力長時間壓擠，竟而破裂出血，血流不止。十日凌晨三點半，老唐就在台中榮總去世了！一位台北文藝界朋友聽聞消息後痛哭失聲，頻頻嘆息，最後罵道：「唉，唐文標，愛死了張愛玲！」

愛張愛玲愛到賠上一條命，現代文學史上，也僅老唐一人吧？

二〇〇五・四・六・中國時報「人間」副刊

張子靜的張愛玲

張愛玲從小就看不起她弟弟。更正確一點說，張家的女人始終看不起張家的男人。她母親和姑姑爲了對抗滿清遺老家庭裡的男性威權，必須在心理與行動上不斷的武裝自己。遺老家的男人大多敗德，霸著祖產不事生產：吸鴉片，賭錢，納妾，花天酒地。她母親與她姑姑張茂淵憤而離家去國，她姑姑甚至直到一九七九年七十八歲才與張愛玲在港大讀書時的監護人李開第結婚；她們都是不甘於接受遺老傳統的現代女性。在她家，張愛玲和母親、姑姑是一國，她弟弟和父親是另一國。兩國時有征戰，兵將傷痕斑斑。最後女人國佔上風，張愛玲名揚上海灘。後來更揚名全球華文讀書界。

一九六八年七月，皇冠出版張愛玲散文集《流言》，部分篇章坦露她對那個男人國的鄙視、憎恨與嘲弄。當時兩岸冰凍，對她的背景一無所知。一九八四年六月，唐文標主編的《張愛玲資料大全集》出版，一頁頁撥開雲霧，終於看到張愛玲的青春光華與生命滄桑。書中並有一篇〈我的姊姊張愛玲〉，才知道她的弟弟名子靜；可惜沒注明發表日期與刊物名稱。但它和《流言》第一篇〈童言無忌〉裡的「弟弟」對照讀，姊弟情結分外分明。〈童言無忌〉一九四四年五月在《天地》月刊發表，提到弟弟有如下之句：「我比他大一歲，比他會說話，比他身體好，我能吃的他不能吃，我能做的他不能做。」〈我的姊姊張愛玲〉則有如下之句：「她曾經跟我說，『一個人假使沒有什麼特長，最好是做得特別，可以引人注意。我認爲與其做一個平庸的人過一輩子清閒生活，終其身，沒沒無聞，不如做一個特別的人，做點特別的事，……不管他人是好是壞，但名氣總歸有了。』這也許就是她做人的哲學。」

一九九五年九月張愛玲去世後，張子靜在上海告訴我，他那篇文章發表於一九四四年十月《飆》創刊號；與張愛玲發表〈童言無忌〉僅差半年。那時他二十三歲，姊姊二十四歲。他還說，《飆》是他與友人合辦，他曾去向張愛玲約稿，但她說：「你們辦的這種不出名的刊物，我不能給你們寫稿，敗壞自己的名譽。」說完拿一張她自繪的〈無國界的女人〉插圖，讓他回去交差。

張子靜優雅而木訥，終生未婚，那時已從浦東黃樓中學英文教員退休十年，住在江蘇路一間只有十四平方米（四．二坪）的亭子間。我去上海找他，是聽說他手邊有一萬五千字的第一手資料，想把〈我的姊姊張愛玲〉擴寫爲一本書。但他已七十四歲，身體虛弱，無力寫作。後來我與他合作，一九九六年一月中旬由時報出版公司出版《我的姊姊張愛玲》一書。

唐文標說《張愛玲資料大全集》：「賢者識其大者，不賢者識其小者，悠悠蒼天，落落歷史。」他集結了一九五二年之前，張愛玲上海時期的各種原始資料，「專爲學術研究而輯印。」張子靜說《我的姊姊張愛玲》，書寫力求「尊重事實」，詳述了張家（祖父張佩綸）、李家（外曾祖李鴻章）、黃家（母親娘家）、孫家（後母娘家）的官宦歷史與生活轉折，還原了張愛玲小說〈金鎖記〉〈花凋〉的故事場景與眞實人物；希望「獻給那一批又一批『新張迷』。」不過《我的姊姊張愛玲》出版後的近十年中，海內外許多與張愛玲有關的學術論述或非學術的傳記、電視劇，也不斷引用張子靜提供的歷史事實。

遺憾的是，因爲皇冠出版對照片著作權的見解不同，《我的姊姊張愛玲》和《張愛玲資料大全集》的命運一樣，最後也奉余紀忠先生之命，停止發行。

一九九七年十月，張子靜在上海抱憾而終。

二〇〇五・四・十三・中國時報「人間」副刊

我與張愛玲的垃圾

1

「妳和張愛玲的垃圾，會有什麼關係呢？」

想必所有看到這篇文章題目的讀者，都會有此疑惑。

是的，我必須說，我和張愛玲的垃圾沒有直接的關係。我不可能去掏張愛玲的垃圾；當然，也不可能去掏任何人的垃圾。這不是因爲我的職業並非清潔工人，而是我從小受的教養——尊重他人的隱私。

每一個丟棄的垃圾，多少都有一些個人的隱私：賬單，收據，信件，札記，甚至日記和照片。它們既然被處理爲一袋主人想要湮滅的垃圾，我們就必須尊重那袋（或那些袋）垃圾——一袋封閉的垃圾，當然也是絕對隱私的。

「既然這樣，妳和張愛玲的垃圾，怎麼可能有關係呢？」是的，我甚至必須說，我和張愛玲的垃圾，最好連間接的關係也沒有。然而事實却非如此。

張愛玲已於今年九月初大去。對於過往的事情，我不能用「我希望……」這樣的語句。我只能說，非常不幸，也非常遺憾，在錯綜複雜的因緣際會裡；在人生某個階段的特定時空裡，我間接的接觸到了張愛玲的垃圾——有人在遙遠的太平洋彼岸，要把張愛玲的垃圾丟給我。但是，我拒絕了。

現在回想整個事情的經過，我仍然非常爲張愛玲感到悲哀。這件事不是一個單純的「張愛玲垃圾事件」，而是一件「文化界的垃圾事件」！

2

決定回顧這件垃圾事件的經過，我無意傷害或者指責任何人。我比較誠懇或甚至嚴肅的出發點是，媒體對作家私生活的尊重，以及作家與作家之間的彼此尊重。如果你喜歡一個作家，崇拜一個作家，欲見其人而不可得，竟至於去掏作家的垃圾，這絕不是尊重之道，而是一種羞辱。

作家的存在意義，最重要的是生產文字。透過文字，作家以他的智慧呈現不同的作品風格，架構，人物，感覺，對話，期待，想像……。作家的責任是以文字與世人相見，不是以臉孔與世人相親。在這一點上，張愛玲嚴守分際，善盡職責。現在有些作家喜歡以臉孔與世人相親；「只要我喜歡，有什麼不可以？」但是大部分文化界的人都知道，張愛玲並不喜歡以臉孔與世人相親，尤其自一九七二年幽居洛杉磯之後。

那麼，爲什麼有人偏偏要去做張愛玲不喜歡的事呢？爲什麼有人偏偏要去做傷害、羞辱張愛玲的事呢？

一九八八年十二月，張愛玲從莊信正先生處獲知整個「垃圾事件」的處理經過後，曾在十二月下旬寄了一張聖誕卡給我。其中最重要的一句話是：

「感謝所有的一切。」

許多人批評張愛玲冷漠。冷漠無涉道德。但從張愛玲的這句話裡，我的感受是張愛玲並非冷漠，而是對某些人、某些事，不屑相與。

3

一九八八年九月一日，我抵達美國愛荷華，住進愛荷華大學學生宿舍「五月花」大廈的八樓。那一層樓在每年的八月到十二月，都提供給來自世界各地，參加愛荷華大學「國際寫作計畫」（International Writing Program）的各國作家；每年大約三十多人。那一年應邀的華人作家，台灣地區是蕭颯與我，大陸地區是白樺與北島。

愛荷華是個大學城，人口不足五萬，很安靜，簡樸，美麗。五月花大廈面對愛荷華河，河岸遍植垂柳，秋天裡隨風搖曳，頗有詩畫之意。有位中國作家酷愛釣魚，常在凌晨去愛荷華河邊釣魚，天亮之前回到五月花，漁獲塞滿冰箱冷凍庫。按照美國法律，釣魚須有執照。

這位到訪作家當然是沒有執照的。選在凌晨前去，一來不易被人發現，二來據說魚兒容易上鉤。作家對此不敢大肆張揚，以免招來國恥；但又頗爲沾沾自喜，引爲旅居愛荷華的一大收穫。關於觸犯美國法律，他的說詞是：「只要不被抓到就好；反正河裡那些魚，美國人是不吃的，釣也釣不完！」

「那個作家釣魚，和張愛玲的垃圾又有什麼關係呢？」

是的，釣魚和垃圾也沒有關係。但是偷釣魚和偷別人的垃圾，都是觸犯美國法律的；而違法的兩個行爲者，都是中國作家；一個寫詩，一個寫小說！

IWP的活動，包括參觀，訪問，座談，演講，旅遊。這些活動都不參加也沒關係——你儘管閉門寫作，沒有人怪你冷漠。那時我的工作是台灣C報的副刊主編，需和台北的辦公室常通電話或傳眞。當年傳眞機還不普遍，而兩地時差十多小時，晚上十一點多，蕭颯常陪我散步二十多分鐘，去城中心的影印店傳眞稿件回台北。

十月中旬，我們開始出外旅遊，第一個去拜訪的是住在愛荷華鄰州——密蘇里州——聖鹿邑市的鹿橋先生。

鹿橋七〇年代以《未央歌》馳名海內外，後來又以《人子》轟動一時。《未央歌》至今仍是台灣的大學生最喜歡讀的小說之一。如以階段性的熱潮而論，張愛玲孤島時期揚名上海灘，鹿橋七〇年代在台灣文壇的聲望則超過張愛玲。一九七九年秋天，夏志清的《中國現代小說史》中文版在台灣出版後，張愛玲在台灣文壇的聲望凌駕所有中國作家之上；因爲夏志清寫〈魯迅〉（第二章）僅二十八頁，寫〈張愛玲〉（第十五章）的篇幅則多達四十二頁。

「那麼鹿橋與張愛玲的垃圾，又有什麼關係嗎？」

當然也是沒有的。

但是鹿橋與張愛玲，在創作的出發點上，曾經有非常特殊的關係：一九四〇年，他們在《西風》雜誌三周年紀念徵文中同時列名：鹿橋名列第八，張愛玲名列第十三！當時鹿橋二十一歲（一九一九年生），就讀於雲南昆明西南聯大，得獎作品〈結婚第一年——我的妻子〉；張愛玲二十歲（一九二〇年生），就讀香港大學，得獎作品〈我的天才夢〉。

依據一九四〇年四月十六日《西風》副刊第二十期的「徵文揭曉啓事」，這項以「我的……」爲主題的徵文，入選作者共有十名。參加徵文的稿件六百八十五篇，而作者的身分「有家庭主婦，男女學生，父親，妻子，舞女，軍人，妾，機關商店職員，官吏，學徒，銀行職員，大學教授，教員，失業者，新聞記者，病人，教員及慈善機關工作人員，流浪者，囚犯等；寄稿的地方本外埠、國内外各地皆有……」

編者在啓事中又說，他們評閱稿件，是以「内容、思想、選材、文字、筆調、表現力量、感想、條理、結構等條件爲準則」；「自信確曾用著冷靜的頭腦、公正的態度、客觀的眼光，把投稿者每篇心血之作詳細閱讀過。」

這項徵文，原訂獎額十個。但「因精采文章實在太多」，《西風》決定另增三個「名譽獎」；張愛玲的〈天才夢〉，即是名譽獎的第三名。

我們如今不知《西風》當年徵文的評審是哪些文壇名士，但以得獎者後來的創作軌跡來看，得獎與否以及得獎名次的先後，與一個作者的終身成就絲毫無傷；但也可能絲毫無助。例如當時以〈斷了的絃琴——我的亡妻〉獲得第一名的水沫先生（上海人），現在有誰知道他呢？如果水沫是巴金或者柯靈或者錢鍾書的筆名，那當然另當別論；然而事實却非如此。

4

一九九四年秋天，張愛玲獲得第十七屆「時報文學獎」的「特別成就獎」。十二月三日，她於《中國時報》人間副刊發表得獎感言〈憶西風〉，猶耿耿於懷重提當年參加徵文比賽由首獎變成名列十三的往事：「十幾歲的人感情最劇烈，得獎這件事成了一隻神經死了的蛀牙，所以現在得獎也一點感覺都沒有。隔了半個世紀還剝奪我應有的喜悅，難免怨憤。」不過她也說：「五十多年後，有關人物大概只有我還在，由得我一個人自說自話，片面之詞即使可信，也嫌小器，這些年了還記恨？」

然而張愛玲的這段「片面之詞」，並非「即使可信，也嫌小器，」而是不盡符合事實。如果她說的「有關人物」是指徵文主辦單位的主其事者（包括評審），或許接近事實；如果「有關人物」包括了在她之前的十二位得獎者，則「大概只有我還在」就偏離事實。

張愛玲爲文行事一向極爲細膩，冷靜，她用了「大概」及「片面之詞」這樣的字眼，表示她對時隔五十多年的人事變遷，並無絕對肯定的答案。而人世幻變，事實亦非她所能料——

——何況已經與世隔絕，幽居二十二年？

例如名列第八的鹿橋先生，目前仍住在聖鹿邑市，身體還算健康。另一位南郭先生，也名列張愛玲之前（名譽獎第二名），尚在人世，只是並不健康。南郭本名林適存，比張愛玲大六歲（一九一四年生），中央軍校畢業，當時在貴州遵義從軍，得獎作品是〈黃昏的傳奇——我的第一篇小說〉。一九五四年南郭由香港到台灣後，主編過《作品》《幼獅文藝》等文學月刊，也主編《中華日報》副刊十二年，出版了二十六部散文及長短篇小說。聽說近年備受老人癡呆症困擾，返回大陸度殘生。至於其他的得獎者，或許也有人還住在大陸，或在這世界的某一個角落，只是未以文字與我們相見，也就渺不可知其存亡。

我與蕭颯造訪聖鹿邑時，鹿橋剛從密蘇里州華盛頓大學退休，忙著整理從學校搬回家的大批書籍資料，準備分門別類捐贈各大學。鹿橋心胸開闊，一路往前，很少緬懷過去，和我們談的都是退休後計畫做的事和計畫寫的文章，特別是有關中國建築與文化的問題；沒有談到張愛玲，也沒有談到《西風》徵文的事。

十月底萬聖節前夕，蕭颯與我由聖鹿邑到了加州聖地牙哥。那時鄭樹森執教於加州大學聖地牙哥分校，孤家寡人，沉迷書堆，蕭颯與我住在李黎家，他每天都抽空來聊天。鄭樹森精研文學經典，也好奇文人掌故，天南地北閑聊之中，我們也談到了大家都關心的張愛玲近況。不過我們所談亦多只是二手傳播，詳實待查。

鄭樹森居所與李黎家僅一街之隔。但李黎說，到她家做客的文友，無人能夠走進鄭樹森的大門，即使當時蕭颯與我熱切示意，他亦只是笑而不答。據李黎的非正式說法，鄭樹森藏書太多，氾濫成災，客人進到他家也許無立足之地，或者客人也許會窺視他的藏書，使他如覺芒刺在背……。總之，鄭樹森給予我們的待客之道，規格與其他文友相同。李黎說：「鄭樹森沒有客廳，我家的客廳就是他的客廳。」我對鄭樹森說：「你的生活和張愛玲相比，有一部分已經很接近了。」他仍是笑而不答。

在聖地牙哥的第三天深夜，我接到報社董事長的電話，囑我半個月內必須回到台北，因爲報紙十一月下旬要改版。台灣在一九八八年一月開放報禁，競爭激烈；十一月底改版，當然是爲了次年更激烈的競爭。

5

回到台北兩天，我就接到D小姐從洛杉磯打來電話，問我是否已看過她寫的一篇有關張愛玲的文章？

原來我回到台北之前，她的稿子已寄至副刊辦公室。她亦打過電話來問是否發表，代理主編張大春決定把那包讓他覺得燙手的垃圾問題留給我；不過他把稿子帶回家看後，忘了帶回辦公室。

半個月之後，我才讀到D小姐的稿子。在那之前，D小姐已經又打過四五次電話。我讀過D小姐的一些小說，她是文壇新人，遠在美國，多次接到她的國際電話，使我很覺不安和愧疚（因爲知道電話費很貴），但也感受到她的急切和焦慮。

看完D小姐的萬字稿，我長嘆一聲，悲憤莫名。簡單的說，D小姐要向張迷報告的，就是張愛玲的垃圾內容。如果以純粹的新聞角度而言，這可是一篇獨家報導啊！——你想想看，有誰見過張愛玲的垃圾呢？

一九四三年之後，要走進張愛玲的小說世界易如反掌；一九七二年之後，要走進張愛玲的生活世界，難如登天。一九八八年，D小姐雖然未能如願「走進」張愛玲的生活世界，却確實「靠近」了張愛玲——租住在張愛玲隔壁的房間。

D小姐的報導，大致是說，「在一次偶然的機緣裡」，她得到張愛玲的住址，寫了一封信去，「希望能採訪她」。類似的信件，到了張愛玲手裡就如落進太平洋。D小姐久候無回音，於是去張愛玲租住的公寓大樓，詢問管理員有關租屋之事；「而且指定住她隔壁」，以便伺機採訪。

等了半個多月，張愛玲隔壁的房間空出來，D小姐就搬了進去。她的報導裡說，這幢公寓，「設備潔淨，房租昂貴，一個月三百八，押租五百塊，簽約需半年，另扣清潔費五十，住不滿半年押租不退。預定房間後，還得先繳銀行戶頭信用檢查費二十五塊，上述諸款一律收現金……」

D小姐在那裡住了一個月，常常耳貼牆壁，細聽張愛玲的動靜，聽到她「一天約看十二小時電視，聲音開得極響」。但眞正見到張愛玲的機會則只有一次——張愛玲出來丟垃圾。

作家出門丟垃圾，當然不是合適的採訪時機。而且，「因爲距離太遠」，D小姐「始終沒有看清她的眉眼」。

既然採訪張愛玲是那麼困難，採訪她的垃圾就相對的容易些。那天張愛玲丟了十多包垃圾，在她回房之後，D小姐當機立斷；「用一枝長枝菩提枝子把張愛玲的全部紙袋子勾了出來……」

D小姐以極大篇幅，鉅細靡遺記錄她採訪到的垃圾內容。關於這一部分，D小姐已在一九八九年把這篇報導收進她自己的書中，無需在此贅述。接下來有若偵探小說情節的發展，才是本文的敘述重點。

6

拜讀了D小姐的文章後，我立即和住在紐約的莊信正先生連絡，告訴他我收到這份稿件的事。張愛玲從舊金山搬到洛杉磯，就是請莊信正託當地的朋友找房子，協助安頓之事，很得張愛玲的信任。

未料莊信正在電話那頭說，他已經知道D小姐住在張愛玲隔壁的事；「不過她們都已經搬走了！」

所謂「她們」，指的當然是張愛玲和D小姐。

原來D小姐「閱讀」了張愛玲的全部垃圾之後，難抑興奮之情，就給住在舊金山的C女士打電話，婉轉告知她接受台北U報副刊的委託，已經住進張愛玲隔壁房間，正在等待比較合適的機會，看看能否進入張愛玲的房間採訪。不過也許出於心虛，她略去了偷走張愛玲垃圾這段情節。

大部分的女人向人訴說祕密，都有某種心理動機。不過她們也沒忘記訴說的對象並非心理醫生（有守密之責），最後難免要以這句全球每天不知有多少人說的話作結：「我跟你說的這件事，你千萬不可以對別人說啊！」

D小姐自承愛拾張愛玲牙慧，但她到底不如張愛玲聰慧，所以也落入了一般凡俗女性的語言窠臼，說了那句「我跟你說你不要跟別人說」的話。

按照美國法律，偷竊或翻找他人垃圾，都涉及侵犯隱私權。D小姐住在美國多年，顯然明知不可而爲之。相對之下，她向C女士要求「你不要跟人說」，豈不亦如過眼雲煙，倏乎即逝？

C女士接完D小姐電話，驚呼非同小可，立刻給住在紐約的H教授打電話。H教授一九六一年就在他的英文著作中以四十二頁的篇幅肯定張愛玲的文學地位，偶而也與張愛玲通信，一向極獲張愛玲敬重。

H教授接完C女士電話，也覺情勢危急，立刻打電話給同住紐約的莊信正；因爲只有他知道張愛玲的電話號碼。

莊信正對我說，他總是每隔一段時間就給張愛玲打個電話，問候近況；「不過張愛玲是不大接電話的，十次電話大概有九次不接。」

但是那次如有靈犀相通，他接完H教授電話，立即打電話到洛杉磯；「沒想到張愛玲一下子就接起了電話！」

莊信正在電話裡急切的告訴張愛玲：「現在妳隔壁住了一個D小姐，據說是台北U報委託的……。」

張愛玲立刻掛斷電話。

第二天，莊信正又打電話去，但是沒人接。按照與張愛玲的交往慣例，沒人接電話並不表示她不在家。不過莊信正不放心，又給他住在洛杉磯的好友林式同打電話；這位好友接受莊信正之託，近十多年裡一直負責協助張愛玲的租屋及搬遷事宜。

林式同接到莊信正電話，很有默契的簡潔的答道：「沒問題，已經搬好了。」——一天的工夫！

再說D小姐，作爲一個新聞工作者，竟沒發現她的採訪對象有了異動，不知道張愛玲已經搬走了。她仍然每天耳貼牆壁，卻聽不到一絲電視的聲音。起先她以爲張愛玲病了，連電視也不看了。但是連著幾天沉寂無聲，她不免起了疑心；到管理員那兒詢問，才知張愛玲早已搬走了！

7

D小姐很快又從洛杉磯打電話來台北。那次電話反覆說了將近一個小時。我眞是心疼。

D小姐似乎很肯定我會刊登那篇垃圾報導文學。她聽我說已看完稿子，立刻提到報酬的問題：除了稿費要特案辦理，她住張愛玲隔壁期間的一切押金，租金，電話費等等費用，亦要我們專案付酬。

「但是D小姐，我並沒有說我們要用妳的稿子啊。」

D小姐聽了似乎很吃驚：「啊，你們不用？」

她一定認爲我的專業判斷有問題，不了解張愛玲的魅力——有誰寫過張愛玲的垃圾，你們竟然不用？

D小姐於是說了一些「讀者有知的權利」之類的新聞用語。我告訴她，決定這篇稿子的關鍵，不是讀者權利的問題，而是媒體道德的問題。

「妳知道張愛玲已經被妳嚇得搬走了嗎？」

她說，知道。

「妳知道張愛玲前幾年常常搬家，把《海上花》的英譯稿弄丟了嗎？」

她說，不知道。

「張愛玲已經快七十歲了，她身體不好，我們就讓她安靜的多活幾年吧。」我像是在哀求D小姐。

D小姐立刻振振有詞的說，問題就在張愛玲已經快七十歲了，才有這個垃圾事件的發生。

「是U報要我去做的。」她理直氣壯的說。

U報和C報，號稱台灣兩大報，一向競爭激烈。U報副刊主編W先生洞燭機先，向D小姐提出委託她去採訪張愛玲之事，一切費用由U報負擔。W先生爲人溫雅，我相信他向D小姐提出的一定是設法訪問到張愛玲本人；自一九七一年張愛玲在舊金山接受水晶訪問的〈蟬——夜訪張愛玲〉在C報副刊發表後，就沒有任何一個媒體能再訪問到她。但我絕不相信W先生委託D小姐做的訪問工作，會包括「採訪張愛玲的垃圾」這個子題。

不過D小姐顯然沒有完成U報委託的工作。她在那裡住了一個月就自我洩密，驚走張愛玲。D小姐也許認爲「走失了張愛玲」並非事不可爲；還有「張愛玲的垃圾」可以報導啊！她把垃圾分門別類，一字一句細加分析，完成了那篇垃圾報導文學，火速把稿件影本寄給W先生。但W先生給她的答覆是：「我們要等張愛玲百年之後，才能發表妳這篇稿子。」——這是W先生的英明之處。他早已料到，已經神祕隱居十多年的張愛玲，如果有朝一日大去，必會掀起媒體競爭熱潮，U報屆時如果能刊出一篇張愛玲的訪問稿，勢必拔得頭籌。所以，即使D小姐眞的訪問到張愛玲，W先生也不會立刻發表的。《紐約時報》有個訃文版，都是預做規劃，名人大去，次日見報，在報界早已建立權威聲望。W先生預做這樣的規劃，頗有

《紐約時報》之風。問題是，《紐約時報》絕對不會在訃聞裡提及翻找名人垃圾的過程；就算眞的有做，亦唯恐人知，決不會連翻找過程亦滴水不漏的寫進去。W先生當然也深知，如果立刻刊登那篇垃圾報導，對張愛玲及對U報形象的殺傷力。

所以D小姐就轉而把稿件寄給U報的對手C報副刊。我雖然不若前輩W先生英明，至少理解媒體道德和做人的道德——我絕不做任何一件可能傷害張愛玲的事。

D小姐似乎不死心，在電話裡一再強調她翻找張愛玲的垃圾，是因爲「這不是普通人的垃圾，這是張愛玲的垃圾啊！」

我還記得她另一句斬釘截鐵的話是：

「只有張愛玲，才値得我這樣做的！」

彷彿張愛玲的成就，必得通過垃圾事件的檢驗，才會益顯輝煌。

8

任何垃圾在成爲垃圾之前，都曾有她的生命；每一種生命，都各有它的形貌和聲音。許多垃圾可以回收，甚至可以再生。D小姐如果耐心等待，等張愛玲大去之後再發表她的垃圾報導，也許會成爲垃圾再生的佳作。遺憾的是，D小姐急於回收她的付出，急欲與張迷「分享」她的「收穫」，雖然被兩大報副刊婉拒刊登，仍然在張愛玲大去之前七年昭告天下！

一九九五年九月八日，張愛玲去世的消息傳出後，我多次與莊信正先生通電話。獲得他的應允與鼓勵，才有勇氣寫出我與張愛玲的垃圾正面相見，但讓讀者錯肩而過的前後過程。在文化發展與新聞競爭的長路上，我寫的這篇憶往之作，當然也很快就會成爲垃圾。垃圾曾經有它的生命流動過程，我只是在轉身的刹那，託借文字肉身，重現生命的聲音。

一九九五．十二月．香港《九十年代》月刊

後記：

一、張愛玲去世後，新聞熱潮果然持續不斷，各種道聽途說紛紛現身。其中最爲荒腔走板的是水晶一時不察，竟說《西風》徵文「得首獎的就是後來以寫《未央歌》《人子》成名的吳納孫（鹿橋）先生」。友人把相關報導寄到美國，鹿橋看了大驚：「言者無心，讀者却難免有看熱鬧的心理。我十分覺得平白受了冤屈。」幾經思索，他寫成〈委屈、冤枉，追慰一代才女張愛玲——兼及往事、心事一籮筐〉一文，年底於「人間」副刊發表；一九九八年十二月收入時報出版新書《市廛居》。讀者如能比照閱讀，必能領會鹿橋對張愛玲性格的觀察，及他對那篇得獎感言的絃外之音。最耐人尋味的是，他在那篇文章中說，張愛玲的小說「我至今一篇也尚未看過……」二〇〇二年三月十九日，鹿橋因直腸癌於美國波士頓去世，享壽八十四歲。

二、二〇〇五年九月是張愛玲去世十周年，美國哥倫比亞大學特爲她出版《海上花》英譯版。一九八五年，張愛玲爲了《海上花》譯稿遺失，曾向洛杉磯警方報案，然而始終下落不明。張愛玲去世之後，美國南加大教授張錯擬在該校成立「張愛玲文物特藏中心」，徵得張愛玲遺物所有人宋淇、鄺文美夫婦同意，捐贈兩箱張愛玲文稿給該校圖書館。該館中文部主任浦麗琳細加整理，發現其中有三部不同版本的《海上花》譯稿，但稿件陳舊，塗改甚多，可能是早期的初譯稿。哥大教授王德威，特把三部譯稿寄給香港中文大學翻譯研究中心的孔慧怡，請她協助修訂，潤飾；前後費時三年，始得重新編排出版。至於張愛玲費時十八年英譯的《海上花》定稿，似乎永遠行蹤成謎了。

三、世間事有行蹤成謎者，也常有意外之喜。二〇〇五年七月，我正爲這篇十年前的舊作進行訂正之際，在當期《印刻文學生活誌》「超新星」專輯的「十問九答」裡，看到作者林維寫著：「我家老太爺林適存是位老作家。」原來她是南郭的女兒！設法與她取得聯繫，才知道南郭因罹患老人癡呆症時常迷路，而家人忙於工作無暇照顧，一九九四年七月十日由她護送去武漢，託給叔叔照顧；一九九七年三月二十八日去世，享壽八十五歲。

林維在「超新星」專輯，除了「十問九答」，還發表了兩篇散文一篇小說。她的文字精巧靈動，觀察與想像力都有獨特角度，確是值得期待的新人。本文提到的《西風》徵文三位得獎者，俱已先後大去，在文學創作的路上，僅有南郭有女繼續前行。南郭地下有知，想必備感欣慰吧？

二〇〇五・七・二十六增訂畢

古之紅目擊張愛玲

——〈往事哪堪回味——「張愛玲傳奇」觀後〉之觀後

1

這個春天有許多驚奇。一個又一個前仆後繼，讓我們目迷五色，難免困惑。四月一日在「人間」副刊看到古之紅〈往事哪堪回味——「張愛玲傳奇」觀後〉，對我來說則是更大的驚奇，同時也是更大的困惑：爲什麼直到現在他才把六十年前在南京胡蘭成家中見到張愛玲的事寫出來呢？

……認識胡氏伉儷，緣由蘭成先生令侄胡紹鍾學長引薦，紹鍾是筆者就讀高中時的同班同學。蘭成先生尊翁，不幸早逝，胥賴長兄撫育長大成人，迨長兄辭世，紹鍾尚在髫齡，其教養之責，遂由蘭成先生一肩承擔。胡氏祖居在浙江嵊縣，位於紹興之南，雖非窮鄉僻壞，終究不如通都大邑，其後蘭成先生徙居南京，紹鍾隨之而至，若非如此，則余既不識紹鍾，更無由得識此一對眾所欽羨的神仙佳侶。

胡氏居處，在南京市區石婆婆巷二十號，雖非豪宅巨邸，但其屋宇建構，採用歐洲南部風格，極爲雅致，而其建材選擇、色澤搭配，均爲一時之最，一望即知居住在此的主人，其生活品味，必定是列於高雅層級之流。詩人紀弦先生亦住此巷，兩家相距近在咫尺，筆者得識紀弦，亦賴紹鍾介紹。

步入胡宅大門，即見一片碧綠，芳草如茵，草地周邊排列著五六個小花圃，其中栽著幾叢玫瑰和鳳仙，而兩株體型稍大的臘梅，則散發出淡淡的幽香。草坪中央爲網球場，只要掛上球網，即可打球活絡筋骨。

第一次進入胡宅，正巧遇見他們打球方歇，因係初見，紹鍾爲我們作了簡單的介紹，我也乘機打量他們——那位男士約莫四十來歲，氣宇軒昂，眉目之間，英氣煥發；女士年齡略輕，面容娟秀，顯露出一股青春鍾靈的活力。

在此之前，我對蘭成先生，完全陌生；但對愛玲女士，則是因爲她曾被筆者之恩師傅彥長教授讚譽她，將來極可能是震驚文壇的名小說家。故而在心中對她已早有了一分景仰之意。嗣後，在紹鍾陸續的談話中，才知道張愛玲當時在文藝圈，雖已相當馳名，其實，他的六叔蘭成先生，在文化、學術、新聞各領域，更是盛名遠播，如若不然，他怎麼能那麼輕易就贏得美人的芳心。……

2

古之紅原名秦家洪，是我就讀省立虎尾女中時的老師，一九四八年他從徐州的江蘇學院中文系畢業即應聘到虎女教書。一九五二年娶了一個美麗的虎女校友，成了台灣女婿。一九五五年元旦，青年時代即喜歡寫詩寫小說的古之紅在虎尾創辦《新新文藝》月刊，定價每本一元，發行量最高時曾達每期八千本；後來還在住家樓下開虎尾書局，由師母照顧。虎尾書局旁邊是茶葉行，一天晚上烘焙茶葉不愼失火，鄰近七八家都受波及，秦老師的幾千本書和新進的二十令紙，不是被燒毀就是被消防水車噴成廢紙，加上後來被人倒賬，只好在一九五九年六月停刊。秦老師一邊教書一邊編書，獨力獨資，前後四年半，共出五十四期。（台灣早期漫畫家葉宏甲等人，光復初期也曾在新竹集資創辦一份以漫畫爲主的《新新文藝》，由黃金穗任總編輯，但只出八期就停刊。）

一九五七年秋天我考進虎尾女中初中部，每天從永定坐車到虎尾，在台西客運總站下車就會看到旁邊的虎尾書局。到了學校，下課偶而會去福利社，那間屋子長而窄，在兩牆之間懸掛一條細繩，上面用夾子夾了一本本的書，其中就有《新新文藝》和秦老師寫的小說；那是我最早的文學食糧，紀弦的詩，郭良蕙、楊念慈等名家的小說，都是那時開始讀到的。

秦老師身形高䠷，長相儒雅，雙目炯炯有神，他在虎女教國文也教地理，我直到高二才輪到做他的學生，上了一年地理課。別的地理老師注重各地的溫度和物產，他則還加上注重地圖，美國五十州的州名和位置，都是在他教的那一年裡死背下來的，受用至今不忘。

3

但是那時張愛玲作品還沒在台灣出版，秦老師自然也不會跟我們一堆黃毛丫頭提到他在南京見過張愛玲這件事。一九六八年我開始讀張愛玲作品，一九七六年讀胡蘭成《今生今世》，一九八九年和張愛玲通信，一九九五年張愛玲去世後和她唯一的弟弟張子靜合寫《我的姊姊張愛玲》；在陸續出土的資料裡，「一級一級走進有她的所在」。但是張愛玲去過當時「汪偽」政府所在的南京；住過曾任「汪偽」宣傳部副部長胡蘭成的家裡，這件事似乎沒人寫過。如果不是秦老師和胡蘭成的侄子胡紹鍾同學，平常人也很難走進胡公館；而且如不是胡紹鍾說明，平常人就算走進胡公館，怎知那個和胡蘭成打網球的年輕女子就是張愛玲？

胡蘭成在《今生今世》的「民國女子」一章曾細述他和張愛玲結識、戀愛、成婚、分離的經過，其中提到一九四四年張從上海寫信到南京給他：「我想

古之紅近照。（秦正華／提供）

過，你將來就只是我這裡來來去去亦可以。」還提到他在上海的房子：「我美麗園家裡她來過幾次，但只住過一晚。」却從沒提過張愛玲去他南京家中住過的事。胡蘭成六〇年代在東京開始寫《今生今世》，想必那時還是爲了保護張愛玲吧？

4

張愛玲因胡蘭成之事，勝利後飽受上海小報攻訐，精神與形象都承受巨大壓力，一度需以筆名發表作品，終至一九五二年出走香港，遠渡重洋到美國。一九八七年後，大陸才陸續重出張愛玲作品；二〇〇三年九月，胡蘭成的《今生今世》也終於在大陸出版，並入選「年度十大好書」。經過歲月沖刷，政治的是非留給政治，作品則留給人世。政治的是非可能只是三、五代人的恩怨，好的作品則可能傳承三、五十代。

看完秦老師的文章後，我重看《今生今世》，胡蘭成提到日本宣布投降後，他從漢口搭乘運送日本傷兵的船回南京準備南下逃亡：「天地之間有成有敗，長江之水送行舟，從來送勝者亦送敗者，勝者的歡嘩果然如流水洋洋，而敗者的謙遜亦使江山皆靜。」秦老師在南京見到張愛玲是一九四四年秋天她與胡蘭成新婚之際。六十年後才寫出當年所見，想必也是宅心仁厚，在等待一個歷史轉折的適當時機吧？

二〇〇四・四・十・中國時報「人間」副刊

輯五

黃昏的故鄉

文夏的鄉愁

黃昏的時陣，永定村的做衫師傅阿全又在唱歌了。阿全做衫的店，就在村長開的輾米廠隔壁。那時村長沒薪水，鄉公所給他訂了一份《中華日報》，裝了一支手搖電話及一支放送頭，方便他向村民報告村政。到了黃昏，阿全走到隔壁，拿起那支放送頭，一唱半小時。村人叫阿全「黃昏的村長」，因爲他唱的第一首歌，一定是〈黃昏的故鄉〉。

「各位鄉親，日頭落山囉，今日又擱到了黃昏的時陣，咱大家，今日攏眞打拚，現此時欲轉去厝內呷晚頓了，我太太還在煮，我來唱幾條歌，給咱大家洗耳孔，解疲勞。來，第一條要唱的就是，咱寶島歌王，文夏先生這條〈黃昏的故鄉〉——」然後他就拉開清亮的嗓音，讓整個永定村的黃昏沉浸在悠揚的旋律之中。

「叫著我，叫著我，黃昏的故鄉不時地叫我，叫我這個苦命的身軀，流浪的人，無厝的渡鳥……」

阿全是外村人，娶了我們永定派出所旁邊柑仔店老闆日雄的女兒阿香。永定村附近幾個村莊都沒做衫店，他們租了輾米廠隔壁的房子，男做男裝，女做女衫，店內放一張長條木桌，桌上放一把燒木炭的鐵殼熨斗，一個咖啡色塑膠殼收音機，一邊做衫一邊聽歌唱歌；他的歌都是那樣練出來的。

「叫著我，叫著我，黃昏的故鄉不時地叫我，懷念彼時故鄉的形影，月光不時照落的山河，彼邊山，彼條溪水，永遠抱著咱的夢……白雲啊——你若欲去，請你帶著阮心情，送去乎伊我的阿母，喔——嘸通來忘記耶。」

那是一九六一年的暑假，電視尚未造訪台灣；在鄉下，甚至收音機也很少。我剛讀完虎尾女中高一，每天在家塗塗寫寫看小說。阿全開始唱〈黃昏的故鄉〉時，我常坐在窗邊望著外面一棵大約二層樓高的老芒果樹，想像著阿全懷念著他的故鄉，也想像著有一天我離開故鄉的心情，跟著一句一句學唱，終於也把〈黃昏的故鄉〉唱成了我的鄉愁。一九六四年到台北來後，日頭落山想念永定時就哼唱著〈黃昏的故鄉〉，眼眶蓄滿淚水。

「故鄉」是一個永恆的主題。音樂家作家畫家，都不斷在作品裡詠嘆或懷念各自的家鄉。我讀中學時，音樂課教的〈念故鄉〉，是李抱忱根據捷克作曲家德弗乍克的《新世界》第二樂章主旋律塡詞，情境也很悲涼感人。〈黃昏的故鄉〉則是文夏根據日本作曲家中野忠晴〈紅色夕陽的故鄉〉塡詞，結尾那句「白雲啊——你若欲去，請你帶著阮心情，送去乎伊我的阿母，喔——」有一種悠遠激盪的氣勢，比〈念故鄉〉尾句「眾親友聚一堂，重享從前樂……」更爲口語也更富層次，深深觸動我的鄉土愁情。

很多年以後，在電視上看過文夏，聽過文夏，也聽過各種懷鄉的民謠與交響樂之後，二〇〇四年八月十五日，終於在台北的國父紀念館聽了一場「文夏夢幻音樂會」；據說這年文夏已七十五歲了。二千多人的會場，恍如三四年級同學會，有的是夫妻，有的是姊妹或同學；還有兄弟姊妹帶著年齡與文夏相近的父母同來。各人的故鄉或在台中、高雄，或在花蓮、台東；有的在都市，有的在鄉村。陌生的臉孔，熟悉的情境，說起年輕時代聽〈黃昏的故鄉〉，都像我聽阿全唱歌，恍如昨日，興奮難耐，有如一家人。

文夏唱完第一首歌後，說他是以「古早的形體」現身，以「古早的聲音」獻聲，語氣自信而氣氛夢幻，幾十年光陰凝於一瞬間，歌聲則依然悠揚有致，盪人心絃。唱到〈黃昏的故鄉〉尾句那一聲「喔——」時，拉長的尾音氣韻顫動，全場屏息，彷彿把每個人都拉回到過去時光。那一聲終於緩緩結束時，二千多雙手熱情拍動，久久不息。每一雙打拚過的手，拍出的不止是掌聲與歡呼，更是一種永遠不會消失的鄉愁。那鄉愁裡，有我們的故鄉，我們的少年時代，我們的青春夢想。文夏出道四十餘年，二〇〇四年的夢幻歌唱，是他對青春的召喚和懷念，也是一種波動不已的鄉愁啊。

二〇〇四・八・二十五・中國時報「人間」副刊

火龍向黃昏

——憶寫西螺大橋五十年

1

我的大伯李日列是我們永定村的怪傑。日據時代讀完台南高商就去日本讀神戶經濟大學，大學畢業回到台灣，人家請他去做銀行經理，他却跑去《台灣新民報》做記者；當時的同事包括吳三連、黃朝琴、賴和等人。過了兩年，他辭職創設大榮株式會社，從事工業用皮帶、農業用抽水機、馬達軸心及石油引擎的進口生意，賺了很多錢，多金而且未婚，過著養馬、賽馬的富家公子生活。蘆溝橋事變後，台灣總督府改變稅制，他收了在高雄州的兩家公司，只保留台南州的一家，並在嘉義番路鄉買了一座山種樹種水果，偶而還客串牛販。大伯四十七歲才結婚，大伯母黃寶玉比他小七歲，和高玉樹夫人黃翠雲是東京女子醫科大學同學，結婚時任省立嘉義醫院眼科主任，後來做番路鄉衛生所主任到六十五歲退休，兩人膝下無子。

大伯身型碩壯，寬額大耳，語音低沉；加上一顆光頭，不怒而威。他回永定老家總要到各房走走看看，我們小孩都很怕他。我幼時聽說許多大伯的怪異行徑，印象最深刻的就是冬天時他戴斗笠揹草鞋打赤腳，牽著兩頭牛從西螺涉過濁水溪，到彰化縣的北斗牛墟賣牛。

濁水溪河面寬闊，冬天寒風冷冽，趕牛涉溪非常勞苦。西螺離縱貫鐵路遠，當時又沒有西螺大橋，像我大伯那樣有錢的人，以及附近鄉鎮走南往北的生意人，夏天溪水漲時還可以利用竹筏渡溪，冬天溪水淺就只能徒步涉溪；自古即是如此，大伯焉能例外？

2

因著這樣的歷史淵源，西螺大橋一開始建造就是個大新聞。其實它的橋墩早在一九四〇年日據時代就已做好，却因太平洋戰爭爆發而停工。一九五二年夏天，國民政府獲得美援，決定於五月二十九日動工續建，西螺附近農村有許多壯漢都去參加建橋工作。以前在我家做過長工的阿炳兄也去了，放假日偶而到我家聊天，會說些焊接橋孔以及爬到橋頂焊接鐵棚的驚險故事，讓我們對那座大鐵橋更是充滿了好奇與嚮往。阿炳兄還說，他們也在橋上做了一條五分仔車走的鐵枝路，以後可以把溪洲糖廠和虎尾總廠的鐵枝路連結起來，那麼全省製糖原料與成品的運送就方便多了。

一九五三年一月二十八日，西螺大橋終於要舉行通車典禮了。我剛上小學一年級，正放寒假。放假之前，導師早已在課堂上興奮的說，是遠東第一大橋，以及陳誠副總統要來剪綵；以後去彰化縣不用再涉溪或搭竹筏了，坐公路局很快就到……。那年一定有很多雲林縣與彰化縣的老師，像我導師一樣向學生們宣布這個天大的好消息吧？

3

通車典禮那天，我家還在蓋新房子，爸媽都不能去，我爸請以前的長工老新叔駕牛車，載我和妹妹一起去西螺。永定村屬二崙鄉，但離西螺不遠，一條路直直走，過了埔心不久就是西螺；我媽帶我們回西螺娘家，坐汽車只要十分鐘。

那天我們吃過早飯就出門，我家的大黃牛和我爸一樣脾性溫和，老新叔也一向笑咪咪的，我和妹妹坐在牛車上卻覺得好慢好遠啊，一直問為什麼還沒到啊？老新叔說，牛步牛步，牛走路本來就慢慢的啊；而且路上人多，也只能慢慢走啊。

眞的，路上怎麼有那麼多的人！有的騎腳踏車載小孩，前座載一個，後座載一個；有的像我們一樣好幾個人坐一輛牛車；還有的邊走邊跑邊聊天。老新叔說，以前過年或者謝平安，永定往西螺的路也沒這麼熱鬧過！但是他又說，「過年年年過，謝平安年年謝，西螺大橋通車典禮，幾百年才只有這一次啊！」

那時埔心到西螺的路邊沒有房子，不是稻田就是菜園。過了埔心，老新叔左手指向遠方說：「有看到沒？西螺大橋就在那邊！」我們站起來，順著老新叔指的方向看過去，眞的看到好長好長的大鐵橋，像一條灰綠色的巨龍，一節一節弓起的背脊在陽光下閃閃發亮，但是快到文昌國校就看不見了。

埔心及附近村子的人，老老少少，坐車的走路的，也都加入了行列；還有賣棉花糖、鳥梨仔（山楂）球的小販，把一條通往西螺街心的路擠得更爲擁擠難行。老新叔的臉，雖還是笑咪咪的，却忍不住常常嘆氣了：「唉，車眞多，人嘛眞多！」

4

過了文昌國校就是長老教會，那些騎腳踏車的，跑步的，也都只好和我們的牛車一樣走牛步了。然而我聽到鼓聲響起來了；鑼聲，喇叭聲，夾雜著此起彼落的鞭炮聲，似乎很遠，又似乎很近的交響著，我急得問老新叔典禮是不是要開始了？「大概是吧？」他笑咪咪說道。旁邊的人也急得直說，要開始了，要開始了！

「那我們就看不到副總統剪綵了呀？」

「路都擠得滿滿了，沒法度走過去囉！」

老新叔下了車，把牛繫在車把上，點了一支菸，仰頭對著天空吐菸圈。「唉！」他又嘆氣了。

那些走路的人還在用力往前東鑽西鑽；騎腳踏車的，坐牛車的，只好都停在路上了。西螺的街路兩旁，那時種了成排的垂柳，我和妹妹無聊的拉著柳條，在臉上頭上輕輕的互相拂來拂去玩遊戲；用手搓一搓柳葉，還有一種辛香味呢。——多年以後看到一篇報導，才知道那天有七八萬人湧進小鎮西螺，都是要來看大橋通車典禮的！

老新叔抽完了菸，又笑咪咪嘆了一口氣：「唉！不知副總統生做圓或扁？看這款情形，今日我們是看不到副總統剪綵了！要走大橋嘛，另日再來，大橋以後攏在那裡，不會跑掉的，阿月妳說是不是？」

5

大橋當然是不會跑掉的。過了不久，我家房子蓋好了，爸用腳踏車載我去走大橋。他把車停在橋邊，我們慢慢的從西螺這一頭走過去，走了半小時，邊看濁水溪邊數橋孔，一共是三十二孔。那是我第一次看到濁水溪，停下腳步仔細看，濁水溪好像從天的那邊蜿蜒而來，又往天的另一邊奔流而去，看不到一點盡頭，只覺得陽光下的水流亮得像一面晃動的鏡子，鏡子上又有許多皺紋不停的扭動著，加上沙洲上的綠草叢和從溪面掠過的白鷺鷥，眞像一幅永遠畫不完的圖畫呢。

嶄新的大橋還有油漆味，橋上的五分仔貨車載著一長列甘蔗嘟嘟前行，冒黑煙的大卡車隆隆而過；載著喘息垂涎的黑毛豬，或嘎嘎不休的紅番鴨，拍翅驚啼的黑花雞，以及各色西螺盛產的青菜……。小小的我從不曾見識那樣的氣味和景象，眞覺驚天動地，大開眼界，比通車典禮那天還刺激，興奮，而且滿足。

到了溪洲那一頭，有衛兵站崗，爸叫我不要怕，說那是保護大橋的。我們在附近看看人家的稻田和菜田，爸的結論是長得和我們永定差不多；「都是吃濁水的嘛！」他說。爸也仔細的看了建橋碑文，那時我還看不大懂，爸也還沒有學說國語，他用閩南語解釋給我聽：「這條橋眞長，有一千九百三十九點三公尺，寬是七點三二公尺，五月二十九日動工，十二月二十五日就完工了，用了八千多噸的鋼料呢……」

看完了碑文，爸說要趕回永定吃午飯，「這次要走快一點哦。」橋上的人行道很窄，旁邊是不停駛過的各種車輛，讓人有點緊張。爸走得飛快，我跟在他後面，覺得好像在和橋上的汽車比賽。回到西螺那一頭，爸笑著說，「這次只走了十五分鐘呢。」

從小爸就用這種方式讓我了解，做任何事情絕不只有一種方法；走過大橋，亦復如此。後來我上了虎尾女中，曾經自己一個人去走橋；不，少女的我已經有一種衝勁，十分鐘就跑到溪洲那一頭了。

讀初一的時候，我的生命線也和橋上那條鐵枝路連結起來了。我堅持每天早上從永定走十五分鐘到頂茄塘，坐從溪洲起站，通過大橋到虎尾的五分仔車去上學，車上有不少家住西螺和溪洲糖廠的同學。鐵枝路沿線，大多是密密麻麻的蔗田；那種白甘蔗長得像竹竿，又瘦又高，皮很硬，不好啃，只能榨汁做糖。

到了有「糖都」之稱的虎尾，即使坐在教室上課，還是會聞到從糖廠飄來的酸甜氣味。那時台糖是外銷第一名，政府財政收入大多靠台糖，據說有外國人形容台灣是「甜島」呢。

啊，「甜島」，多甜美多值得回味的讚美啊！如今還有誰認為台灣是「甜島」呢？

6

我的老新叔說得沒錯，「大橋以後攏在那裡。」為大橋剪綵的陳誠副總統，牽牛涉溪的大伯，以及老新叔和我爸，都已先後回歸塵土！我們親愛的大橋，勞碌了五十年，懷抱卻依然堅毅而慈愛，沉默而寬容。一九七四年高速公路通車之前，它是台灣最重要的經濟命脈，日日夜夜承載呼嘯而過的貨車客車，接納無數為了生活而奔逐的步履；幼年者通過它成長，壯年者通過它打拚，老年者通過它圓夢。它以自己的肉身修行，成全這個島嶼由苟延殘喘走到了飽足富裕。台糖產業轉型，當年為了台糖增建的鐵枝路，也於一九七一年拆除了！

結束了階段性任務，減少了車輛驚擾，橋面更顯寬廣，我們親愛的大橋，終於能夠享有從容的氣質；在它的懷抱散步不再緊張，可以悠閒的與清風明月對看，甚至能傾聽濁水溪的溪聲了。

但我們親愛的大橋，脊骨仍是一節節高低錯落，挺拔分明。而且無論多麼忙碌勞累，它的儀容也一直是沉靜優雅的。幼時它穿著粉嫩的綠衣，中年改著素樸灰衣，臨到暮年，英氣未減，換穿一襲紅衣；遠遠望去，就如一條紅色的火龍！

二〇〇四・一・七・聯合報副刊

府城追想曲

1

在武廟的古梅樹下，文友們散坐著聊天，聽古樂，吃府城糕點，喝烏龍茶……看著午後的日影在淡緋色的廟牆上緩緩移過。矗立了二百多年的古梅，仍是一身蒼綠，我心裡的一處角落漸漸溶解，柔軟了一些，澄靜了一些，領受到生活裡少能享有的悠閑，終而完全的沉澱了，覺得即使無言的坐在那裡喝茶，也是一種無上的歡愉。

但是我仍惦記著：什麼時候才要去看葉老的老家呢？本來安排的行程是看完赤崁樓，下午三點就要去看「萬福庵照牆．葉石濤故居．陳世興古宅」的，不知爲什麼先到武廟來？也許是爲了讓我們這些平日庸碌的人先享受一點兒古梅樹下的閑適吧？

坐了一個多小時，日影已西斜；走沒幾步就到了大天后宮。一步一步走進去，三百多年的古蹟要慢慢的走，慢慢的看，慢慢的聽。這廟宇的故事比武廟慘烈感人：它的前身是明甯靖王府邸，施琅的清兵來了，甯靖王拒降，以身殉國之前對五個妃子說：「汝輩或爲尼，或適人，聽自便！」五個妃子卻齊道：「王生俱生，王死俱死！」

每一個朝代更替，總免不了血腥動盪，犧牲許多自願或不自願犧牲的生命。施琅入台後，以天后垂眉，柔化怨仇，讓媽祖昇華了那些忠魂，也昇華了他們的悲情。三百年後我們穿走其間，傾聽歷史轉換，心中唯有嘆息。

2

從大天后宮出來，天色暗沉，街上的商家都已燈火通明。我們跟著赤崁樓文史工作室的鄭道聰，急匆匆要去尋訪葉老的老家和他筆下的葫蘆巷。秋末的黃昏有了一些涼意，我的心裡卻是熱切起來了。

二〇〇三年十月十七日，國家台灣文學館正式開幕。（季季／攝）

葉老在二〇〇二年十二月出版的《葉石濤口述歷史》裡說：「童年生涯大多在今永福路與民族路、民生路、忠義路所構成的聚落中活動，跑、跳於武廟、大天后宮、萬福庵之間。」在最近出版的《文學台灣》四十八期發表的〈童年生活〉裡也說：「傀儡巷是我杜撰的巷名，位於武廟通往天后宮也就是明甯靖王故居的坎坷的巷子。……後來我寫了一篇短篇小說叫做〈葫蘆巷春夢〉，就是以這條巷子爲舞台的。成大的林瑞明教授馬上猜到這巷子指的就是武廟前的這一條，眞的很厲害。」

葉老提到的這些生命場景，我在他的小說裡大多已見識過，却直到二〇〇三年十月中旬重遊府城，才有機緣跟著台南通鄭道聰走訪葉老童年走過的路。走著走著，鄭道聰陸陸續續的說，葉老幼時住的打銀街早已不再打銀，他的老家也已改建了，只有萬福庵依舊萬福，葫蘆巷春夢則已春夢了無痕了。

其實，看到什麼或沒看到什麼，並不是最重要的。終於來過，終於走過，並且感受過，這才是最重要的。對我來說，這種微妙的感動是一種生命歷程與心路歷程的銜接，因爲我的生命初旅，是十一歲那年的秋天從府城開始的；我的女性意識與文學潛質，也是從那次的初旅啓蒙的。

3

我的家鄉雲林二崙是個平原，鄉人很會種稻種菜，却大多讀書不多，像我父親他們兄弟去過日本讀書的尤少。那次父親帶我去台南是我第一次出遠門，車上坐的都是鄉裡的村長和鄉民代表。那時村長和鄉民代表都沒有薪水，村長是主動登記參選，鄉民代表只要有人提名就好，父親每屆都被提名，當了快二十年的鄉民代表以及農會理事、調解委員等等常常要去開會而沒有薪水的閒差；唯一的犒賞是一年總有幾次免費的參觀旅行。小學四年級那年的秋天，父親決定帶我一起去台南，媽媽也很興奮，特別爲我這個大女兒的生命初旅做了一件黃灰格子的新洋裝。

坐上遊覽車，我才發現只有父親帶了女兒同行；而且遊覽車上只有三個女性：年齡最大的是隔壁村的村長婆，穿著暗紅花的絲絨旗袍，戴一條粗大的金項鍊，鑲了三四顆金牙，不斷的嚼著檳榔；另外就是年輕的車掌小姐及十一歲的我。很多年後我才理解，父親帶著十一歲的大女兒去台南作生命初旅，是有其深意的。

村長婆坐在司機後面的第一排，車子上了縱貫道後，她就開始吆喝司機開快一點。後來她乾脆站起來，指揮司機不斷超越前面的車子。過了嘉義水上鄉的北回歸線後，我們的車被一輛公路局超過去，村長婆站在司機旁邊，激動的對他比手畫腳：「再快一點，再快一點，把公路局再超過去！」

司機却突然大喝一聲：「妳想要死喲？」

村長婆訕訕的坐下來，喃喃自語著：「哎喲，賺人家的錢還那樣凶，以後我們不僱你們的車子啦！」

鄉下人大多厚道，沒有人當面說村長婆的不是，下車後父親拉著我的手說：「以後要記得，不要做沒知識的女人！」

那是第一次，我知道一個沒知識的女人是會被人看不起的。

到了台南，走進孔子廟，爬過赤崁樓，參觀延平郡王祠，踏上安平古堡……十一歲的我聽了許多歷史故事，懵懵懂懂的，還不能完全理解那些場景的歷史厚度。但我一直記得，走在安平一大片魚塭之間，周邊沒有房子，遠處是發亮的大海，父親突然問我：「現在妳認得東西南北嗎？」

作家遊府城，二〇〇三年十月十五日，季季（左）與陳若曦在孔廟禮門之前。（陳明和／攝）

小時候我是從家裡的東邊間西邊間南邊間這種房屋的位置來認識東西南北的，父親大概是要考驗我到了一個陌生的地方會不會迷失方向吧？

我於是停下腳步，一一的指給父親看。那是一種必須當下做決定的勇氣，憑的却只是一種直覺，也不知道對或不對。沒想到父親笑著摸摸我的頭說：「眞好，都認對了吶！」

那也是第一次，我知道直覺和勇氣可以幫我找到對的答案。初二開始寫作，高中畢業就開始做一個職業作家；做了三十多年的文學人，一直依憑的也就是直覺和勇氣。

而意識到這種直覺和勇氣，是從府城初旅開始的。

4

也因做一個文學人，讀了很多葉老描寫府城的小說及他對台灣文學的論述；包括一九七八年他以我的小說評寫的〈季季論〉，後來也有幸認識了葉老，對他非常崇敬。葉老誕生於府城富家，白色恐怖事件出獄後卻爲了生活到處奔波，曾遠到嘉義、宜蘭等地教小學；一九六七年四十三歲後才在離左營住家較近的高雄橋頭鄉甲圍國小任教，直到一九九一年六十七歲退休。大約一九八五年左右，有一次葉老告訴我，小學生午休時間大多喜歡到外面玩，但校門鎖住了，學生只好偷偷爬牆出去，有時太緊張，一不小心跌下來就骨折了；「眞可憐哪！」後來他在圍牆的一角偷偷敲開了一個洞；「大小正好可以讓他們爬出去！」

那個不大不小的洞，變成了他和學生們共同的祕密。學生體會了他的苦心和愛心，出去玩一玩也都準時回校上課。

葉老說，挖那個牆洞時，想到的是學生的快樂，並沒有去想如果被校長發現了會有怎樣的後果。

那也是一種文學人的直覺和勇氣。

5

十月十七日上午參加了台灣文學館的開館典禮，我們就要回台北了。那天早上，走出住了兩夜的安平區運河邊旅館，我突然靈犀一點，走到鄭道聰面前：

「以前的安平魚塭是現在的什麼地方?」

鄭道聰睜大了眼睛：

「就是你們住的旅館這邊呀!以前這一帶都是魚塭。」

聽到這樣的答案，我只有默然了。

這就是歷史啊!

二〇〇三・十二・二十四・台灣日報副刊

葉老妙言

葉老是一個永遠的赤子，六十年文學生涯，曾因白色恐怖入獄，却一直堅毅豁達，保有創作者的樸直與熱情；不但著述不斷，講話也常一針見血，妙不可言。今年十一月一日是葉老八十歲生日，文藝界正在籌畫出版他的全集作爲賀禮。五二〇那晚，看到「葉石濤」名列總統府新聘國策顧問名單，第二天即打電話到左營向他道喜，又聽到一番葉老妙言。

葉老一九九一年從高雄縣甲圍國小退休後，大多傍晚七點就寢，清晨三點多起床看書聽古典音樂，五點半出門散步買報紙，七點吃早餐後開始工作：「有時沒做什麼事就再睏一下，有時透早就出門，去台北開會，去台南上課，早早出晚晚入，忙得要死！」葉老的退休金每月二萬多元；這兩年在成大台文所兼任客座教授也只有每周四小時鐘點費。但他的長子讀高中時因批評蔣經國而被教官打傷頭腦，後來雖然讀了大學，却情緒起伏波動，無法穩定工作，二十多年來常在醫院進出，夫妻倆艱辛備嘗。國策顧問的薪水聽說有十幾萬，可紓解他的經濟負擔，也像一份八十賀禮，他應該很欣喜吧？然而葉老在電話的那頭却琅聲說道：

「哪有什麼好恭喜的？這也不是多光榮的事情啊，我也沒多大歡喜啦！一個作家，最重要的就是寫作，如果寫小說得第一名，那才眞正是光榮的事情！我一頓只吃三十元一碗麵，我太太也省得要死，一個月十幾萬，對我沒多大意義啦！八十歲的人，隨時說走就走了！……」

葉老像連珠砲一般，繼續用他帶有金屬聲的嗓音，中氣十足說著他的「顧問感言」：「我比較在意的是台灣作家發表小說的園地越來越少，有些報刊雜誌甚至發不出稿費，這樣下去，台灣文學沒什麼前途啦！而且農民文學、工人文學都沒人寫了，現在只有你們台北人的都會文學啦！以前的荷蘭時期，明鄭時期，日據時代，台灣也有很動人的故事啊，那些歷史的空間，小說家應該把它補起來！我以前有寫過一些短篇的，後來糖尿病又有高血壓，沒氣力寫那些長篇大作啦！年輕點的作家有氣力寫，但如果沒地方發表又沒稿費生活，要怎樣讀史料、寫小說？總不能叫作家不要吃飯生活養孩子啊！人家南韓北韓的作家，六七十年代在報刊發表小說，政府就有加倍補貼稿費，台灣的政府，什麼錢都敢花，這一點點就不如人家南韓北韓啦……」我問他到總統府開會，會把這些意見報告出來嗎？他琅聲說道：「該講的話，我還是要講的！」

然後說到台語寫作與台灣文學的定位問題。葉老說，台語作爲一種語言，包括閩南話，客家話，原住民各族母語，發音聽講都沒問題，但作爲一種書寫與閱讀的工具，現在各種拼音系統都有，「讀者看得霧煞煞，根本看不懂，怎樣產生心靈交流？」他說一種書寫語文的產生，往往需要兩三百年的研究和整合，目前台語書寫的拼音系統，可以請語言專家繼續研究，慢慢整合，作家寫作還是以自己熟練的漢語較容易掌握主題與藝術性，與一般的閱讀大眾也較容易交流。至於台灣文學的定位，時下本土文化興起，不少人提倡「去中國化」；但他認爲，「去中國化，根本就是個笑話！」因爲「台灣文學曾經受中國文學影響，是個不能推翻的事實。」他說：「要解決台灣文學主體性定位的問題，其實很簡單，只要把以前認定的『台灣文學是中國文學的一部分』，改爲『中國文學是台灣文學的一部分』，不就主體性很明確了嗎？」

最後說到他已發表三篇的《蝴蝶巷春夢》，最近寫得怎樣了？他說計畫寫十篇，「但是最近左眼帶狀皰疹影響視力，想寫就寫，不想寫就不寫，一切自由自在啦。」

二〇〇一年九月二十八日葉石濤（左三）在台北台泥大樓獲頒第五屆國家文藝獎後與友人合影。左一為鄭炯明，左二季季，右一陳宏正。（彭瑞金／攝）

《蝴蝶巷春夢》二〇〇三年春天在《文學台灣》季刊發表後，文友傳閱那些葉老自稱「sex小說」的赤裸裸青春物語，無不紛表驚奇；有文友看完後嘆曰：「哇，妙手回春！」葉老則回以「現在只能吃不能做，只好用寫的啦！」

葉老妙言，精準有趣，向來文壇馳名。不但飽含智慧與歷練，而且懇直之中不失幽默；有時暗藏機鋒，有時又流露幾許滄桑。如果把葉老妙言集結成書，想必眾人爭閱，也是另具意義的八十賀禮。我聽過兩個典型的葉老妙言，可提供給有意編書的人參考。十多年前，新聞局請一批作家去金門參觀訪問，在古崗湖畔行走看風景時，幾個年輕男作家趁機向他們崇敬的前輩請教「男人之道」。當時只有我一個女性與他們同行，葉老也不避諱，坦蕩蕩答道：「什麼叫男人？男人就是女人叫你給她錢，你就給她錢；叫你跟她做愛，你就跟她做愛！」後來談到一個自視甚高的作家，不想外出工作，一心要寫偉大作品，沒錢生活時需靠友人接濟，葉老嘆道：「什麼叫作家？作家就是你寫出來的作品有人要登，能夠換稿費飼飽自己；作品是不是偉大，那要別人來認定，不是你自己說偉大就偉大啦！」

葉老說完吁了一口長氣，望著古崗湖發亮的波紋，瞇起眼，不再言語了。同行的我們也不再言語，默默的在心裡消化著葉老的妙言。

二〇〇四・六・二十三・中國時報「人間」副刊

兩個月亮，在海邊

1

你相信，世界上有兩個月亮嗎？

是的，我相信。

2

但是，兩個月亮不在天上廣寒宮，她們在地上人間世。

一九六七年九月六日，兩個月亮從生命的不同角落出發，坐上一架軍用飛機，飛往同一個聚點：金門。初相見的那年，大月亮四十六歲，小月亮二十三歲，她們接受國防部總政治部的安排，與二十多位作家、音樂家、舞蹈家同時訪問金門五天——那是一九五八年八二三砲戰後第十年；中國大陸文化大革命第二年。在那個冷戰的年代，能受邀訪問金門，被認爲是一種特權或甚至是一種榮耀——沒有軍方的安排，任何人都不可能到達那個被稱爲「前線」的「反共聖地」。

舞蹈家蔡瑞月，恰巧與我同名，同行的朋友笑稱我們是「兩個月亮」；蔡瑞月是大月亮，我是小月亮。那時的蔡瑞月，是台灣最有名的舞蹈家，而我，只是一個出道四年的職業作家；有時候收到報紙雜誌寄來的稿費匯票，抬頭寫的是「蔡瑞月」，我只好寄回去，說明我不姓蔡；不是那個著名的舞蹈家。我把這件趣事說出來時，大家都哈哈大笑，蔡瑞月卻只是溫婉的笑著，然後拉拉我的手說：「歹勢啦！」

或許因著這樣的因緣，兩個月亮初相見就覺得很親，跨越了年齡與名望的距離，自自然然照見本心。然後，在金門的海邊，我們同時望向遙不能及的對岸，以及一段讓蔡瑞月淚流終生的歷史。

3

二十多個藝術家都站在馬山眺望台，依次在望遠鏡後面排隊。國防部與金防部政委會的陪同人員，情緒高昂的在一旁解說馬山與對岸的距離、海潮、鯊魚、水鬼，以及「投奔自由」、「反共必勝」、「暴政必亡」……

在金門，也許你曾經弓著身子深入曲折的地下坑道，也曾造訪料羅灣與心戰喊話站；或參觀兩門據說威力巨大、曾在八二三砲戰大發神威的加農砲；或走進太武山神祕莫測的深邃肚腹……但是，如果你不曾登上馬山望大陸，等於沒有到過金門。

「有看到橘紅色的屋瓦嗎？那是廈門大學！」

「有，有，有看到……」

「有看到人嗎？」

「有，有，在海邊有一個戴斗笠的人，挑著竹簍在走路……看起來好近啊……」

只有蔡瑞月，沒有站在眺望台上。

她走下去，站在海邊，望著對岸。身旁的龍舌蘭森森然挺立，怒生著一層層劍一般的葉子，頂端還矗立著一支黑色的尖刺；成排的龍舌蘭看起來滿布著肅殺的暗影；加上遼闊的、深不可測的大海，舞蹈家蔡瑞月的背影，顯得那麼孤單，渺小，彷彿隨時會被洶湧的大海捲進去。

爲什麼蔡瑞月要走下去，一個人站在那裡呢？

沒有透過望遠鏡，除了大海與惡浪，她能看到什麼呢？或者，她希望看到什麼呢？

也許是寫小說者的敏感，更或許是同爲「瑞月」的牽繫，站在眺望台上的小月亮有點不安，而且越來越不安。終於，她也走了下去，走到那一排龍舌蘭之下，站在大月亮身邊。

啊！大月亮在啜泣呢！一條手絹緊緊交握在手裡，雙手不停的顫抖！難道，她是躲到海邊來哭泣的嗎？小月亮手足無措的站在一旁，不忍心走開，却也不知要說什麼才好。

海風呼呼的吹來，海浪嘩嘩的捲來，兩個月亮在海邊，望著翻滾的大海，默然，無語。

「爲什麼她要站在這裡哭泣呢？」

比大月亮小了一半年歲的小月亮，當時只有這樣單純的惶惑。除了「舞蹈家」，小月亮對大月亮的身世所知不多。只聽說她曾經在綠島坐過牢，只記得從台北松山機場集合開始，舉止優雅的大月亮，神色一直是沉靜之中帶著點憂愁，一路上很少說話；偶而露出的一絲微笑，似乎也只是爲了禮貌，顯得有點牽強和恍惚。

一定有什麼原因吧？此刻的大月亮，哭得多麼的無助啊！小月亮伸出手，摟著大月亮的肩膀，輕輕的拍著，無言的拍著……

「歹勢啦！」大月亮終於這麼說。

「是有什麼事嗎？」小月亮急切的問著。

4

蔡瑞月有點驚慌的回過頭去，看著眺望台上的軍人；他們仍在忙碌的教參觀者使用望遠鏡：有看到橘紅色的屋瓦嗎？那是廈門大學……有，有，有看到……有看到人嗎？有，有，在海邊有一個人……

蔡瑞月於是放心的回過頭來，深深的吸了一口氣。然後，她的眼睛又越過波濤起伏的海面，嘆了一口氣，定定的望著灰濛濛的對岸。

「海的那邊有很大的土地，」她緩緩的說：「我愛的那個人，現在不知道在哪裡呢？他們說這裡離對岸最近，可是站在這裡，還是什麼都看不到啊！」

她抽泣著，淚水靜靜淌過臉頰，滴落在馬山海邊的砂地上；她的肩膀和雙手，仍在不停的顫抖著。她的內心必然是激動澎湃、很想嚎啕大哭吧？然而她，不得不，忍耐著。

「國民黨把我丈夫抓去關，」終於她說起那個她愛的人；停頓了一下，她又說：「關了好幾個月，把他押上船，驅逐出境了！後來他在香港寫信給我，國民黨又說我和共匪通信，把我也抓去關……」

蔡瑞月說，那是一九四九年底，她的兒子那時還很小，一早警察叫她去派出所問話，說半小時就可以回家，她就抱兒子一起去。

「可是那是騙我的！我兒子肚子餓了一直哭，我只好掀開我的奶給他吃……他們還是不讓我回去……後來就把我送到一個地方關起來了……」

蔡瑞月還說，在牢裡的時候，她曾被帶上汽車，車窗玻璃蒙上黑布，到一個地方跳舞給大官看；那天大概是國慶日。

「我當然知道那裡是中山堂，我第一次在台北演出就是在中山堂！」蔡瑞月說著，悲傷之中還是難掩深切的氣憤。

一個政治囚犯，爲了國家的節慶，被押著去跳舞給大官看，那是多大的屈辱啊！

然而，她有拒絕的自由嗎？她有不跳的權利嗎？

5

「喂，妳們兩個月亮，怎麼一直站在那裡呀？小心水鬼來捉妳們啊！」

「放心啦，」我故意放輕鬆的對眺望台上的朋友說：「水鬼白天不會來！」

「還有鯊魚啊！」

「鯊魚我們也不怕！」

眺望台上有幾個男人大聲的笑了。是笑我們這兩個女人太無知嗎？或者，笑我們太大膽、太輕率？誰知道那些男人怎麼想？而且，又有誰在乎他們怎麼想？——在那個時刻，我在乎的是蔡瑞月正在說著的故事；而蔡瑞月，她在乎的是那個深愛的男人到底在何處？然而蔡瑞月已警覺到眺望台上的軍人在注意我們了，深深的，無奈的，嘆了一口氣。

「我們還是上去吧！」她說。

偶然開始的故事，也在偶然之中，不得不，倉促的，結束了！

6

不過，那個結束，只是整個故事的一個小小的開始。

從金門回來之後，我也受到所謂匪諜案的牽累，開始了永無寧日、苟延殘喘的生活。然而，即使在最絕望的時刻，我都不曾忘記蔡瑞月說的故事；兩個月亮在海邊的畫面，也一直在我的眼前浮動，從未消失。

三十五年之後，我終於能從容的進入故事的場域，無所忌諱的回看蔡瑞月及她走過的那個壓抑、多難的時代，細細傾聽那些深情的，驚恐的，悲痛而又浪漫的故事……

但是，暗夜裡的哭聲，是沒有人聽見的！

二〇〇四・三・一・聯合報副刊

阿嬤舞姬李彩娥

1

最近一次看到舞蹈家李彩娥，是二〇〇〇年九月二十九日晚上，新舞台舉辦蔡瑞月舞作重建發表會。節目終了後，許多親友學生上台向蔡瑞月獻花祝賀，遠從高雄來到台北的李彩娥也興沖沖上了台，熱情的擁抱蔡瑞月——她們是東京石井漠舞蹈體育專科學校的老同學。

那天晚上，新舞台的氣氛溫暖而感傷；所有的掌聲和笑聲，都為了撫慰蔡瑞月那終生難以癒合的傷口，激勵她垂老的幽黯心靈。在舞台上，七十九歲的蔡瑞月因為髖關節退化而步履遲緩，顯得有點虛弱木訥，七十五歲的李彩娥則健朗俐落，體態豐盈，容光煥發。那晚舞台下坐了許多舞蹈界友人，看到台上的李彩娥，大多發出這樣的嘆息：啊，李彩娥，她怎麼還是那麼年輕？

李彩娥上次在台北公開露面是一九九五年三月，羅曼菲為文建會「國際舞蹈季」製作

「半世紀的腳步」舞展：蔡瑞月遠在澳洲沒有參加；八十七歲的高棪指導文化大學舞蹈系學生演出她編的「宮燈舞」；六十九歲的李淑芬則由國立藝術學院舞蹈系學生演出她的「採茶舞」；只有七十歲的李彩娥親自上台，演出獨舞《憶》——那是她一九五六年爲追憶一九四一年逝世的父親而編的現代舞。

「跳舞比吃飯重要」，這是李彩娥常常歡喜說的一句話；「每天都要跳舞」，這是她深信不疑的生命哲學。也許因爲這樣，不管是七十歲或七十五歲或如今七十八歲，李彩娥看起來總是那麼年輕有活力，也不管是現代舞、民族舞或韻律舞，她都能隨時起舞；「如果不是腳曾受傷，跳芭蕾舞也沒問題呢！」她說。

今年二二八紀念日，她還在高雄市歷史博物館廣場與她的孫子洪康捷（台北藝術大學舞蹈系四年級）、孫女洪若涵（文化大學舞蹈系一年級）合跳「飛翔百合」，由她的長子洪仁威編舞。在台灣舞蹈界，能夠這樣三代合作一支舞，大概也只有李彩娥有此運氣了。「生命很美妙哦，」她說：「年輕的時候，我編舞給我的孩子跳，年老了以後呢，兒子編舞給我和孫子孫女一起跳，這種感覺眞正很幸福喲！」

三十歲的時候，因爲她亮麗照人，人們稱李彩娥「寶島明珠」；七十歲的時候，因爲她體態輕盈，人們稱她「蜻蜓祖母」；今年和孫子孫女爲二二八跳舞，人們又稱她「阿嬤舞姬」。對於這些讚美，李彩娥說：「哎呀，那都是別人說的啦，我還是我，就是愛跳舞嘛，從七歲跳到現在，七十一年啦！」

生了六個兒女，有了十二個孫子，說起她對舞蹈的熱愛，李彩娥舉的是這樣的例子：「懷第三個女兒的時候，要生產的前一天，我還在教跳舞呢！」

2

「如果沒有蔡培火先生，就沒有今天的我！」

說起她的舞蹈事業，李彩娥總不忘記提起蔡培火這個大恩人。蔡培火是日據時代台灣文化界聞人，與李彩娥的祖父李金生是至友。李金生祖籍屏東九如鄉，不但在當地有許多田產，也在外地從事房地產投資，家境富裕，生了五男五女，李彩娥的父親李明祥是長子。一九三七年七月蘆溝橋事變後，爲了政治的因素，蔡培火舉家搬到東京。不久之後，已在台南市末廣公學校（今進學國小）讀六年級上學期的李彩娥，也跟著父母祖父母一家十幾口搬到東京新宿；李金生及幾位台南醫生出資，和蔡培火合開了一家「味仙」台灣料理，是當年旅居東京的台灣同鄉最愛去的聚會所。李彩娥和蔡培火的女兒蔡淑尬同年，在新宿的下落合小學讀完六年級下學期，兩人就由蔡培火領著，進入石井漠舞蹈體育專科學校。石井漠一九二〇年代就在日本倡導「舞踊詩」運動，強調身體解放的新舞蹈風格，後來被稱爲「日本現代舞之父」。

在石井漠舞蹈學校六年，李彩娥一九四二年以石井漠編舞的《太平洋進行曲》得到全日本舞蹈比賽少年組第一名，獲文部大臣賞；次年又以《阿妮多拉》獲第二屆全日本舞蹈比賽少年組優等賞。那兩年之間，她和石井漠舞蹈學校的同學到過南韓、北韓、外蒙、大連、北平、青島、張家口、南洋等地公演；去越南河內公演時並與蔡瑞月、蔡淑尬同行。李彩娥說，那六年她不但學到了舞蹈的技巧，更重要的是學到了禮節：「不只要尊敬老師教的，也要尊敬和你一起跳舞的人；在跳舞的時候要留意同台舞者的空間和動作，才能產生有生命力的互動。」這個體認也融入她的生活，成爲她在舞台之外的處世準則。

一九四三年畢業回台之後，次年她就嫁入屏東市洪家。公公洪自在經營輪船和鋼鐵，有三男七女；她的先生洪調美排行第二，除了協助家族事業，也熱愛運動，是業餘排球教練。當時洪家對新婦李彩娥的唯一要求是「結婚以後不可以再出去跳舞」，長輩之命不可違，她只好敬謹從命，在家相夫教子。

3

「但是蔡培火先生，他再一次改變了我的命運！」

蔡培火對台灣文化有不少貢獻，其中之一是舞蹈；被稱爲「台灣近代舞蹈的推手」。一九四九年，當時擔任行政院政務委員的蔡培火到屏東拜訪洪自在，希望他同意二媳婦李彩娥出來教跳舞。原籍澎湖的洪自在，當時的思想仍是守舊的，認爲女人應該在家相夫教子，起先不肯答應；他的理由是：「我們家又不是養不起她！」但蔡培火耐心的向他分析現代教育對建設台灣的重要性，尤其台灣的舞蹈教育人才十分缺乏，「李彩娥得過日本舞蹈比賽第一名，這樣的人才放在家裡不出來做教育，實在是我們台灣人的損失啊！」洪老先生看在蔡培火的面子上，最後才放棄他的男性威權思想，同意李彩娥在屏東市設立舞蹈研究所。

李彩娥的同學蔡瑞月，一九四六年三月回台之後就在台南市成立舞蹈教室並舉行發表會，一九四七年五月與雷石榆結婚，才把她的舞蹈事業移到台北；蔡培火促成李彩娥在屏東市設立舞蹈社，多少是出於南北平衡的考量。

一九四九年底，蔡瑞月受雷石榆案牽連，繫獄三年多，一九五三年春天復出，在台北市成立中華舞蹈社，李彩娥則在一九五四年把舞蹈社移到高雄市。其後的三十餘年間，在台灣舞蹈界，「南李北蔡」各擁一片天，培育了很多舞蹈人才。但是蔡瑞月的感情傷口始終未癒，一九八三年移民澳洲後，和她的兒子雷大鵬淡出台灣舞蹈界，由她媳婦蕭渥廷及蕭靜文舞團傳承舞蹈事業。李彩娥則始終熱情未減，常在海內外演出，後來還成立創美教室和李彩娥舞蹈團；現在仍每周教四堂課，兒子女兒媳婦也大多從事舞蹈教育，大女兒洪丹桂更是曾經名揚一時的體操國手，孫子孫女也已加入家族舞蹈團隊了。她欣喜的說：「如果我有一點成就，那都是因爲我有一個幸福快樂的家庭！」

4

「大家都說我好命，其實我這條命，是因爲跳舞才撿回來的呢！」

李彩娥十六歲那年，父親因病在東京去世，母親帶著六個弟妹回台南。一九四三年三月，李彩娥訂了「高千穗丸」的船票預備返台，但台灣總督府長官長谷川清要她參加在東京、大阪的公演，她無法推辭，只好延後行期。

公演結束後，她搭的船快到基隆的時候，船長要大家到甲板，發給每人一朵白花一個飯糰，說那是三月十九日高千穗丸被美國魚雷擊沉之處，有一千多旅客遇難；「把花和飯糰撒到海裡，祭拜那些不幸的靈魂吧！」她才知道自己逃過一場生死大劫。

當時資訊不發達，回到台南家門，她的母親不敢置信的哭號著說：「哎喲，這是誰家的囝仔回來啦！妳不是坐那條高千穗丸嗎？」

李彩娥說，那次的轉折對她有很深的影響，體認到「撿來的命要活得快樂，要有愛心，要活得更積極！」不但在舞蹈教育上積極，生養孩子積極，在日常生活上她也一樣積極：寫毛筆字，抄經，種花，旅行，畫圖；看書看報時，桌上一定放著筆記本和鉛筆，隨時記下想要的新訊息。倒是飲食大事，她不是很積極：「雖然也愛吃，但什麼都吃，樣樣東西都有它的滋味嘛。」

只有一種吃，她是堅持的：每天下午要吃一個番薯，配一杯咖啡，這是她自己研發的養生秘方。為什麼是番薯配咖啡呢？她說：「你吃看看，以後就知道啦。」

還有一種養生之道，李彩娥覺得也很奇妙：

「站在我家陽台看花的時候，如果想看陽明山的櫻花，眼前的花就都變成櫻花了！」

阿嬤舞姬李彩娥，不但是一個積極的舞蹈家，更是一個樂觀的生活者。這也許就是她永保年輕的秘訣。

二〇〇三・四・二・中國時報「人間」副刊「人間群像」

人偶之愛

——蔡瑞月《傀儡上陣》之我思

伊底嘴唇不時地嚅動著。

我知道，伊想要說話，想要大聲地呼喊。但到底，伊始終是沉默著，什麼也沒有說，什麼都不能說。

幾根細線牢牢地繫於伊底背後，牽動伊底四肢，牽動伊底頭殼，牽動伊身旁的孩子。江中清（一九〇九——一九八九）作詞作曲的〈春花望露〉，曲調悠緩而悲涼，喑啞的在我們四周迴盪：「今夜風微微，窗外月當圓，雙人相愛要相見，思君在床邊，未見君親像野鳥啼，哎喲，引阮心傷悲，害阮等歸暝……。」那是伊底呼聲呀！我聽到了，聽到那默然的人偶；聽到伊心底的悲鳴。

然而操控細線的黑衣男子是那樣的龐大，在他底操控之下，伊底美麗，嫵媚，古典，青春，愛戀，最終都只能是一種冷漠，僵硬的人偶之姿了。

二〇〇〇年九月二十九日晚上，坐在「新舞台」台下的我，幾次淚眼矇矓。年輕的人偶，搖籃裡的孩子，不斷地在細線之下挪動，無法掙脫，也無所遁形。歷史定格而時空移位，年近八十的舞蹈家蔡瑞月，坐在舞台之下的第一排，是怎樣的一種心情呢？搖籃裡的孩子——如今已經五十二歲的雷大鵬，陪著歷盡滄桑的母親看著舞台上那身不由己的人偶，又是怎樣的一種感懷呢？

一九五三年春天，蔡瑞月在北一女大禮堂首次發表這支舞碼——當時題爲《木偶出征》。那一年，三十二歲的蔡瑞月剛從綠島出獄不久，而心愛的丈夫雷石榆被迫離開台灣回大陸也已四年，音訊不明。台灣海峽是深不可測的鴻溝，她無能跨越去尋愛，只能在寶島，在黑色的細線之下，幽幽苟活。

然後，這支舞碼似乎消失了。

在蔡瑞月的演出節目一覽表裡，《木偶出征》唯一的一次演出是一九五三年三月。之後的漫長歲月裡，這支舞碼隱匿在一處陰暗的角落。舞台上的人偶和細線操控者，都被舞台下的操控者所操控，不得現身——一個人偶，再不能指控伊底操控者了。

二〇〇〇年的九月，這支舞碼以《傀儡上陣》重現舞台。四十七年過去了。或者說，五十二年也已經過去了。來到「新舞台」觀看舞作重建展演的蔡瑞月，步履危顫，人偶已老，她終生難以忘情的詩人雷石榆，則已在一九九六年於彼岸的河北保定走入了歷史！

有誰能還給她這失去的愛呢？

二〇〇一・四・二十一・聯合報副刊

舞過大浪，蔡瑞月安息

1

在綠島坐過牢的人，據說離開那個恐懼之島後，仍有人會於睡夢中發出驚恐呼叫。然後掩面哭泣。然後凝望黑夜如鬼魅遊移，睜著眼睛等待黎明。

舞蹈家蔡瑞月，曾經也是那樣的綠島過客。在告別綠島之後，據說她也常在夜半驚醒，低聲飲泣。一夜又一夜，在那樣的時刻，蔡瑞月不是一個舞蹈家，而只是一個哭過長夜的人。

2

離開綠島四十八年之後，二〇〇〇年十月十五日，蔡瑞月由她的媳婦蕭渥廷及蔡瑞月基金會的陳心芳陪同，帶著九月二十九日舞作重建發表會的錄影帶到了東京，要去拜見她的恩師石井綠。我因要撰寫蔡瑞月的回憶錄，隨行訪談，前後八天。

那個機緣很特殊，也很偶然。我與蔡瑞月同名，比她小二十三歲；一九六七年初次相見即在金門海邊聽她泣述與雷石榆的傷心往事。此後三十餘年，關於她的消息都從報章雜誌得知，未曾再見面。二〇〇〇年三月底，突然接到與蔡瑞月一家交情深厚的魏子雲先生來電，說次年二月是蔡瑞月八十大壽，要我爲蔡瑞月寫一本回憶錄。魏先生是我青年時代參加文藝營的老師，爲人熱心，聲若洪鐘。師命不可違，應允之後與蕭渥廷討論訪談細節，才知她家就在我家巷口；蔡老師返台期間，我們的住家相距不到一百公尺。十月中旬到了新宿的華盛頓旅館，又被蕭渥廷安排住同一房，兩床間隔不到一百公分。住進旅館第一晚，臨睡前躺在床上聊天，蔡老師嘆息著說：「咱倆眞有緣呢。」我也嘆息著說：「是啊，咱倆怎麼那麼有緣！」

那幾天在東京，吃過晚飯回到旅館，洗完澡打幾個電話，通常快十一點了。躺上床後聊聊天，她總是很體貼的說：

二〇〇〇年十月十六日蔡瑞月（左）與恩師石井綠在東京久別重逢。

（季季／攝）

「阿月，妳還要問什麼就再問啊。」

「阿月」是她父母、哥哥及她丈夫雷石榆喚她的小名。但在我們同住的房間裡，她用她的小名，喚著比她小二十多歲的我。我也總是體貼並且尊敬的說：

「蔡老師，妳累了，先睡吧。」

「沒要緊啦，」她說：「還是可以再講幾句話啊。」

一夜又一夜，這樣的對話重覆著。一夜又一夜，我提出問題之後，其實都沒有回音。在沉寂之中，每次側過臉去，只見夜燈的微光照著她象牙色的臉容，平放於腹部的雙手豐腴而安詳，秀氣的鼻樑正圍繞著輕微的鼾聲。

那年蔡老師七十九歲，已為尿崩症所苦多年。雖然用藥控制得宜，夜裡仍常起來喝水，小解，吃點水果或餅乾。與她同住的那些夜晚，我沒聽到驚叫，也沒看到哭泣。說起前塵往事，不論是大悲或大痛，她的語氣總是溫婉柔和，而神色一逕優雅寬容。舞過大浪，堅定而勇敢，那樣的氣度讓我感動莫名，幾次上前擁抱而默不能語。也許，歲月已經稀釋了她的恐懼吧。也許，她已自我釋放，與歷史握手和解了吧。

3

我們到東京的第二天中午，石井綠就和她的女兒折田克子來旅館看蔡老師，請我們去樽八日本料理午餐。此後那幾天，像朝聖一般，我們每天陪蔡老師到新宿區西落合的石井綠

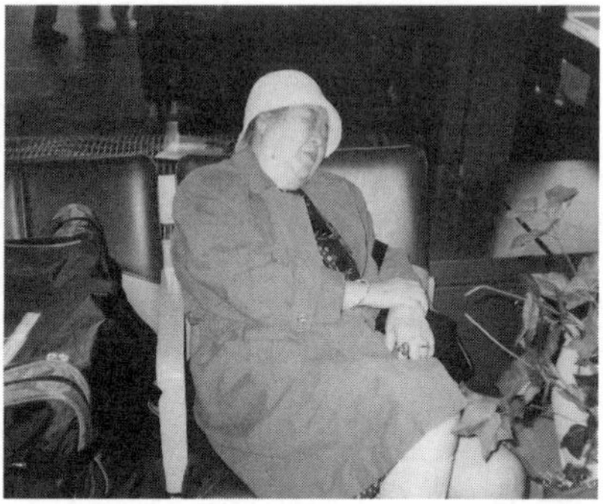
二〇〇〇年十月二十二日，蔡瑞月在東京成田機場小寐。（季季／攝）

家。她們師徒倆總是爭相述說往事，興致一來就歡暢高歌，攜手起舞，好一幅金色黃昏行樂圖。

石井綠比蔡瑞月大八歲，兩人的師徒情誼始於一九四一年。二〇〇〇年石井綠已八十七歲，仍然腰桿挺直，神采奕奕，思路靈活而言語滔滔不絕。九月二十六日，石井綠在東京舉行「舞踊生活七十周年特別公演」，並且親自上台演出。不約而同的，「牢獄與玫瑰——蔡瑞月的人生浮現」舞作重建發表會，也在九月二十九至三十日於台北舉行。但因髖關節磨損，蔡瑞月早已淡出舞台，只能坐在台下看著學生重現她的作品。

石井綠是幸福的女人，也是幸福的舞蹈家。她的先生折田泉是小提琴家，全力支持她的舞蹈事業。折田泉出身鹿兒島望族，其父折田兼至是日本「維新三傑」之一的西鄉隆盛的摯友；曾任第一、二屆中央議會議員，並與友人共創勸業銀行的前身農工銀行。五〇年代石井綠舞團巡迴日本各地演出，負責爲她的舞團伴奏的折田泉開著一輛貨車跟在後面，車裡放滿了雞蛋；那是戰時物資缺乏期間，舞者最重要的蛋白質來源。

折田泉已經去世，他家是兩層洋房，一樓五十幾坪作爲舞蹈教室，由六十三歲未婚的獨生女折田克子授課，石井綠常在一旁監督，有時也做一些示範動作給學生看。石井綠說，九月二十五日彩排那天，一個年輕的男舞者把她高舉起來時用力過猛，「我自己聽到脊椎骨喀嚓一聲，以為明天不能上台演出了！」還好她有一個很好的骨科醫生，採用民俗療法，幫她固定了骨折部位；第二天雖然還有點痛，仍然上台演出，只是告訴年輕的男舞者，舉起她的時候不要那麼用力。不過她說：「其實一個舞者上了舞台，應該沒有我，沒有欲，把人生俗事全放下，才能眞正的融入舞蹈生命。」折田克子說，母親不喜歡傳統的日本民族舞蹈，喜歡自我創造的現代舞，她以崇拜的語氣讚美母親：「到現在還是現役舞者的心態，是日本現代舞舞台最老的舞者。」石井綠聽了，故意弓起背，自我解嘲說，「走上舞台就昂首挺胸，走下舞台就彎腰駝背啦。」蔡瑞月欽羨的望著石井綠，幽默笑道：「有這樣的老師，我眞倒楣！」短短一句話，讚美了老師，素描了自己，彷彿雲淡風清，却是多麼強烈的對比。

4

蔡瑞月遠赴東京拜見石井綠，最重要的是讓恩師看看「牢獄與玫瑰——蔡瑞月的人生浮現」發表會的錄影。我們坐在石井綠舞蹈教室看錄影帶時，也看到牆上懸掛著她們共同的現代舞老師——日本現代舞之父——石井漠寫的書法「舞踊道」。石井綠說，蔡瑞月的《印度之歌》《追》《黛玉葬花》《女巫》《傀儡上陣》等作品，都有石井漠的色彩，但石井漠的「舞踊詩」是很高的境界，無法模仿。蔡瑞月解釋說，那些舞碼都是自日返台初期的創作；至於一九六一年的作品《牢獄與玫瑰》，則是她一九六〇年在東京看石井漠的學生演出，「覺得就像在說我的故事」，返台後進行重編的。石井綠以憐惜的眼神看著蔡瑞月：「妳的人生受過那麼多的折磨與災難，作品仍是那麼平和優雅，或許與年齡有關吧？」然後，她提高嗓音對蔡瑞月說：「我覺得，妳還可以更激昂的表達自己的聲音。」

蔡瑞月聽完，只是笑著，默默的對她的老師笑著。

「激昂的表達自己的聲音」，於她及她的時代，是多麼艱難的煎熬啊！

5

十月二十二日下午，成田機場人眾熙攘，我上完洗手間回來，遠遠的看到蔡老師斜靠著椅背睡著了。等待搭機返台的時刻，四周都是行色倉促的旅人，我遙望著她孤獨而安詳的睡姿，爲她拍了一張照片。回到台北洗出來細看，卻發現她的眼皮緊閉，眉頭微皺，似乎其下騷動著深沉的不安。我想起十月十九日上午，她第二次提及一九六〇年到東京教民族舞蹈九個多月，與在天津的雷石榆通信的心情；「要回台灣那天，感覺親像又要回到監獄一般的痛苦。」經過四十年，難道那樣的痛苦尚未消失？難道她沒有安心的好好睡過一覺？

石井綠舞蹈社懸掛的日本現代舞之父石井漠所寫書法。（季季／攝）

6

二〇〇五年五月二十九日，蔡瑞月眞的睡了。

這一次，她睡得很熟，再也不會半夜醒來。

這一次，我相信她的眼皮不再緊閉，眉頭不再微皺；如她的老師石井綠所說，「沒有我，沒有欲，把人生俗事全放下」，眞正的，好好的，睡了。

祝福妳，蔡老師。

二〇〇五・七・二（蔡瑞月告別禮拜日）・聯合報副刊

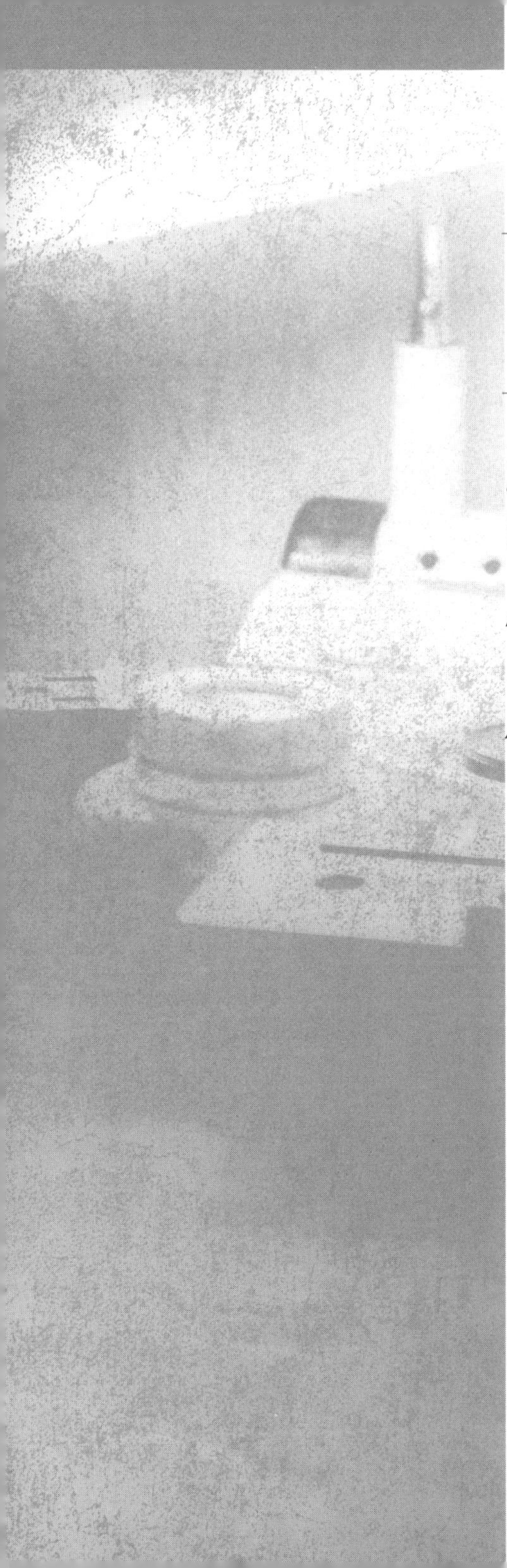

輯六

蘇曉康密使

北島賣畫

六四的前一年，一九八八，台灣剛開放大陸探親，外匯存底和大陸熱逐日高升。那年九月初，蕭颯與我去愛荷華大學參加「國際寫作計畫」，見到三十多個各國作家，也認識了兩個大陸作家。年齡較大的是白樺，五十八歲，面色紅潤，銀髮微捲，笑容溫雅。他寫小說也寫劇本，劇本又以《苦戀》馳名。一九八〇年，《苦戀》由長春電影廠攝製，次年被中共禁映並遭痛批。一九八二年，台灣導演王童把它搬上銀幕，劇中那句「你們愛祖國，可是祖國愛你們嗎？」上映後在台灣傳誦一時。我在愛荷華時，常笑著用這句話問候白樺。「愛啊，愛啊！」他也笑著，笑裡浮著一絲苦澀。他曾下放雲南，學會蓋房子包餃子種田做衣服納鞋底。但一九八八年秋天的白樺，像從井底爬出來見了外面的陽光，開朗而熱情。

比白樺年輕多了的詩人北島，那年三十九歲，是大陸通稱的「建國同齡人」，與顧城、舒婷等人被稱爲朦朧派，文革時曾在北京做建築工人。一九八八年秋天的北島，仍像烏雲未除的憂鬱小生，瘦削緊繃，戴著深度眼鏡，冷漠沉默，少有笑容。他的畫家太太邵飛也不多言，但皮膚白皙，明艷照人，一雙黑白分明的眼睛尤其亮麗嫵媚。她從北京帶出不少畫作，也常在「五月花」大廈的臥室地毯上，墊著報紙鋪上宣紙蹲著作畫。北島曾在愛荷華文藝廳爲邵飛舉辦畫展，入口處門楣橫掛著一塊紅布，上貼幾個醒目白字：「中國的畢卡索」。邵飛的水墨畫，有的細膩婉約，色澤明媚，像春天的夢一樣浪漫迷人；有的線條粗獷，以立體技法幻化人物和動物的形貌，帶些畢卡索的影子，但仍保有中國民間的活潑趣味和女性特有的柔膩氣質。

愛荷華是個大學城，有不少華人學生和教職員。我們受邀做客，主人也請十多個華人朋友同事作陪；飯後聊天，北島就攤開邵飛的畫解說，讓大家欣賞選購。後來有個台灣留學生含蓄的說：「北島看起來不太像個詩人啊？」我問她爲什麼？她說：「我們老師說，他比較像個推銷員！」

十月初各國作家開始安排出門旅行，有一天我和北島同搭電梯回「五月花」大廈八樓，他說：「你們台灣人很有錢，外匯存底那麼多，要不要買幾幅邵飛的畫收藏啊？」我進門與蕭颯商量後，那晚就去他們的套間，蹲在地毯上看畫，從原定的每人兩幅變成了各買四幅。這都得感謝北

北島在愛荷華。（季季／攝）

島的大力推銷，蕭颯與我至今喜愛著這些邵飛的畫。

過了幾天，李歐梵邀我們去芝加哥大學東亞系和他的學生座談台灣文學與中國文學，停留三天也見了不少當地的文友。最後一天去詩人非馬家，他和太太也作畫。吃過中飯北島叫我們再買些畫，我說已買過了呀，他說邵飛媽媽也是畫家，畫油畫；他解開布包袱，裡面是一幅幅書本大小、鑲著金框的抽象畫。我和蕭颯都沒買。

那天下午北島夫婦先走，非馬說，他們要搭飛機去加拿大一所大學駐校一個月。我們三人搭灰狗巴士回到愛荷華已傍晚，正準備做晚飯，電話響了，我聽到蕭颯說：「啊！一個黑女人？那是誰呀？你不要怕，先過來我們這裡看怎麼辦！」

「五月花」的套間，各人都有臥室書房，中間的廚房衛浴則共用。白樺說，他正欣喜著北島夫婦不在，可以自由的獨享廚房，「哪知打開廚房門看到一個黑女人坐在餐桌前剝豆子？她雖然對我友善的笑著，可是她是誰呀？她說話我又聽不懂！她怎麼有鑰匙進來呀？」白樺慌亂得臉都漲紅了。我打電話請一個在寫作班兼差的台灣留學生去向校方查問，才知道那個黑女人四十多歲，是肯亞的人類學者，來愛荷華做短期研究；北島事先透過學校安排，

白樺在愛荷華。

季季（左）與蕭颯在愛荷華。（白樺／攝）

把套間租給她一個月。

白樺聽完我的解釋後嘆氣了：「他爲什麼不先跟我說一聲呢？」他沮喪的說：「賣畫，出租房間，我都可以理解的啊！唉！這都是，都是爲了生存啊！」

二〇〇四・七・二十二・中國時報「人間」副刊

李銳・蔣韻・寫作上班族

從中正機場開始，行李一路付超重費。先去安徽合肥，再去山西太原，最後去湖南長沙。行李箱只放了一些簡單衣物，重的是大布口袋內那四個朱銘設計的時報文學獎獎座，每個重達十二公斤。樹脂翻模，擔心托運被摔破，付了超重費，只好拎著上飛機。合肥見過楚狂人和羅巴後，獎座只剩兩個，李銳在太原機場出口看到我，還是不免好奇的瞧著那個大布口袋：「這就是妳電話裡說的大獎座？」他說。

一九八九年，開放大陸探親第二年，兩岸升溫，那一年的時報文學獎（第十二屆），收到海內外來稿一千四百多件，大陸就占了八百多；大獎也都被大陸作家拿走了。李銳的《厚土》與臺靜農的《龍坡雜文》分獲推薦獎；楚狂人的〈語錄狂〉獲小說首獎；羅巴的〈物質的深度〉獲新詩首獎。李銳住太原，楚狂人、羅巴住安徽，六四之後兩岸都不批准他們來台領獎。次年文學獎附設「胡適百歲誕辰紀念徵文」，首獎得主歐陽哲生也住長沙；這年台灣雖已決定讓他們入境，大陸仍然不放行；其中一人去對台辦重新申請來台手續，官員還對他說：「幹嗎讓我們的人去給他們添光彩呀？」

得獎不易，領獎更難，一九九一年春天，我只好帶著四人的獎座和獎金上路。太原之後還要去長沙。

李銳那年四十一歲，留著魯迅式短髭，身形清瘦，舉止文雅，言談含蓄有節，眉宇間一抹淡淡的憂愁。一九六九年，十九歲的他從北京被發配到山西呂梁山插隊，在一個只有十多戶人家的邸家河村與農民一起生活；《厚土》寫的就是呂梁山邸家河村農民的十七個故事。那是做過眞正的農民寫出來的農民文學。六年後他被調去臨汾做鋼鐵廠工人，那是更爲火熱的試煉。文革結束次年，他帶著一雙勞動過的粗糙的手，一包已發表與未發表的文稿，調入《山西文學》編輯部。得時報文學獎那年，他是山西作協作家，太太蔣韻則是太原作協作家，有個八歲的女兒笛安。

一九九一年五月，李銳在太原捧著第十二屆時報文學獎推薦獎獎座。（季季／攝）

「妳到太原來，應該去晉祠看看我們本家李世民那塊著名的唐碑，」李銳說：「過兩天也該上五臺山去看看那些古老的佛教寺廟。」

晉祠從北魏開始建構，已有一千多年歷史，各朝各代陸續擴建，占地寬廣，景點很多，但以唐太宗李世民的唐碑最爲著名。李世民酷愛書法，尤喜王羲之，公元六四六年在太原題寫的〈晉祠之名并序〉，是中國現存最早的行書碑。站在比我還高的石碑之前，我對李銳說，我家族譜是從李世民的父親李淵開始寫起，歷代先祖從隴西播遷河南，再越過長江到江西，然後南下福建永安永定兩縣；三百多年前越海到台灣，我出生的村子就叫永定村。李銳說，他家族譜的記載是從東漢時代在河南做固始侯的李軼開始，後來先人遷移湖北，又到四川鹽城自貢市落籍，祖上幾代開挖鹽井致富。他父母嚮往革命奔向延安，四九年後雖在北京為官，文革中還是先後遇難，九個兄弟姊妹有五個被發配邊疆或農村，如今手足各一方，相聚相見都不易了！

「好在蔣韻娘家就在太原，她的家也就是我的家了！」李銳說：「蔣韻父母很疼我們一家，為了讓我們安靜寫作，我女兒從小住蔣韻父母家。寫到傍晚，我們倆就休息一下，慢慢騎車去她家，逗女兒玩一玩，大家說說話，一起吃過晚飯再回家。」

「每天都這樣嗎？」

「嗯，」李銳點點頭：「差不多每天都這樣。」

十多年來，每次讀到李銳或蔣韻的新作，腦海裡就會浮現他們清瘦的影子，在黃昏裡緩緩踩著腳踏車的畫面。

吃過晚飯他們就會回家，繼續做一個安靜的，寫作上班族。

二〇〇四・十一・三・中國時報「人間」副刊

後記：

當年那個八歲的女孩笛安，太原大學歷史系畢業後留學法國，改讀社會系，二十一歲就完成了第一部長篇《告別天堂》，二〇〇五年三月由麥田出版。她簡介自己這本書：「講的是幾個年輕人從十五歲到十八歲的少年時代。我在裡面表達了我對生活的看法，對青春，愛情，人性，鄉愁，以及個人如何切入人群的艱辛和努力。我把我所以爲的成長的殘酷性表達出來，因爲一個人在那樣的年紀裡一無所有，因爲一無所有所以無所畏懼，而且滿懷希望。」

李銳四十三歲出版第一部長篇《舊址》，笛安二十二歲出版第一部長篇《告別天堂》。此中對照，頗值玩味。中國新起的一代，正以這樣雄健快速的步伐向我們走來！

血色・銀城・舊址

在晉祠各景點穿梭走動途中，李銳說起正在寫他的第一部長篇《舊址》。他說，寫過了青春落戶的山西呂梁山，要回頭寫他的故鄉四川自貢市。自貢有上千座鹽井，而以李、王兩家最多；他出身李家，生在北京，自幼即聽父母說起李家興衰，那些人物常在腦海呼喚著他。爲了寫這部「和祖先與親人的對話」，他花了很多時間閱讀鹽業史等相關史料，也回自貢訪談族親，但筆下人物大多被革命革死了，寫得心裡發冷！

一九九三年二月，十六萬字的《舊址》由洪範書店出版，一九九九年入選《亞洲周刊》評選的「二十世紀中文小說一百強」，排名四十五。李銳在《舊址》裡賦予自貢更符鹽城形象的名字：銀城。小說開始是一九五一年舊曆九月十七「霜降」之日。銀色隱含鹽的潔白和銀圓的富貴，但按照古老中國的節氣，「霜降」之後是立冬，然後小雪，大雪，冬至，小寒；情節進行到一九六六年文革，已是「大寒」了！

李銳思慮周密的在「霜降」之日安排了四條小說主線。其一是七十三歲的「九思堂」掌門人李乃敬及他二十二歲的獨子雙喜等李氏家族三十二個成年男子，與其他七十六位反革命分子，合計一〇八位，當天被銀城市軍管會槍決，「鮮紅的血和粉白的腦漿」不斷噴濺到長滿青苔的石牆；「李氏家族在銀城數百年的統治和繁衍終於結束」。其二是李乃敬的堂弟；十二年前奔向延安的李乃之，在北京喜得長子，取名京生。其三是李乃之的三姊；被迫嫁給軍閥楊楚雄的李紫雲，正在台北參加丈夫的葬禮。其四是四十六歲的李乃之二姊；七歲即因父母雙亡，獨力照顧弟妹而一直未婚的李紫痕，毅然抱養了李乃敬父子留下的不足一歲的李之生，並且決定嫁給李家的水伕冬哥，在「立冬」之前有了可以相互取暖的臂膀。

然後李銳把歷史場景往前回溯到一九二七年十二月銀城五縣農民暴動，李乃之決定獻身革命，再順流而下，逐年敘述李家的繁華流變，一層層剝開銀城的鹽商競爭，傳統汲鹵手法面臨的現代化挑戰，以及與軍閥保持恐怖和諧的生存之道。但是「霜降」之日，早已隨蔣介石遠走台灣的軍閥楊楚雄去世；資本家李乃敬慘遭槍決；到了「大寒」來臨，苟延求生的李紫痕，獻身革命的李乃之，都在文革大浪裡滅頂了。

十年之後，二〇〇二年八月，李銳由麥田出版了銀城系列第二部《銀城故事》，時代背景推向更早的辛亥革命前一年，中秋之後的十天之間。第一章第一節從牛寫起：「銀城有無數的鹽井、無數的鹽商、無數的銀子，可如果沒有那些牛，盤車就不會轉，井就鑿不成，鹵水就提不上來……。」但第二節首句：「士兵們把一只鮮血淋漓的大竹筐從街上抬進會賢茶樓的敞廳裡」；那是一九一〇年中秋節次日，竹筐內裝著被東京同盟會會員炸死的桐江知府袁大人的屍塊。李銳以冷靜古典的文字，錯綜密實的寫出清軍舊統領聶芹軒對抗新軍與革命黨的步步爲營，銀城首富劉三公送子留日的深謀遠慮，東京同盟會會員直線聯繫的莽撞誤失，終至暴動計畫曝光而流產，劉三公親子舉槍自盡，養子則在領新軍返鄉途中誤殺親生父兄，最後也在出亡銀城的船上被另一親兄所殺。

劉三公機關算盡，仍然連失兩子。遽失所有的老人，第四章第八節故事終局時，「秋季大集鳴鑼收市」，他家的鳳山牛被選爲「本季牛王」。劉三公坐著轎子到場，新牛王披紅掛彩，站在牛王神像之下：「在升騰的香火和一片讚頌聲中，新牛王看見滿大殿的人朝自己虔誠地跪下來。那個滿頭白髮的老人跪下去的時候，老淚縱橫。」

一代又一代，銀城的鹽造就銀城的銀。銀城的銀引來銀城的血。李銳曾說，寫銀城故事是因「對無理性的歷史有種深深的厭惡」，但無理性的歷史，似乎一代又一代，仍在我們四周循環！

二〇〇四・十一・十・中國時報「人間」副刊

紫痕・冬哥・之生

一個花樣年華的女子，可以做出怎樣讓男人瞠目結舌，讓女人肅然起敬的事情？一個擔了一輩子水的光棍，可以在蟬鳴聲中怎樣得到她赤裸的託付？一個失去母親又失去祖父和父親的幼小生命，可以在她的懷抱裡怎樣安然成長？李銳的《舊址》，讓我最感動的，久久難以忘懷的，不是銀城那些新派或舊派的資本家的智慧，不是那些掌控銀城命脈的爭奪，更不是那些血腥的革命運動事件，而是二十四歲就自我毀容的李紫痕，爲李家擔了一輩子水的冬哥，以及那個「九思堂」掌門人李乃敬僅存的命根李之生。尤其是李紫痕，她沒上過一天學，在《舊址》主線人物中，李銳卻以她生命裡的三段儀式，凸顯她的特立獨行，曲筆寫情，彷如天籟，是他對傳統中國女性的反傳統勇氣的謳歌與致敬。

一九二八年正月初六，二十四歲的李紫痕「咬住牙關無聲地把燃燒的香頭狠狠按在臉上」；這是她的第一個生命儀式。父母早逝，從七歲起「就是一個女人，而不是一個女孩」的李紫痕，因父親留下的「三口鹽井逐年枯竭，十畝水田逐年變賣，一幢宅院逐間抵押」；

唯一的弟弟李乃之，因恐增加姊姊的負擔，不想到省城讀中學。她以這個儀式宣示毀容吃齋，埋首刺繡，要弟弟繼續上學；「相形之下，那滿街的牌坊都敵不過一個目不識丁的女人的狠心。」弟弟後來雖因領導遊行被省立師大開除，中共建國後却在北京做了大官。

一九五一年夏天，李家的三十二個男丁因反革命罪被捕，四十六歲的李紫痕抱養了只有半歲的李之生，並且把她的處女之身獻給了水伕冬哥；這是她的第二個生命儀式。李銳以大約二千字的篇幅書寫這個儀式，文字沉靜而飽含著生命張力，讓人顫慄動容。他寫紫痕爲之生洗澡，幫忙倒水的冬哥在旁「看見那個掙扎著要找奶吃的孩子一下拉開了李紫痕的短衫……眼前晃動著的分明是兩只直照靈魂的雪白的太陽，冬哥如雷轟頂般地屏住呼吸，驚呆在這兩只太陽的面前……但是李紫痕平靜得出奇地轉過身來看著冬哥：都是幾十歲的人了，慌什子？」後來又說：「你可願意同我一起把這娃兒養大？」冬哥惶恐遲疑之後答道：「我幾十歲的光棍，我作夢也不敢想……」李紫痕却說：「冬哥，你去擔水來，我洗乾淨給你看。」

李紫痕哄睡了之生，冬哥坐在外面聽著她洗澡的水聲，「忽然覺得十分的燥熱，十分的焦渴……然後，冬哥聽見嘩嘩的水聲停下來……撩起帳角的時候，冬哥看見一個玉潔冰清的女人，雪白的身子就彷彿八仙桌上那尊白玉觀音。冬哥懷著滿心的惶恐和謙卑對那個雪白的身子說：六妹，我來了。」

「在這片驚心動魄的蟬鳴裡，一個女人在眼淚和鮮血中超度了兩個男人，使他們一個變成兒子，一個變成丈夫。」——李銳以這簡練之句，總結這個愛與慾望與許諾的儀式。

一九六七年夏天，之生和冬哥在文革浪潮裡被迫於銀溪滅頂的次年，李紫痕已經六十一歲。經歷了種種運動，神思慌亂的銀城人，突然想起很久沒看到李紫痕滿頭白髮踽踽獨行的身影。人們終於發現她時，我們看到了她的第三個生命儀式：「她周身上下都是鮮豔的綢緞，綢緞上都是她自己繡上去的精美絕倫的圖案。人們屏住呼吸一動不動地打量著這具花團錦簇的骷髏，打量著這座城市裡獨一無二的女人……不知道她爲什麼把死打扮得如此華麗，如此的令人驚訝和恐懼。」

以華麗的死亡向革命的無情告別，李紫痕的最後儀式，於是成爲銀城故事裡一幅永恆的圖騰。

二〇〇四・十一・十七・中國時報「人間」副刊

鄭義．老井．五臺山

塔院寺有座巨大的白塔，是五臺山的地標。李銳幫我在塔前照完了像，晚春的日影已經有點西斜。周遭沒有別的遊客，塔前那片荒禿的草地顯得更爲寂涼。李銳低著頭沉思，默默的，走在那片荒寂之中。確定四下無人，他終於輕嘆了一口氣。

「現在我可以跟妳說說鄭義的事了——」他停頓了一下，有點焦慮的問道：「妳知道鄭義的事嗎？」

我點點頭，眼眶發熱了。我明白了。明白了李銳的用心，明白了五臺山對我們的意義。五臺山與四川峨嵋山、安徽九華山、浙江普陀山並列中國四大佛教名山。我不是佛教徒，對寺廟建築也沒有特別的興趣，但我一到太原，李銳安排與幾位山西作協的文友吃飯聊天時，他就建議我除了參觀晉祠還要去五臺山一遊：「回程還可以順道去看看做過你們行政院長的閻錫山的故居。」

李銳借了一輛公家的車子，一早七點半從太原出發。往五臺山途中，見到路旁的菜田一壟壟罩著防患霜害的透明塑膠布，我興奮的說：「台灣的農民也是這樣做啊。」李銳笑說：「當然啊，天下農民都一般聰明的。」開車的師傅也接口道：「農民都是很務實的嘛，現在生產水平跟以前不一樣囉。」

師傅很健談。一路上與我們談杏花村的汾酒銷量多好，山西煤產量多高（占中國動力煤的百分之九十），採煤造成的污染有多嚴重：「妳看看天空就知道了！」

到了海拔一千多公尺的五臺山，天空倒是一片清澄，看得見三千多公尺高處的山巔還有座廟宇，周邊覆蓋著據說終年不融的白雪，映著陽光越發耀眼。那天下午，師傅先載我們去看比較古老的南禪寺和佛光寺。師傅說，文革時五臺山的和尚都被趕跑了，近些年才又陸續回來，不少寺廟都在整修擴建。李銳說，梁思成林徽音夫婦曾在一九三七年七月帶中國營造學社的朋友到佛光寺測量調查一個禮拜，從佛殿樑柱的題字確認爲唐大中十一年（西元八五七年），是中國最早的木構建築。（二〇〇〇年看了時報出版費正清夫人費慰梅的《林徽音與梁思成》，才對那段歷史有較詳盡的了解。）

第二天吃過中飯，師傅說他有點累，要在賓館睡一

李銳在這白塔之前，開始向季季訴說對鄭義的懸念。（李銳／攝）

下，讓李銳帶我就近參觀。五臺山有近五十座廟宇，大多距離不遠，走走看看倒也不累。佛教名山遊客眾多，直到白塔之前，李銳才找到四下無人的機會，可以說說鄭義之事。

鄭義比李銳大三歲，同為四川人，也是文革時從北京到山西插隊落戶，後來又同為山西作協作家。鄭義的《遠村》，曾獲全國中篇小說獎。另一中篇《老井》，從太行山窮困山村打井老打不出水的故事，透視赤裸裸的人性飢渴，一九八六年由西安電影廠改拍電影，鄭義親自編劇，吳天明導演，張藝謀主演，一九八七年獲大陸電影最高榮譽的金雞獎、百花獎，以及東京影展最佳影片、最佳男主角等四項大獎，一時海內外馳名。

八九民運發生時，鄭義擔任山西電影家協會主席，正著手下一部新作，却熱血沸騰的與太太北明跑到北京，在天安門廣場為學生奔走。六四後，鄭義遭通緝開始流亡，北明則被捕入獄。

「鄭義曾回山區躲了一陣又走了，」李銳說：「不知道他現在在哪裡？」

然後他又有點焦慮的問道：「妳在海外有聽到一些鄭義的消息嗎？」

「沒有——」我說。那時許多六四流亡者都還在地層下鑽動，沒有任何消息！

李銳深深的，嘆了一口氣，又嘆一口氣。天，漸漸的，暗了。

十幾年來，我常想起五臺山。想起李銳緩緩說著懸念鄭義的摯情。在那靜默的大氣之中，我永遠記得那座高聳的白塔，記得釋放了焦慮的，李銳孤獨的身影。

二〇〇四・十一・二十四・中國時報「人間」副刊

高爾泰的蘋果花

世間事總有它的軌跡，有的高低起伏，無所遁形；有的深不可測，難以逆料。一九九一年春天在五臺山聽了李銳對鄭義的懸念後，我更留意媒體報導，却始終沒看到鄭義的消息。次年春天造訪成都，在高爾泰家中談起鄭義，却見高爾泰激動得頻頻擊掌：「鄭義啊，鄭義來過，我給他寫了幾封介紹信，他和北明已經安全了，最近剛到香港！」高爾泰那年五十七歲，一頭灰髮，滿臉風霜，眼神却還像赤子般純潔發光。二十多年中不斷落在他身上的政治風雪，顯然沒有冰凍他的熱情，消融他的理念；那是他最珍貴的財富。

高爾泰一九三五年生於江蘇高淳，不但與李澤厚並稱中國當代兩大美學家，而且兼善水墨、油畫、書法、雕塑；既是理論家，也是行動家與創作者。著名的報告文學家劉賓雁，推崇「高爾泰是當代中國一個難得的奇人。無論就人格、才華和貢獻而言，他都應該被列在中國最優秀的知識分子的前三名。」高爾泰的美學理念，強調人的主體與自由，所走的路却比李澤厚崎嶇許多。一九五七年，他自江蘇師院美術系畢業不久，發表第一篇美學論述〈論美〉，就因牴觸中共政策而被打成右派，送到甘肅酒泉勞改；一九六二年調到敦煌，研究和臨摹敦煌壁畫。文革時又被列爲牛鬼蛇神，送到蘭州附近的戈壁灘勞改，妻子也被折磨致死。文革後調到北京，在社科院哲研所工作，並與任職首都博物館的浦小雨結婚。其後在南開大學、蘭州大學、四川師大等校教哲學與美學。一九八九年夏天調到南京大學，浦小雨暫留四川師大藝術系執教。在南京，高爾泰不改其性，支持學生參與六四遊行，其後被捕，中斷教職。繫獄一三八天，回到四川；「走投無路，蟄居成都東郊。東倒西歪屋一村，苔痕荒草滿門。人人避嫌，莫敢問訊。」

一九九二年四月中旬，我到成都出差，受流亡在美的劉賓雁之託，順道去探望高爾泰。（那時在電話裡不能提劉賓雁的名字，必須說「柳邊先生」；六四後大陸異議人士大多知道「柳邊先生」就是劉賓雁。）高爾泰的家，位於四川師大的最後面，從校門順著校園的長路直走，到底右轉，再直走，最後一家。好不容易找到，小小的客廳有個端麗的少婦在座，看到我似乎有點不安。浦小雨歡喜的說：「怎麼這麼巧啊，我們家好久沒人來了，今天不到半小時就來了兩個客人！」她介紹少婦是上海著名學者王元化教授的媳婦，「她公公特別囑咐她從香港來看我們的。」然後又對少婦說：「不要緊的，都是柳邊先生的朋友。」剎時之間，彷彿有一條細細的線從美國台灣香港上海伸展到遙遠的內陸成都，把我們三個女人的手緊緊的交握在一起。高爾泰聽力不佳，坐在一旁欣然不語。那是一生中一個特別的日子，特別的時刻，我們感受了人與人的關愛，可以那樣微妙的同時穿越廣闊的大氣與大地。

王元化教授的媳婦走後，我們移到高爾泰的書房聊天。他家雖簡陋，書房卻很雅致，八坪左右，寬敞而幽靜。高爾泰說：「這宿舍出入不便，沒人要住，但對我們來說，像個世外桃源，妳看外面，還有一大片蘋果花。」我沒看過蘋果花，好奇的推開窗子，倚在窗邊。但見一樹樹濃綠，點綴著一朵朵細密白花，彷彿簇擁到天邊望不到盡頭，而淡淡幽香浮動於大氣之中，一縷縷飄入我們的心底。

說完了鄭義之事，我問高爾泰是否也想出國去？他望著窗外的蘋果花說：「我正在寫回憶錄《尋找家園》。如果可以安心的寫作，如果可以寫出眞話，我不想離開這個家園。」

但是那年年底，高爾泰從香港打來電話，說他帶著《尋找家園》的文稿，逃到了自由世界。原來我離開成都兩個月之後，高爾泰與浦小雨也離開了成都。

「逃出來，我才敢放心的寫出眞話！」他說。

二〇〇四．十二．一．中國時報「人間」副刊

後記：

高爾泰看過這篇文章後說，他在四川師大的學生，多年前就寫信到美國告訴他，說他宿舍旁邊的蘋果園已經剷除蓋大樓；「那片蘋果花，已經沒有了！」

拉斯維加斯的書桌

一別七年之後，一九九九年夏天，高爾泰浦小雨從美國新澤西來台，爲星雲法師在宜蘭的雷音寺繪製三層樓高的宗教壁畫。七月下旬返美之前，他們從宜蘭到台北，我請他們搭捷運到淡水吃海鮮。晚飯後坐在面海的咖啡屋二樓，望著對岸點點燈火，悠悠憶述往事。說起一九九二年六月從成都出亡，高爾泰有著餘年重生的欣慰，言語之間却仍不免陣陣喟嘆。問起他家外面的蘋果花，他說離開成都時花已謝了，結了許多青色幼果，陽光一照，綠得發亮。「但是那樣的美，也不能消除我內心的恐懼，」高爾泰說：「我還是會擔心不知什麼時候又要大難臨頭？尤其害怕寫的稿子再被抄走！快六十歲的人，當初我也不敢妄想逃走；如果沒有鄭義，我們是不可能逃出來的！」

那年五十七歲的高爾泰與四十五歲的鄭義，都有異於常人的勇氣和魄力，在逃向自由的路上，都爲對方做了他們自認該做的事。北明出獄與仍遭通緝的鄭義會合後到了成都，長期逃亡身體已很虛弱，高爾泰不懼危難，留他們在家隱居休養，後來又寫介紹信讓他們帶著，請朋友沿路照顧，終於在一九九二年四月初抵達香港。享受了自由空氣的鄭義，也希望高爾泰能走出四川師大那個死巷底的書房，到外面自在的舒展筋骨，特別請人從香港去成都接應。不巧浦小雨母親六四在北京辭世，夫婦倆趕去料理後事；中旬回到成都就接到電話；一個男子說「要來買高先生的畫」。男子到了他家，先看畫，後說逃亡計畫，給他們一個星期考慮和準備。高爾泰說：「既然鄭義都有了安排，又請人千里迢迢而來，我們回想以前受的苦，實在太多也太不值得，就決定走了；妳在我家看過的那些油畫，我也全帶出來了。」

他們和「畫商」帶著那些畫，以及未完成的《尋找家園》手稿，走長江過三峽轉廣州，七月抵達九龍。「我們一到九龍就喝了三杯酒，」高爾泰笑著說。浦小雨解釋說：「爾泰和妳開玩笑的，我們剛到九龍，一時沒地方落腳，就和鄭義北明住一起，那地方叫三杯酒，是新界東邊靠海的小村。」後來為了畫大幅油畫，他們搬到離羅湖較近的上水，房間更寬敞而房租較便宜。一九九三年五月底，「六四」五周年前夕，「高爾泰的中國夢」畫展在香港揭幕，正式對外公開他抵達自由世界的消息；六月二日，他從啓德機場發來傳眞：「即將搭機離港，赴美開始新生活。」

他們先到洛杉磯，後到新澤西，去年五月到了他的「庇護之城」拉斯維加斯。「庇護之城」計畫，源於《魔鬼詩篇》作者魯西迪與幾位歐洲作家於一九九四年二月在法國成立「國際作家議會」（The International Parliament of Writer）：「對遭受迫害的作家提供保護與支持」；「建立一個庇護之城，捍衛那些正在受到威脅的創作自由。」魯西迪是首任會長。去年「國際作家議會」舉荐高爾泰到拉斯維加斯，擔任內華達州立大學駐校作家。高爾泰說：「怎樣也沒想到，有一天我的書桌會搬到拉斯維加斯這個沙漠賭城。」

《尋找家園》寫了十多年，高爾泰在拉斯維加斯繼續寫第三部分〈邊緣風景〉。他在電話裡說，第一部分〈夢裡家山〉第二部分〈流沙墜簡〉，二〇〇四年五月由廣東花城出版社出版，但「有些文章尚未收入，些許文字也有刪改」，因爲中共老大哥還在做出版審查！「不過〈邊緣風景〉也可能改爲〈又到沙漠〉，妳了解這個意思吧？」

是的，我了解。

在中國，他兩次被送到沙漠勞改，死裡逃生；偷偷寫作，紙片必須藏在鞋底！如今〈又到沙漠〉，卻是在一座庇護他的城市裡安身立命。一個沙漠差一點呑噬了他，另一個沙漠卻安頓了他。我遙遙看見，在「庇護之城」的新家園，一個一生只向書桌低頭的人，仍在奮發寫作，自由自在向這個世界說眞話。

二〇〇四・十二・八・中國時報「人間」副刊

後記：

高爾泰《尋找家園》全書，已於二〇〇五年六月定稿。正由葛浩文進行英譯，預計二〇〇六年夏天由美國梅鐸集團的哈潑柯林斯公司出版英譯本。第三部分總題，寫作過程中曾經幾度更易：〈邊緣風景〉；〈又到沙漠〉；〈唯有漂泊〉，最後定稿是〈感激命運〉。這些標題，每一個都暗合著一個流亡作家的心靈軌跡。

夫妻檔逃亡寫作連續劇

閱讀鄭義。傳說鄭義。掛念鄭義。等待鄭義。鄭義與妻子北明的逃亡故事，就像一部驚悚連續劇，演出長達三年，而觀眾只有少數參與演出的知情者。像我這樣的觀眾，則是因緣際會聽說，從五臺山、成都到台灣，一路在精神上參與演出，影像懸在腦中播放，心中惟有祝福與期待。

終於見到這位六四逃亡劇中，演出最久演技一流的「最佳男主角」，已是一九九三年七月下旬。寬肩高額，濃眉大耳，雙目有如光柱，舉止豪邁而嗓音雄渾，果然如朋友所形容，「是一條漢子！」那次鄭義從普林斯頓來台，參加「台灣經驗與中國未來研討會」，並出版《歷史的一部分》、《紅色紀念碑》，及北明的《告別陽光》。說起流亡，他說六四後本有機會很快逃出大陸，但爲了完成《紅色紀念碑》，「我們留了下來，因爲要把那麼多資料帶出中國大陸是很困難的。」

「我時常考驗我自己，挑戰我的應變能力，」鄭義說，四十六年的生命之中，他最大的試驗是一九九〇年六月到一九九二年三月，在半個中國二十多個城市的地下逃亡；最大的挑戰則是每半個月至一個月就需換一處安全住處，以「木工」身分變裝，掩護逃亡寫作，終於完成了二十五萬字的《歷史的一部分》與五十萬字的《紅色紀念碑》；「每到一地，就有朋友把我們完成的稿件拿去影印或製成微卷，託外國友人帶出去。」

《歷史的一部分》是鄭義寫給北明的書信體自傳。六四之後，本名趙曉明的北明被捕入獄，鄭義被通緝開始逃亡，兩人音訊不通，命運難料。在極端的緊張、思念與煎熬中，他給北明寫了十一封寄不出的信，八九年底完成後託一位日本友人帶出海外，九〇年夏交給遠在美國的劉賓雁。他在書的尾聲裡說：「曉明，我的愛妻：十一封信已經完成。在這十一封信中，我寫了我及咱們所經歷過的種種事件。因爲我們曾毫無保留地投身於歷史，因此我們的生活便成了歷史的一部分。這些信永遠無法投寄……我不知道命運將把我帶往何方，也不知等待我的是艱難的流亡生活，抑或是長期監禁、死亡。」因此，在信的最後，他對「愛我的兄姊們」說：「如有不測，請你們像愛我一樣關心曉明，關心孩子們。」

一九九〇年九月，公安爲了「釣」出鄭義，釋放北明。北明回到太原家中，發現電話被竊聽，出門被公安跟蹤。他們的友人精心策劃，讓北明不斷穿梭轉換，跨越四五個省分，確定擺脫公安跟蹤，才讓她到鄭義當時藏身的城市。

鄭義說：「我們的重逢眞像一齣戲，一天深夜我被朋友帶去參加一個聚會，另一個朋友陪北明進來，讓她坐在我旁邊，但她沒發現我，因爲我化了裝。我輕聲叫她的小名，她才聽出了我。我們擁抱在一起，朋友們以無聲代替掌聲，眞誠的爲我們祝福。之後我們就一起逃亡，北明寫《告別陽光》，我寫《紅色紀念碑》。」

北明的《告別陽光》，一幕幕敘述她如何被捕、入獄，以及出獄後如何與公安捉迷藏、千里尋夫、逃亡寫作。在後記裡，她說出獄後友人爲他們規劃了一個精密計畫：先把他們寫作所需的資料及生活費，匯集到鄭義的隱匿地，再周密的安排他們夫妻會合，開始地下生活。在一千天的逃亡中，北明說，先後幫助過他們的人，年齡從十幾歲到七十歲。身分則有學生、教授、藝術家、記者、編輯；個體戶、警察、醫生；幹部、僧人、盲流、刑滿釋放者；港台商人和外國朋友。

最讓北明感動的是：「他們絕大多數與我們原本素不相識！」

像這樣的夫妻逃亡寫作連續劇，中國近代文學史上，還有第二部嗎？

二〇〇四・十二・十五・中國時報「人間」副刊

書寫吃人的滋味

許多人訪問過鄭義，所述多爲探討他的寫作理念與作品。高爾泰在北明《告別陽光》的序裡述寫的鄭義，則側重人的生命力，角度最特殊也最生動：「鄭義其人，生存能力特強。木工活、泥活，和三教九流的各種雜活，他都能幹。他徒手繪畫的假身分證，完全可以亂眞，瞞過了許多警察。至於化裝，那就更是不在話下。只要略施小技，一個人就會立時變成另一個人。他沒有受過任何專門訓練。這一切，全靠聰明，還有環境的磨練。險惡的生存條件，把他培養成了這麼一個天才的逃亡專家。」一九九一年，「一個陰雨連綿的秋天，他們忽然不期而至。頭上高懸著通緝令，在全國各地輾轉躲藏了兩年多以後，身體已經很壞……然而卻帶著這期間趕寫出來的三部共一百多萬字的書稿！」

兩段話畫龍點睛，讓許多作家同業對鄭義佩服得五體投地，唯有自嘆不如。

鄭義在台北與我見面時說，六四之前，他擔任山西政協委員及電影家協會主席，成天人來人往，忙得幾乎無暇寫作；海外流亡後，「時常回想那段逃亡的日子，那可能是我一生中最簡單、最充實的日子」：北明寫《告別陽光》，他上午做木工，下午寫《紅色紀念碑》，黃昏時兩人一起出去散步，「沒有社交，沒有雜務，除了擔心身分曝光，甚至也沒什麼煩惱。」

但是說到《紅色紀念碑》所寫的文革時廣西壯族生食十萬人慘劇，鄭義連聲嘆氣，直說這是「血染中國」；是中國人的大悲劇！二十多年後的六四，中共再度血染中國，讓他痛下決心，逃亡海外之前要把它寫出來。

鄭義說，一九六八年他就聽說廣西階級鬥爭的吃人傳聞，當時過於震驚，將信將疑。一九八四年，他在北京遇到《廣西文學》副主編李竑，把深藏心底十多年的懷疑說出來；「不料李竑竟怒不可遏，言之鑿鑿地證實了這一傳聞。」後來遇到劉賓雁，問他是否知道文革時廣西大屠殺的吃人事件？「他給予我肯定的答覆。」他問劉賓雁怎麼不寫？劉賓雁說：「不，不想寫，太醜惡了！」鄭義說，「從那一刻起，我便揹起了廣西事件這沉重的十字架」；「知情而保持緘默，我便可恥地犯下了同謀罪。」

一九八六年五月，他與北明到廣西，透過關係取得《中國法制報》記者證，得以在各地訪談被食者家屬及倖存者的說法，並且「從前任公安局長手中抄錄到一份被食者名單」。官方資料鐵證如山，證實了舉世首見、駭人聽聞的「吃人的群眾運動」。

八九年六月逃亡之前，他把這些費盡心機取得的機密文件，分批藏在許多朋友處。據說後來公安三次到他們山西作協宿舍翻找，甚至把地毯都掀開，但什麼也沒找到。北明出獄後，憑她的機智一次次變裝回山西，把資料帶到逃亡隱居之處。他說，每次閱讀那些史料，「便可見廣西十萬冤魂穿越時空，冉冉而來。他們圍擁著我，注視著我，卻默默無言。我深諳這無言的囑託。」終於完成《紅色紀念碑》，他在自序裡說：「任何一個小小的疏忽，甚至一件與己無關的偶然，都會導致突然被捕，也許就在我寫完了下一個標點之際。……不料竟然完成了！但那一瞬間，我沒有絲毫興奮，只是疲憊與茫然。我意識到我已經創造了一個奇蹟」；然而，「並非我一人所獨創！」

像這樣的書寫吃人的滋味，近代中國文學史上，還有第二人嗎？

二〇〇四．十二．二十二．中國時報「人間」副刊

提著《神樹》流亡

天下的農民都是一樣的。不同的政府產生不一樣的農民。一九九三年七月，鄭義在台北提到他正在撰寫第一部長篇《神樹》，背景從九〇年代回溯抗戰與解放，一層層翻看政治對農村與農民的影響。他說：「國民黨統治時期，農民就是農民，共產黨統治後，農民成了『農奴』；再勤勞的農民，也變成了懶惰的農民！」這句話涇渭分明，讓我至今難忘。

「中國是一個農業民族，但農民的史詩一直沒有人好好寫過。」為了彌補這個遺憾，文革下放太行山農村六年仍覺不夠，特別於一九八三年騎輛破舊腳踏車沿著黃河漫遊近萬里，走訪山西、陝西二十餘縣的數十個農村；「找到了史詩般的題材」，在心中埋下了《神樹》的種籽。他強調說：「很多作家看到什麼就寫什麼，我則一直在看，在找感覺，很怕貿然下筆糟蹋了材料。」一九九二年四月逃出中國，他才把萌芽的樹苗自心中移出，在香港「皇家警察新屋嶺羈留所」擬好《神樹》大綱。九三年初，他提著印有難民標誌的塑膠袋上飛機，袋裡有一棵呵護了十多年的《神樹》幼苗。到了普林斯頓，植根異國泥土，日日灌溉，埋首苦寫。九五年底，巨大的《神樹》頂天立地，叩問人間；九六年夏天由台北三民書局出版，全書三十二萬字。九九年冬天，《神樹》由藤井省三翻譯在日出版；藤井也曾翻譯過鄭義的《老井》與《歷史的一部分》。

「在我們中國，只有因你想像力不夠豐富而想不到的事情，而絕無不可能發生的事情。」鄭義在《神樹》後記裡的這句話，點出全書從神樹開花的奇蹟到神樹毀滅的詭異慘絕。這棵神樹，蔭廣數畝，百餘人不能合抱；「歷百代風霜而不凋，經千載劫難而不殘」。九〇年代，神樹突然開了滿樹白花，散發透骨異香。村人敲鑼打鼓歡聲雷動，消息傳出後，每天有人坐車遠道而來，好奇參觀虔誠膜拜。村人於是爭著賣香火，開飯店，開旅店，毀了莊稼加蓋停車場賺買路錢，印製宣揚神樹奇蹟的小冊子零售，更鼓動村長修建破舊的神樹廟，以使香火更加鼎盛。然而利益分配不均，有人寫信向省委檢舉，說神樹開花的消息傳遍山西河北河南三省後，「朝拜神樹的人員車輛，充塞省道……正午時分，車逾五百，人近一萬。如果任其發展下去，不僅堵塞交通，……也會造成不良的政治影響……」省委電詢縣委問明眞相，「著縣委立即集中警力，伐倒大樹……」村人想盡方法與縣委、公安局長、軍方周旋，但賄賂條件擺不平，憤而抗命，結果是一百多個村民被官方派來的特種兵團槍殺；繫在神樹身上的二十二條鋼絲，拉到二十二輛坦克車上纏緊，「在上萬匹馬力的拖曳下，神樹無聲傾倒……神樹廟土崩瓦解……」但慘劇並非就此終結；特種兵團又搬來數十台油鋸，將神樹枝幹一一鋸解，淋上火油燃燒；務必「不留一枝一葉，不留任何後患」。在如此驚恐的人、鬼、軍持續對峙中，大雨暴怒而下，終致「泥石流形成的壅塞壩崩潰」；軍人、坦克、逐利的村人、神樹的遺跡，全都消失了！

從神樹開花始，以神樹毀滅終，鄭義以類似魔幻寫實的技法，時空不斷交錯，人鬼啾啾對話，穿插回溯神樹底這個小山村，三個不同時代的村長兼支書，經歷抗戰開始後的國共鬥爭，解放後的階級鬥爭，一百多人的村子，男男女女纏繞著背叛、妥協、殺戮，一層層都是錯綜交結的深仇大恨。到了全書結尾，「滔天洪水抹去了千年歷史……」曾經矗立神樹的土地，「只留下一個傳說……只留下一片永不受孕的洪荒。」

二〇〇四・十二・二十九・中國時報「人間」副刊

後記：

鄭義來台北那年，曾說他不會在美國流亡太久；「預計最快二三年，最慢五六年，就可以安全的重返大陸。」十二年過去了，鄭義並未「安全的重返大陸」。他們從普林斯頓搬到華盛頓，北明在自由亞洲電台工作，鄭義繼續關心中國的環保議題，二〇〇一年出版五十多萬字的《中國之毀滅》，探討中國大陸森林濫伐、水土流失等生態危機與社會危機。也許，作爲一個在海外發聲的流亡作家，更能保持自由而犀利的批判吧？

蘇曉康密使

九〇年代轟動一時的《河殤》紀錄片總撰稿人蘇曉康，是中國著名的報告文學作家，曾任教北京廣播學院新聞系，出過《自由備忘錄》《陰陽大裂變》等書，兩次獲得全國優秀報告文學獎。一九八八年六月，《河殤》在中央電視台播出，探討黃河農業文明（古老保守）與蔚藍色海洋文明（全盤西化）；六集播畢，震驚中國大陸知識界，也震動了中南海高層。八九民運後，中共算六四總賬，陸續發布通緝名單，蘇曉康在七名知識分子中列榜第五，開始了千里大逃亡，像泥鰍一般在地層下鑽動，從北方鑽到了南方，從香港到了法國；後來轉赴美國，得到余英時教授協助，終於落腳普林斯頓。

八九年十二月底，蘇曉康與萬潤南等民運人士應邀訪台。與他閑談時，只見他眉頭緊皺，菸不離手，說到輾轉流亡，直說很對不起太太傅莉，「但最痛苦的是，想兒子想得要死！」得知我春節後將去北京，他苦笑了一下說：「也許妳可以幫我帶封信給傅莉？聽說我走後她的情緒一直很不穩，捎個信兒安安她的心。不過，如果妳覺得不方便，也不要勉強。」

次年元月中旬，他來電話說東西都準備好了，我去他住的旅館，他拿出一件藍格子長袖襯衫，一條牛仔褲，一件灰毛衣：「這是我給兒子買的」；然後從茶几下拖出一包書：「這是中國兒童故事全集，是一個出版社老闆送的。」最後他把桌上的信封拿給我：「但是這封信，請妳一定要想辦法送給傅莉……」說著眼眶就紅了：「這信我沒封起來，裡面沒什麼祕密，只是要傅莉沉著點兒，再忍耐些時候，我一定會想辦法把他們母子接出來的。」傅莉是內科醫生，信封上寫著她上班的醫院名字及地址，但曉康說，決不能親自去那兒找傅莉：「反正妳北京認識的文友不少，要託誰妳到時候看著辦吧。」

貴州安順鄉村農民自製的地戲面具。（季季／攝）

帶著那三樣沉重的禮物上飛機，我的心情也是沉重的。那是我第一次去大陸，與蔣勳先去桂林，再去貴陽等林懷民從舊金山來會合，然後一起去安順農村看地戲。到了香港，先把那包書郵寄北京。信和衣服則緊跟著我越過近半個中國，終於到了北京，拜訪了冰心、錢鍾書楊絳夫婦、夏衍、卞之琳、李澤厚等多位文壇前輩，但始終拿不出手。後來范公請了王蒙、吳祖光、王世襄、丁聰、劉心武、董秀玉等文友一起去他家吃飯，我才伺機把那神祕禮物取出來，完成生平僅有的一次密使任務。

范公那時住在雅寶路北牌坊胡同一座雅致的平房，木門彷彿沒上過漆，古樸而低矮，走進時必須彎腰低頭。但是院子裡兩棵槐樹怒拔天際，濃蔭有如華蓋，枝影搖曳，遮天蔽地，見出主人的格局不凡。和那兩棵槐樹相比，范公顯得瘦小，說起話來卻中氣十足，豪邁坦率，直懾人心。范公名用，祖籍浙江，一九二三年生於江蘇鎮江，十六歲小學畢業就進三聯書店工作，編過《讀書》雜誌，做過三聯總編輯，一九八九年離休，在出版讀書界擁有一言九鼎的地位。范公愛書，懂得讀書出書；愛酒，懂得飲酒品酒；愛吃，懂得下廚做菜，請朋友到家裡吃飯喝酒，常常戴頂小白帽，圍著布圍裙，親自熱炒上菜。那天我們去做客，他說一早就去菜場買菜：「今天運氣好，買到幾支嫩玉米，待會兒吃完飯給你們做甜玉米羹喝。」聽我讚美那兩棵槐樹，方公大爲歡喜，說他也最喜歡那兩棵大槐樹：「那可是我家的夫妻樹哦，像我跟我老伴一樣，」他說：「不過我家就是有一點不好；那個門太矮太小了，王蒙當文化部長的時候，來我家也一樣要彎腰低頭的。」言語幽默的王蒙聽了，立刻笑著站起來舉手敬禮：「是，是，到范公家，一定要彎腰低頭的。」

喝完玉米羹，趁著文友閑聊之際，我說：「范公，聽說你藏書豐富，可以參觀你的書房嗎？」范公拍胸脯道：「那有什麼問題？」隨即領著我從客廳穿過一條窄小走道，進入那個長方形書房，四壁都是書，中間僅容一人錯身。范公還打開書櫃底層一扇扇的門說：「妳看這兒有多少酒！我這裡啊，就是書多，酒也多。」等他關上最後一扇門，我對范公說，有一件事想請他幫忙。見我面露遲疑之色，他豁然說道：「妳儘管說吧，有什麼事兒我都願意幫。」我於是把背包裡那封信及那包衣服拿出來：「這是蘇曉康託我帶給他太太和兒子的。」范公接過即說：「妳找對人了，我有個朋友跟他太太是醫院同事，明天就幫他送去。」范公把信和衣服收進櫃子裡，站起來時却哇的一聲哭起來了。然後哽咽著拉著我的手，去看書架中的一個專區，陳列的都是劉賓雁、嚴家其、方勵之、蘇曉康等流亡作家的書：「這些人都是我的好朋友啊！」范公邊說邊拉著長袍袖子拭淚：「這些人哪，都走了，以後也許都看不到了啊！」

范公準備上菜。（季季／攝）

兩個月後，曉康在美收到傅莉寄去照片，八歲的兒子穿著那套新衣，面前是那套中國兒童故事全集。如果沒有范公，這個密使任務怎麼能完成呢？

二〇〇四・十・十三・中國時報「人間」副刊

後記：

一九九四年夏天，收到范公親繪卡片，說明那座小院將不復存在，遷居到方庄芳古園一座公寓十樓。書房比以前小，范公不改其志，仍然每天讀書寫作，樂在其中。最近范公編了兩本書由北京三聯書店出版：《文人飲食譚》與《買書瑣記》，文化界的朋友，無不爭相閱讀，於一字一句間，興味盎然的再次品味范公的眼界與風采。

「建國同齡人」，台灣製造

那年還沒有捷運，席慕蓉載著蘇曉康和我在總是塞車的台北市區穿行，嘆氣之後還是嘆氣。「哎，你們這台北，車子眞多啊！」曉康說。上了高速公路，擺脫了緩慢的焦躁，我們終於鬆了一口氣。曉康有點拘謹卻又有點急切的問初次見面的席慕蓉：「請問，從這兒到新竹，要多少時間啊？」席慕蓉熱情的回道：「很快很快，一個多小時就到了。」曉康哦了一聲，沒再說話。席慕蓉問道：「蘇先生很著急是不是？」曉康笑答：「是啊，急著去看我爸媽做人的地方，」說完却又嘆氣道：「但能不能找到呢？都已四十三年了啊！」

那是一九九一年夏天，曉康第三次來台灣，爲華視策劃三集《海峽》紀錄片，探討兩岸與國共兩黨的數十年消長。曉康七月十四來台，停留至八月二十，我向林海音借了延吉街的吉屋讓他住。吉屋離華視及林先生家都不遠，剛來兩天，我陪他去拜謝林先生，離開林先生家後，他突然說：「我有個願望，從第一次來台灣就在想，但一直不好意思說出來。」我以爲他要說的是想在台灣定居，那種大忙我是幫不上的，聽完就只哦了一聲。「妳不知道我跟台灣的關係有多深？」他悠悠說道：「我差點就是個台灣人呢。」

「是嗎？」我豎起了耳朵。這可是個大新聞！

「我爸媽以前來過台灣，在新竹製造了我的！如果他們沒逃回去，我不就是生在台灣長在台灣的台灣人嗎？」

他解釋說，爸媽是武漢大學同學：媽媽龐佑中，一九二四年生，四川達縣人，讀國文系；爸爸蘇長青（另名蘇沛），一九二三年生，四川成都人，讀歷史系與政治系。他曾聽媽媽說，抗戰時期武漢大學搬到四川樂山，當時英文系有個同學叫齊邦媛，後來在台大教英美文學，桃李滿天下，揚名海內外。一九四七年五月底，武漢大學鬧學運，國民黨派兵鎮壓，中共武漢地下黨部安排十多位學運骨幹逃到香港，他父親等幾位不會講廣東話的，九月中旬又被中共南方局安排來台灣「教書」，他母親也從四川搭船到上海，轉來台灣相聚。當時教育廳規定各校教員名冊必須每年呈報一次，他們怕被鎖定曝光，每學期都換一個學校，先後在台北第一女中、台東中學、基隆中學、新竹女中教過書，其中除台東中學校長是台灣人外，其餘三校校長都是中共派來的地下黨員；他姊姊曉非即在台東出生。一九四

蘇曉康之父蘇沛晚年攝於北京。（蘇曉康／提供）

八年十一月任教新竹女中時，他母親已懷了他，國民黨保密局到學校查他父親行蹤，他們得到校長密報，夫妻倆匆匆帶著蘇曉非去基隆坐船回上海。後來被派去杭州《浙江日報》做編輯；次年八月，曉康在杭州出生。一九六〇年中共創辦《紅旗》雜誌，他父親被調去北京當編輯，母親則在《光明日報》主編醫藥版。

「所以我一直想去新竹女中，看看他們當年住的房子，」曉康說：「看一眼也好。」

那時席慕蓉還在新竹師院教書，她會開車，而且正放暑假，我把來龍去脈說給她聽後，她欣然答應帶我們去訪舊。到了新竹女中，一個老校工陪我們四下參觀，說校內的房子大多改建過了，後來我們看到角落兩間灰撲撲水泥牆面龜裂的矮房，被一大叢茂密的香蕉樹遮掩著，老校工突然想起來說：「哦，說不定是這裡啊，這老房子早就沒人住了，堆些雜物。」曉康像尋根的人終於找到了，欣喜的，定定的望著：「哎，我就是在這兒被製造出來的啊？說不定那一大叢香蕉還是我爸種的呢。」他笑著說。

鄧小平去世後，他自美寫信回北京，向他爸報告這段尋根之旅。他爸回信却說，只尋對了一半：是新竹商業學校，不是新竹女中；當時通知他們逃跑的竹商校長林鎏，

蘇曉康之母龐佑中。（蘇曉康／提供）

一九四九年七月也逃回福建去了。曉康在越洋電話裡說起這事，頻頻嘆氣，懊惱的說：「怎麼我會記錯呢？下次到台灣再去新竹商業學校找找看吧。」後來傅莉車禍受重傷，曉康寸步不離照顧她，再沒來過台灣。但這個中共「建國同齡人」，千眞萬確，是台灣製造的啊。

二〇〇四・十・二十・中國時報「人間」副刊

後記：

曉康的母親長期主編醫藥版，閑熟醫藥常識，但曉康八九年夏天流亡海外後，她深受打擊，一九九一年春天就中風去世，享年僅六十七歲。他父親後來再婚。二〇〇三年春天，他父親已八十歲，發現肝癌末期，但曉康的入境禁令未除，向中共駐紐約領事館申請返國探望遭拒。後來由他父親這個老地下黨員向中共高層提出申請，才恩准他們一家祕密返國一個月。然而手續延宕費時，紐約領事館通知他領取簽證之前兩天，弟弟自北京打電話給他，說父親已經往生了！他帶著傅莉、蘇單回到一別十四年的北京，卻是探親變成了奔喪！

辦完父親後事，曉康曾帶傅莉去宣武醫院，請治療劉海若的腦科專家凌鋒醫生爲傅莉檢查，凌鋒認爲傅莉的受傷情況比劉海若輕，要她留在北京復健治療，說康復的機會比劉海若高。曉康向中共當局探問停留的時間，但中共要他一個月簽證到期就須離境，他只得揮淚別北京，帶著妻兒再流亡。

一個中共地下黨員的長子反中共，並且因爲反中共而長期流亡，政治與歷史的弔詭，莫過於此！

《河殤》之傷

蔣經國去世前兩周，一九八八年一月一日，台灣開放大陸探親，冰凍四十年的海峽開始融動；尋親、返鄉、大陸熱，成爲島嶼主旋律。那年七月，在新加坡擔任《中國時報》駐東南亞特派員的徐宗懋寄來一袋文稿，內有上海《文匯報》刊登的《河殤》解說詞及金觀濤、何西來等大陸學界人士對《河殤》的評析。我打電話去道謝時，宗懋滔滔不絕說著抨擊中國傳統文明的《河殤》紀錄片在北京中央電視台播出後的強烈震撼。八月《河殤》解說詞在「人間」副刊發表，也引發了熱潮激盪，我還邀柏楊、張炎憲、席慕蓉、蔣勳及研究閒一多的新聞局長邵玉銘等人撰寫讀後感，配合金觀濤等人的文稿，製作了「兩岸看《河殤》」專輯。後來陳曉林的風雲時代出版公司，透過香港三聯書店取得蘇曉康等人的授權，《河殤》在台發行七十幾版，賣了十幾萬本。據說大陸銷量更爲可觀，但八九年春天即被禁下架。這是《河殤》的第一筆賬。

然後夏天來了，寄《河殤》文稿給我的徐宗懋，跑到北京採訪天安門學運，六四那天挨了解放軍一槍。撰寫《河殤》的蘇曉康、遠志明被扣上「反革命宣傳煽動罪」，相繼輾轉逃亡海外；沒逃成的王魯湘等人，則被捕入獄多年。這是《河殤》的第二筆賬。

遠志明原是人民大學哲學研究所博士生，流亡海外後情緒消沉，患了嚴重憂鬱症；後來受洗信基督，去密西西比州讀神學院，揮別憂鬱後做了虔誠的牧師。近幾年他拍了《神州》、《十字架》等傳播福音的電視片很轟動；《十字架》紀錄大陸的家庭教會實況，宣稱信眾已暴增至七千萬人，據說又震驚了無神論的中共高層，已下令嚴禁了。這是《河殤》的第三筆賬。

然後是傅莉車禍，這第四筆賬最慘烈也最昂貴；蘇曉康欠她的情，這一生恐難還清了！一九九一年八月底，透過國際人權組織協助，傅莉領著十歲的兒子蘇單到了美國，一家三口在普林斯頓團聚。傅莉性格堅毅，放下中國內科醫生的身段，到美國超市打工賣魚，努力學習英文，準備報考美國護士執照。她在北京時就常勸曉康遠離政治，到美國後還是勸他遠離政治，決定在美國考護士執照，她說：「等我考取了，我養你跟蘇單，你只管安心去讀書，

一九九一年八月傅莉、蘇單赴美與蘇曉康團聚後所攝之全家福。（蘇曉康／提供）

好好寫文章。」但是一九九三年七月的一場車禍，把傅莉的夢震碎了！她失去意識，不能言語，癱在醫院半年多！出院後不停求治復健，十二年來受盡常人難忍的苦痛，最近才能挺起腰椎緩慢舉步。

傅莉受傷三年後，曉康才漸漸回過神來，在「人間」副刊的「三少四壯集」寫了一年專欄，一周一次，篇篇都是痛徹心肺的懺悔錄。他反省知識分子使命感的盲動，懷想內科醫生傅莉對生命的清澄之見，細數傅莉爲他付出的悲慘代價，讓人邊讀邊流淚。專欄字數，每篇限定一千二百多字，骨架分明而血肉不足，我建議他出書時增補書信及日記內容，一九九七年十月由時報出版《離魂歷劫自序》，後來分獲兩大報當年度十大好書。曉康以前在大陸出的書，都背著爲天下蒼生請命的大骨架，沉重而冰冷。寫《離魂》之書，大骨架已被大時代拆解；在異國守著癱瘓的傅莉，筆下只有血肉和血淚，一字一句柔軟而滾燙！

一九九九年秋天，時報出版版權室主任顏秀娟，與美國藍燈書屋旗下聲譽最好的克諾普（Knopf）出版公司談妥預付二萬五千美元版權費，《離魂歷劫自序》由當時在波士頓大學任訪問學者的朱虹翻譯，二〇〇一年在美出了英譯本。《出版家周報》給它最高的評價；《紐約時報》更兩度書評推薦：「《河殤》的作者蘇曉康，透過他被逼迫的悲傷旅程，給了我們對人生樣態的全新洞視……」這是《河殤》的最後一筆賬。多麼慘痛的代價啊！

二〇〇四．十．二十六．中國時報「人間」副刊

後記：

二〇〇四年五月，我去信關心傅莉的近況，曉康回了一封長信。曉康撰寫專欄期間，許多讀者去信關心傅莉之傷，也紛紛提供偏方與治療意見。爲了讓關心傅莉的讀者了解她復健的情況，我把曉康覆信的一段摘錄於下。

先跟你匯報一下傅莉的情形。最近，她間或會感嘆：「我想殘廢了還不如當時就死了呢。」我說：「那是，妳今兒個終於知道不會殘廢了，才敢這麼去想。」也就是前幾天，她腰板兒完全直了起來，跟正常人沒啥區別了，走得也快了一些，我才明白她哈腰了十年，其實不是所謂駝背，而是骨盆位置不正導致脊椎前傾，那個部位的修復是明顯的，是我們搬來這個小州Delaware一年來的物理治療的效果所在，近五千元的花費，值得。治療師修復她癱瘓後的左右失衡，集中在她的腹部肌肉，似乎是盆骨部位功能操控著整個下盤，物理治療以解剖知識得以牽動每一肌肉，很像中國功夫裡的所謂「功」。……不過，兒子回家來的時候，她挺可憐的，想多跟兒子說說話，多探問一些他的細節，却因說話和思惟皆不甚靈便而每每不能如意，事後還得從我這兒來打聽。

蘇單修了兩個大學學位，現在已讀醫學院三年級。這是曉康與傅莉十餘年來的劫難生活中，最感欣慰；想必也是眾多關心他們的讀者欣慰的一件事。

輯七

往事怎能如煙

往事能否如煙

二〇〇三年華人讀書界，許多人爭看章詒和的《往事並不如煙》。據說她這個書名是有針對性和區別性的。也許所指是胡風夫人梅志十五年前出版的《往事如煙——胡風沉冤錄》吧？我讀的是一九九〇年初在香港買的香港三聯書店版本（一九八九年四月出版）。

梅志與胡風結縭五十三年，聶紺弩讚揚她是「天使」；彭燕郊譽她與宋慶齡、何香凝並爲現代中國三位偉大女性。她比章詒和大三十三歲，寫《往事如煙——胡風沉冤錄》，是從七十二歲至七十四歲；章詒和寫《往事並不如煙》，則從五十四歲至五十六歲。兩人的生活背景、經歷各異，敘述對象、風格、內容均不同，而所寫知識分子的受難則一。有些人物先後於兩書出現，各有角度與意涵，交叉閱讀，比對互補，而覺視野更爲寬廣，體會也更幽微綿密。

章詒和的父親章伯鈞是政治家，一八九五年出生在文風鼎盛的安徽桐城，留學德國；曾參與「中國民主同盟」、「中國農工民主黨」等第三黨活動，四九年後做過中共交通部長。

五七年在大鳴大放中發言惹禍，年過六十而被劃爲頭號右派，解除職務，一九六九年五月鬱鬱以終，至今未獲平反。

胡風是詩人、翻譯家，湖北蘄春縣人，比章伯鈞小七歲，留學日本，編過多種文藝刊物，境遇則更悲慘。一九四五年，胡風在重慶獲周恩來支援，主編《希望》雜誌，第一期發表舒蕪〈論主觀〉及其他討論「客觀主義」的文章，備受茅盾等人抨擊；周恩來也認爲「這種對現實的冷淡態度不好」，導致後來停刊。但〈論主觀〉風波一直烏雲罩頂，胡風爲了突破困境，寫了三十萬字「關於解放以來文藝實踐狀況的報告」，準備呈交黨中央以示交心。他要梅志幫他謄稿，梅志勸他「雞蛋不可和石頭相碰」，胡風却說，「這是向黨提意見……應該相信黨……不要害怕……」她只好花一個月幫他謄寫。誰料五四年七月呈交後，情勢未緩反劇；五五年四月統戰部要舒蕪交出胡風寫給他的信件並公開發表，信中提到的人全被毛澤東欽定爲「胡風反革命集團」，逮捕人數達二千餘人。五五年五月，五十三歲的胡風與四十一歲的梅志也被捕入獄。

梅志入獄六年多獲釋，胡風則像人間蒸發，無人知其下落。一九六一年梅志出獄後，多方打探，一再申請，才知他被關在秦城監獄。一九六五年底，胡風與世隔絕十年之後，夫妻倆才獲准重逢，六六年初又雙雙被流放四川。由於長期監禁，胡風一度精神崩潰；七九年出獄時已七十七歲！八五年六月，享受了一生少有的六年安寧歲月之後，八十三歲的胡風在北京去世。一九八八年，王蒙文化部長任內，胡風獲得徹底平反。

胡風去世後，大陸政治情勢已較寬鬆，梅志開始撰寫《往事如煙——胡風沉冤錄》。第一章「往事如煙」寫胡風入獄十年到一九六六年初離開北京，第二章「伴囚記」、第三章「在高牆內」，寫流放四川十四年；全書三十一萬字。梅志毅力驚人，七十四歲成書後，再以六年時間完成六十萬字的《胡風傳》，九八年由「十月文藝」出版。二〇〇四年十月八日，她以九十之齡在北京去世，許多老友紛致哀思，對她爲胡風所做的一切，只有感佩與嘆息。

胡風被迫流放四川之前，曾在北京給四位友人寫信辭行。給老舍之信：「共患之情不能忘，相隔之境不必通……回憶到相濡以沫的固澈之日，微末的悲歡竟未全消……」給他的同鄉陳家康之信：「糊塗人難有自知之明，記憶不易全消更爲一大憾事。……前塵如夢，對我的種種關懷和規勸，致由衷的感謝……」

患難夫妻，靈犀相通，梅志以《往事如煙》爲書名，也許是呼應胡風的「前塵如夢」吧？

二〇〇五・一・五・中國時報「人間」副刊

胡風與楊逵的鏡子

二〇〇五年是胡風事件五十周年，楊逵去世二十周年。閱讀《往事如煙——胡風沉冤錄》，不免聯想起胡風與楊逵的故事。他們的故事是一面鏡子，照見不同的土地，不同的政黨，兩個「不默而生」的寫作者，面對一樣殘酷的命運；隔海遙相關懷，終生未謀一面。

二次大戰結束後，國民黨官員接收台灣，中共則派出各行各業地下黨員或「進步人士」來台。胡風沒有被派來台灣。上海解放前，他被派去香港，轉往東北解放區，一九四九年三月隨統戰部進北平，九月參加「第一屆全國政協會議」，十月一日參加「開國大典」；「滿懷歡呼新中國成立的激情，寫了長詩〈時間開始了〉。」——如此緊跟中共的建國步伐，後來仍被中共下獄二十四年！

胡風雖沒來過台灣，却是最早把日據時代台灣小說譯介到大陸的作家。一九三一年春，二十九歲的胡風進入日本慶應大學英文系；秋天爆發九一八事變，憤而加入日共及東京左聯。一九三三年三月因抗日被捕，六月被驅逐出境回上海。楊逵的〈新聞配達伕〉全文，一九三四年十月發表於東京《文學評論》，胡風一九三五年在上海讀到日本《普羅文學》轉載，將它譯爲漢文，以〈送報伕〉之名發表於上海《世界知識》；後來並與呂赫若的〈牛車〉，及四篇朝鮮小說，收入他翻譯、主編的《山靈——世界弱小民族小說選》。一九四六年春，胡風在東京認識的左聯盟員尹庚，帶著《山靈》來台，在台中找到楊逵，他才首次讀到胡風翻譯的〈送報伕〉。那年三月，楊逵在台北三省堂出版日文小說集《鵝媽媽出嫁》，七月根據胡風的譯文在台灣評論社出版中日文對照本《送報伕》，標明「譯者胡風」。書出之後，楊逵曾託當時在台的胡風友人耿庸，於一九四八年初寄贈胡風。此後即因政治敏感，兩人未敢互通音訊。目前定居北京的胡風之女張曉風（胡風本名張光人）說，她家至今珍藏著楊逵題贈的那兩本書；其中一本扉頁題寫「敬贈胡風先生」。一九八二年楊逵赴美參加愛荷華大學「國際寫作計畫」，偶遇中國作家，曾經問起胡風近況，並請他們回大陸後「向胡風先生致慰問之意」。一九八五年三月十二日楊逵在台去世，北京於三月三十日舉辦楊逵追思紀念會，胡風特別抱病參加，由曉風代唸發言稿〈悼楊逵先生〉。

胡風公開提到他與台灣的第一次接觸，是一九八三年四月十三日於北京參加「賴和誕辰九十周年紀念會」。他說，一九三三年三四月間被拘留在東京四谷警察署，連續數夜聽到隔壁監房傳來哭叫聲，「引起了我的不安和惆悵」。後來聽到看守叫著「喂，台灣，喂，台灣」，才知道那是個台灣人；「體會到這個青年的哭叫聲，是數十年前台灣詩人丘逢甲『四百萬人同一哭』（註）的哭聲的延續……。」

而比胡風小三歲的楊逵，早在一九二七年五月就曾因抗日在東京被捕，中斷日本大學學業，返台後又被日警逮捕八次。二二八時再被捕一次。一九四九年四月六日在上海《大公報》發表「和平宣言」，第十一次被捕。「和平宣言」四百字，入獄十二年；「和平」代價如此昂貴，難怪楊逵自嘲「領了全世界最高稿酬」。但因腦神經受損，楊逵一九六一年出獄後，再也沒有小說創作！而彼岸的胡風，因爲寫了三十萬字「關於解放以來文藝實踐政策的報告」，一九五五年被捕，入獄二十四年。此後胡風不斷被迫寫自我檢討與表態文章，更曾因心因性精神病在獄中哭號不休，長期喪失創作能力。類比楊逵的自嘲，胡風的「稿酬」要如何計算其高低呢？

二〇〇五・一・十二・中國時報「人間」副刊

註：

丘逢甲詩〈春愁〉，作於馬關條約次年（一八九六），全文如下：

春愁難遣強看山，往事驚心淚欲潸。
四百萬人同一哭，去年今日割台灣。

往事怎能如煙

胡風的妻子梅志，與章伯鈞之女章詒和，各有一本「往事」之書，但內容深淺各自不同。十五年前，梅志的往事「如煙」，十五年後，章詒和的往事「並不如煙」。而今前後對照，兩者出版的時機和命運，也有天淵之別。章詒和的《往事並不如煙》，二〇〇三年出版後獲得海外的獨立中文作家筆會「自由寫作獎」，在台灣也獲得兩大報十大年度好書獎。最近《亞洲周刊》公布二〇〇四年十大好書，《往事並不如煙》又與聶華苓的《三生三世》，陳桂棣、春桃的《中國農民調查》等書共享榮耀。回看當年梅志的《往事如煙——胡風沉冤錄》，一九八九年四月在香港出版，享受了短暫的掌聲，就傳來了六月的坦克與槍聲，許多美好的生命和動人的事物篇章，都被震得煙消雲散了！那年開卷十大年度好書剛開始舉辦，香港出版的書籍尚未納入評選；《往事如煙》就像梅志的人生，默默的做了該做的事，默默的忍耐著該忍耐的，以及不得不忍耐的一切；誰與評說，唯有天問。

「往事如煙」，或「往事並不如煙」，其實都是一種情感的主觀認定。生活裡起起落落的許多事會從記憶的圖版消失，但若形諸文字，虛實之間骨肉分明，往事怎麼可能如煙？當代著名美學家高爾泰，一九八七年三月說過這樣的話：「往事是指向未來的。未來是從那裡誕生的。未來是從在那浸透著汗與血的厚土上艱難地移動著的、求索者的足跡中誕生的。」每次閱讀別人的往事，影影綽綽的各色人物，穿梭於字裡行間忽隱忽沒，看到他們說了該說或不該說的話，做了該做或不該做的事，享受了夢幻與光榮，也飽嘗了挫敗與辛酸；掩卷之際，就總想起了高爾泰的話：「往事是指向未來的。」

《往事如煙──胡風沉冤錄》，是一首胡風的悲歌，也是胡風的家庭史詩。與胡風生活五十多年的梅志，文字一如其人，平實素樸而細膩，鋪陳受難歲月裡的種種枝節轉折，翔實沉穩，感人至深。爲了胡風之事，有時不得不去求人，但她始終委婉而堅毅，謙和而忍讓，在人格上不卑不亢，像一幅沉鬱的油畫；在文字敘述上則表現了高度的誠懇，像一幅清淡的水彩。

章詒和的《往事並不如煙》，則是她爲中共建國初期的八個高級知識分子所寫的組詩。她的文字色調明亮簡潔，層次繁複多彩；敘述節奏活潑之中時有辛辣之味，深沉之餘偶也溢出一些尖酸之氣。她出身高級知識分子家庭，所寫的八個精采男女，都是她從小看過的父母摯友。在父母與那八位長輩相繼離世之後，她開始陸續挖掘記憶，發表這一系列組詩。這給了她更自由的寫作空間，敢於探看許多以前的時代不敢碰觸的話題和隱私。她在自序的最後一句說：「書是獻給父母的。他們在天國遠遠望著我，目光憐憫又慈祥。」至於她所寫的八位長輩，在天國看她的目光是否都「憐憫又慈祥」？那是小說想像的範疇了。

看過《往事並不如煙》的朋友，很多人互相比較「你喜歡哪一篇？」新聞界的朋友，大多喜歡〈兩片落葉，偶而吹在一起——儲安平與父親的合影〉。儲安平的悲劇，可說是個愚人節的悲劇。一九五七年四月一日，他出任《光明日報》總編輯。六月一日，他奉行「大鳴大放」，在統戰部發表「黨領導國家並不等於這個國家即爲黨所有」那篇〈黨天下〉名言。但六月八日發現形勢險惡，不得不坦承錯誤，立即辭職，任期僅六十八天。此後儲安平鬱鬱寡歡，深居簡出；一九六六年八月，他竟神祕失蹤了；「活未見人，死不見屍」，至今生死成謎。章詒和說，八〇年代吳祖光訪美返國，竟對她說，有個老作家在美國一個小鎮散步，「忽見一人酷似儲安平，即緊隨其後。那人見有跟蹤者，便快步疾行。老作家生怕錯過良機，便連呼：儲先生。聲音也越來越高。那人聽後，竟飛奔起來，很快地消失了。」

吳祖光說的這個儲安平故事，或者是另一範疇的小說情節吧？不過這也見證了人的記憶，可以跨越時空，周遊列國；往事怎能如煙呢？

二〇〇五・一・十九・中國時報「人間」副刊

兩個女人筆下的一個男人

章詒和在《往事並不如煙》裡所寫的儲安平，故事大多來自她的父親章伯鈞。一九四九年六月，代表民主黨派的《光明日報》創刊，章伯鈞出任社長；一九五七年與第三任總編輯儲安平共事六十八天，因「大放」而雙雙去職。章伯鈞與儲安平，從當時的政治環境而言，都有超過常人的膽識與理想，能言人所不敢言。儲安平六月一日因為批評「黨天下」而驚動天下，惹禍上身，章伯鈞六月六日在座談會上還說：「這次整風運動，要黨外人士提意見，其後果我想毛公是估計到的。……但估計不足；沒有想到黨會犯這樣多的錯誤……」過了兩天，當時任交通部長的章伯鈞，因心情煩悶去找任司法部長的好友史良，發洩對當時政情的不滿，並強調「胡風、儲安平將來要成為歷史人物。所謂歷史人物，是幾百年才有定評……」六月十四日，好友史良就在民盟會議上，左打儲安平，右批章伯鈞，連章對她私下說的「胡風、儲安平將來要成為歷史人物……」的話都全盤托出。《人民日報》等四大報，次日都以頭版頭條刊載史良的發言。章詒和寫道：「母親驚駭不已，萬不想父親身處凶險之境，還在對外人掏心挖肺。父親也後悔莫及，萬不想告密者竟是私交甚篤的史良。」

從歷史的角度回頭看，他們當時都過於天眞，誤判形勢，終致滿腔熱血，灼傷自身。一九六六年秋，五十八歲的儲安平「吹滅生命的殘焰」；一九六九年夏，「胸中塡滿了痛苦與悲憤」的章伯鈞積鬱而亡，終年六十五歲。

章詒和以史料爲骨幹，以生命爲血肉，細切粗斬，佐以五味，端出她父親與儲安平的故事盛宴。熱湯燙嘴，熱炒酸辣，紅燒清燉各有其味。讀者細嚼慢嚥，深入五臟六腑；其中玄機，全憑各自體會。而儲安平失蹤前的最後幾年，兩個落難英雄相濡以沫，儲送去親擠的新鮮羊奶，章回贈幾塊康同璧送的奶油小點心，溫潤柔軟，情誼綿密，是盛宴終結之前最讓人回味的甜品——雖然盛宴的結局，最後是那麼的酸楚。

書寫儲安平的文章，歷來不少。而以戴晴一九八八年秋那篇〈儲安平與《黨天下》〉最受矚目，文長八萬多字，資料十分詳盡，發表後轟動一時。戴晴比章詒和大一歲，出身則更顯赫。她父親傅大慶是托派，抗戰勝利前於北平被日寇所殺。五歲不到，因母親改嫁而被父親的好友葉劍英元帥收養，一九六六年畢業於多數高幹子弟就讀的哈爾濱軍工學院；做過《光明日報》記者。她筆下的儲安平，在南京主編過《中央日報》副刊，在倫敦政經學院留學時，是「費邊社」拉斯基的學生。一九四一年到湘西藍田國立師專教英國史及世界政治概論，聘他的是英語系主任錢鍾書。一九四五年在重慶創辦名噪一時的《觀察》雜誌，作者包括費孝通、馬寅初、傅雷、葉公超、梁實秋、錢鍾書、楊絳等名家；後三人並出資支持，各持二股，儲安平自己只持一股。

儲安平自幼喪母，父親又浪蕩，艱困童年養成節儉習性，成年之後在金錢上「近乎苛刻」，導致兩次婚姻失敗。他的長子因不願向他要零用錢（以免受辱），寧願走十幾里路上學，省下車錢買生活用品；「一九五七年夏就登報與父親斷絕了關係，比章伯鈞的兒子還要早。」

一九六六年夏，儲安平跳潮白河自殺被救起。其後於八月底失蹤。有人說他被紅衛兵活活打死。有人說他隱名出家。戴晴文章的結尾是：「或許這漂泊無所的靈魂爲潮白河所拒，卻爲大海容納了？願他安息。」十四年之後，章詒和文章的結尾卻是：「儲安平沒有安息。他正在復活。」

二〇〇五・一・二十六・中國時報「人間」副刊

兩個女人筆下的一個女人

閱讀之樂說不盡。所嘗不止於五味。所見不止於天地。有時彷彿拿著望遠鏡，把遙不可及的他方，他人，他事，移到眼下的方寸之間。有時彷彿拿著放大鏡，上下左右隨興翻轉，想看的，繼續無限放大；不想看的，垂目而過，立地成佛。有時又彷彿頭戴探照燈，在黑漆漆的礦坑尋寶；挖到金子無限狂喜，一無所獲懊惱不已。閱讀梅志的《往事如煙——胡風沉冤錄》與章詒和的《往事並不如煙》，我如此游移於望遠鏡放大鏡探照燈之間，享受了比較閱讀的魔幻寫實，尋到許多金子，也摸到一些泥沙。

台灣的讀者，也許沒多少人知道聶紺弩這個一九〇三年出生的作家；他的作品不多，讀過的人也許更少。但在《往事並不如煙》裡，他說的一些話，及呈現的一幅幅人性撕扯的畫面，比閱讀他的作品更爲直接而深刻。一九七八年底，毛澤東去世未及兩年，三十六歲的章詒和去看七十三歲的聶伯伯，交換了許多牢獄生活辛酸。聶紺弩說：「無論我們怎麼坐牢，今天的結果比老人家強。」章詒和問他「老人家」會有怎樣的結果，聶紺弩伸出四個手指：

「四句──身敗名裂，家破人亡，眾叛親離；等到一切眞相被揭開，他還要遺臭萬年。」毛澤東長征打天下，聶紺弩四句判高下；句句如黃金，光芒耀全書。

聶紺弩的夫人周穎，比他小六歲，一九三三年畢業於日本早稻田大學，擔任過全國總工會執委，民革中央常委，組織部副部長，全國政協常委等職。一九五五年胡風案，聶紺弩也受波及入獄。一九六五年，胡風入獄十年無音訊，梅志出獄四年多，聶紺弩打聽到她的住處，鼓勵她向公安部要求知道胡風的下落。比梅志大四歲的周穎，更常下了班去她家探望；梅志說：「聶大姐曾經走南闖北，是個名聲赫赫的女將，可現在完全是個樸實無華而又十分能幹的普通幹部了。……只要見到她的大寬臉和厚厚的嘴唇，聽到那特別粗的嗓門，我就感到心中有一股暖流。」她買大魚來送梅志，陪她買菜，包餃子；有時還留在她家過夜聽她說心事。梅志過意不去，她說：「沒關係，早晨我就同老聶說了要來看妳的，不回去他就知道在妳這裡。」

章詒和母親李健生，畢業於北大醫學系，做過北京市衛生局長，農工黨副主席，全國政協常委。一九七〇年前後才與周穎認識。當時章伯鈞已去世，章詒和與聶紺弩都因現行反革命罪被判重刑入獄。兩個女中豪傑，遭遇相同，年齡心情也相近，爲了營救親人而聯手奔走，成了親密戰友。文革結束，聶紺弩與章詒和先後獲釋返家。聽母親說起，章詒和才認識了聶紺弩與周穎。那時李健生已七十歲，說往事難免有些「選擇性記憶」。道聽途說，二手傳播，加上心理審判，章詒和筆下的周穎，小氣，隨便，「忘恩負義，過河拆橋」，害女兒自殺，還讓丈夫「戴三頂帽子」。章詒和有次去看吳祖光，說起聶紺弩夫婦，吳說：「聶紺弩與周穎是模範夫妻。」章詒和答：「據我所知，情況好像不是這樣。」吳祖光再答：「詒和，他們就是模範夫妻。」詒和回家細讀聶紺弩詩集，看他寫給周穎的詩：「詩好，感情深。……大概夫妻之間是可以時愛時恨，且愛且恨的。」

兩個女人書寫同一個女人，一手見證，二手傳播；兩階段各自表述，金子與泥沙前後相映，天淵於是有別了。

二〇〇五・二・二・中國時報「人間」副刊

虛無的筆名

進入多元書寫時代，大至鯨魚恐龍小至蜜蜂螞蟻，各種專書無奇不有。恕我孤漏寡聞，好像還沒有一本研究筆名的專書。如果有人寫一本筆名的故事，光是中國和台灣的作家，故事層層疊疊，只怕二十萬字還有遺珠之憾。不少作家以本名行世，勇氣值得吾輩使用筆名者流敬佩。還有更多作家不但以筆名行世，甚至像川劇變臉一般，因應不同時段與功能，不時更換其筆名。例如胡風，光是本名就先後更改五次，筆名或化名，常見的即有七個，不常見的則不計其數。胡風案的關鍵人物舒蕪，本名方管，用過的筆名也達十餘個。他出身安徽桐城，很多人誤以爲他是桐城派創始人方苞的後代。九〇年代，他寫了一篇〈我非方苞之後〉，說明桐城有二方，他家的先祖是獵戶，稱小方；明末清初出過方苞等許多名士的方家仕縣城，稱大方。章詒和《往事並不如煙》，寫一九八二年聶紺弩八十虛歲生日，她與母親李健生去賀壽：「走到聶紺弩的房間，發現有個生面孔坐在那裡。母親朝『生面孔』點個頭」，說了賀喜的話就轉身走到聶太太周穎的房間：「我悄聲問母親：那個人是誰？母親白了我一眼，沒好氣兒的說：『舒蕪』。」章詒和聽了大吃一驚：「舒蕪就是他！天哪，從五○年代初我的父親贍養他的親舅以來的數十載，這個名字我可是聽二老唸叨了千百遍。」章詒和母親出身河北，父親出身桐城，她這句話語意未盡，不易解讀；也許那位「親舅」也受胡風案牽連吧？

有個老友看我一連寫了幾篇胡風，提到舒蕪只點到爲止，特別把新買的一本中國社會科學出版社二○○二年出版的《舒蕪口述自傳》寄給我參考。其中最引起我思索的，是「前記」裡這句話：「這部平凡貧乏的自傳，對讀者只有一個意義，就是看一個人是如何虛度一生的。」一九五五年後爲了胡風案受盡辱罵，二○○一年寫下這句話時，舒蕪已年近八十，語氣是何等的謙卑又何等的虛無啊。另外引起我興趣的則是他的家世，筆名，及對胡風案的自省。

舒蕪一九二二年七月生於桐城，今年八十三歲，現住北京。其父方孝岳是音韻學家，曾任北大預科教授。後來父親外遇，他隨母親返回桐城；其後即很少再與父親見面。十五歲桐城中學畢業，主編《桐報》副刊，並以同等學力考上著名的無錫國學專修學校。一九四四年在四川白沙鎮國立女子師院任國文系副教授，同事包括魯迅的弟子臺靜農和李霽野。後來臺靜農和李霽野應聘到台大，舒蕪自述說：「當時我也很想去，但台灣大學不聘我。」——如果那年台大聘舒蕪來台，後來的胡風案是否就不會發生？

關於舒蕪這個筆名，他說一九三八年與母親隨阿姨姑姑等人逃難到桂林，租住小白果巷；其中有個阿姨的女兒就是一九五三年以《意難忘》風靡台灣文壇的張漱菡。但桂林不久也遭到大轟炸，小白果巷成了廢墟。他把這段驚心動魄的經歷寫成散文〈在廢墟上〉，投給艾青主編的廣西日報《南方》副刊發表，署名舒吳：「用我們桐城鄉音來唸這兩個字，也就是『虛無』的諧音，就是『烏有先生』『無是公』的意思。」後來他又寫了一篇散文給《南方》副刊，覺得「吳」字欠妥，改成「蕪」字：「這就是我用『舒蕪』這個名字的開始。」

一九九九年，舒蕪在《回歸五四》後記中說：「『關於胡風反革命集團的一些材料』……導致了那樣一大冤獄，那麼多人受到迫害，妻離子散，家破人亡，乃至失智發狂，各式慘死……，特別是一貫挈我掖我教我望我的胡風，我對他們的苦難，有我應負的一份沉重責任。」

然而胡風之女張曉風說，胡風從四川出獄返回北京至去世的六年中，同住一個城市，「舒蕪從未來過我們家！」也許，舒蕪自責甚深，自覺無顏重見老友吧？

二〇〇五・二・九・中國時報「人間」副刊

錢家圓

春節剛過沒幾天，三里河錢家起居室的水仙，豐腴嫣然，滿室清芳。《圍城》作者錢鍾書，穿著及膝深藍罩袍，黑褲黑棉鞋，閑閑坐在米黃沙發上，隨興比畫雙手，嗓音鏗鏘有致，話語滔滔不絕。如若垂耳傾聽我們說話，則雙手抱胸或攏在袖子裡，黑鏡框後面的眼睛不時閃爍著孩子般的俏皮眼神，笑起來有如稚氣未脫的頑童。那年錢鍾書八十歲，灰髮高額，面容光潔，看不出幾絲皺紋。民國第一才子，華采豐潤，晚年未減。

一九九〇年二月，北京街頭還殘留著六四的冷肅。香港三聯書店總編輯董秀玉，因為出過一些六四流亡作家的書，被召回北京三聯「觀察」；需等上級解禁，才能再去香港。董秀玉服務三聯三十多年（現已退休），開朗熱情，熟識許多優秀作家與學者。那年蔣勳與我在貴州機場送走懷民後就飛到北京，她介紹我們認識了許多文友前輩，陪著我們一家家走訪：喝茶，聊天，吃飯；只談文學，避談六四。

錢先生知道我們從台灣來，興味盎然的說著他與台灣的情緣。他的無錫同宗錢穆，在台灣是著名的國學大師，年輕時讀書曾受他父親錢基博贊助；任燕京大學教授後曾陪楊絳從蘇州坐火車到北京上清華研究所；「不過我比他更早就去過台灣。」

一九四八年春天，他與中央圖書館館長蔣復璁，畫家王季遷，書法家莊尚嚴，學者屈萬里等二十多人訪問台灣；「住在草山賓館，我還寫了兩首詩。」那次教育廳替他們安排了七場演講；「我那場的日期最好記，四月一日愚人節！」

第二年兩岸分隔，許多大陸作家作品，在台長期被禁，他的《圍城》等書亦無例外。一九八九年，他親自訂正的錢鍾書作品集七冊，授權台灣書林書店出版，他歡喜的對我們說，「今年夏天就可出齊。」並說他慎重的爲這套作品集寫了前言，強調大陸和台灣「由通而互隔，當然也會正反轉化，由隔而互通……正式出版彼此的書籍就標識著轉變的大趨勢。」

比錢鍾書小一歲的楊絳，清瘦堅毅，脊樑挺直，黑色衣褲外罩淺灰毛衣，臉上戴著褐框近視眼鏡，胸前垂掛黑框老花鏡。微笑的看著錢鍾書說話

一九九〇年二月，北京三里河錢家。左起楊絳、蔣勳、錢鍾書、季季。

（董秀玉／攝）

時，楊絳那雙著名的鳳眼冷冽而溫柔，眼底盡是凝望偶像的光芒。我們踏進錢家寬敞的起居室時，迎面即見左側靠牆一張古樸大書桌，楊絳說：「這是鍾書的書桌」；右側面窗一張小木桌，楊絳說：「這是我的書桌，小學生用的。」寫過劇本《稱心如意》，散文《幹校六記》《將飲茶》；長篇小說《洗澡》；翻譯過《堂・吉訶德》《裴多》等書，楊絳自身的文學生命豐厚持久，文字也如她的眼神，冷冽深邃，餘味無窮。但在錢先生面前，她永遠是頭號崇拜者，堅定的守護者。兩張書桌，別人看到的也許是大小的對照，我看到的是一組和諧的詩的語言。

董秀玉問起他們的獨生女兒阿圓（錢瑗），楊絳笑開了臉說：「還在婆婆家呀，學校還沒開學呢。」阿圓一九三七年五月生在倫敦，三個多月就隨父母到巴黎，一歲多回上海。錢鍾書曾對楊絳說：「假如我們再生一個孩子，說不定比阿圓好，我們就要喜歡那個孩子了，那我們怎麼對得起阿圓呢。」一九五九年阿圓畢業於北京師大俄語系，留在母校教書，後來做了英文系教授。經過文革磨難，一九七七年錢家搬進三里河的房子，離師大和女婿的工作單位都近，夫妻倆「也常住我們身邊，只周末回婆婆家去。」

那天我們沒看到阿圓。看到的却是錢家圓。

那是他們一生中最閑適完滿的歲月。

二〇〇五・二・十六・中國時報「人間」副刊

九五楊絳

新舊交替年間，照例給深居簡出的前輩文友打電話，問候近況，兼賀新年。歲月一年年為他們添壽，却也一年年減損他們的健康。有的前輩往事模糊，言語困難；有的則體弱多病，時常臥床。九十五歲的楊絳，年齡最長，思路却最靈敏，談起一些我們共知的往事，以及一些我所不知道的新事，一件件不疾不徐，層次分明。後來說到生活，問她是否仍吃得不多，她答：但也不少。迂迴，含蓄，標準的楊絳語法。問她是否仍每天在大院裡散步，她答：耳朵有點背，怕人家同我招呼沒聽到失禮，不出去了，但是每天在家裡走七千步。思慮周密，毅力堅忍，典型的楊絳性格。

一九九七、九八兩年，錢家圓不再；阿圓與錢鍾書相繼離世了。「世間好物不堅牢，彩雲易散琉璃脆」。楊絳收起悲傷，撿起一粒粒脆散的琉璃，把它們一字字重新串起。二〇〇三年，九十二歲的楊絳出版新作《我們仨》，細數他們一家三口的悲歡流年，讀過者無不動容，讀完也不免有許多遺憾。

楊絳曾說，她最喜歡寫小說。一九三五年從清華外文研究所畢業就在《大公報》副刊發表第一篇小說〈璐璐，不用愁！〉。同年與錢鍾書結婚到歐洲留學後，既要讀書又要照顧阿圓，無暇再寫小說。一九三八年秋天回國，錢鍾書邊教書邊寫作，在昆明完成散文《寫在人生邊上》，在上海完成小說《人・獸・鬼》《圍城》。楊絳在上海除了教書，照顧阿圓，還要「為了柴和米」寫劇本；一九四三年五月十八日，她的四幕喜劇《稱心如意》由黃佐臨導演，在上海金都劇場首演。那段上海孤島時期的窘迫歲月，楊絳傾力應付生活，讓錢鍾書無後顧之憂的專心寫小說。

一九四九年解放前，許多人逃到海外；「我們如要逃跑，不是無路可走。可是一個人在面臨緊要關頭，決定他何去何從的，也許總是他最基本的感情。……我們不願逃跑，只是不願去父母之邦，撇不開自家人。……一句話，我們是倔強的中國老百姓，不願做外國人。」這個莊嚴的決定，却帶給他們後半生「煩惱和苦痛多於快樂」。中共雖安排他們回北京，在母校清華大學教書，但錢鍾書已經感到「脫葉猶飛風不定，啼鳩忽噤雨將來」；誰敢再寫小說？錢鍾書鑽進古典堆裡安身，楊絳埋首翻譯立命。「我們也一貫是安分守己、奉公守法的良民」，文革時仍不免於錢鍾書掃院子掏糞，楊絳掃廁所剃陰陽頭的厄運。甚至住處被革命男女「摻沙子」，發生了錢鍾書感嘆的「和什麼等人住在一起，就會墮落到同一水平」的「楊絳咬人，錢鍾書打人」事件。害怕受到報復，兩老只好倉皇離家，「逃亡」到阿圓在北師大的宿舍暫時棲身。

一九七七年搬進三里河寓所，「我們好像千里跋涉之後，終於有了一個家……每天在起居室靜靜地各據一書桌，靜靜地讀書寫作。」六十六歲的楊絳，這才開始安穩的寫作生涯，散文《幹校六記》《將飲茶》，長篇《洗澡》，都曾一時矚目，轟動海內外。中短篇小說〈大笑話〉〈玉人〉〈鬼〉〈事業〉等，都取材於舊社會的人物和情節，楊絳以詼諧的筆觸映照生命苦痛，篇篇結構嚴謹，對白簡鍊，意象尤爲淡遠有味。兩相映照，《幹校六記》《洗澡》等取材文革的作品，閃爍著鋒利的傷痕文學光芒，幾乎掩蓋了她寫舊社會的小說成就。

作爲一個女性創作者，楊絳毅力堅忍、情感凝鍊的照顧錢鍾書及阿圓，擁有他們的終生之愛，也在艱困生活中審時度勢，完成自己的文學志業。然而許多女性同業敬羡之餘仍不免要問：如果不是爲了錢鍾書，如果不是中國解放，楊絳會寫出多少讓我們更爲驚心側目的小說？

二〇〇五．二．二十三．中國時報「人間」副刊

黃永玉大寫意

——閱讀《比我老的老頭》

黃永玉個子瘦小腦子豐滿，今年八十歲仍然「野性得很」，繪畫寫作，手腳從不停歇。他從十三歲開始作木刻版畫，讀廈門集美中學留級五次，終而輟學。但他才氣過人，毅力不拔，自讀自學，水墨、雕塑、詩文無一不精，且都自成風格。一九五三年後執教北京中央美院，是備受學生喜愛和敬佩的教授。他的畫價高昂，更是海內外知名。《比我老的老頭》這本書，可說是他繪畫生命的延伸；在〈這些憂鬱的碎屑——回憶沈從文表叔〉的第十四小節即有如下之言：「講了三個故事，說明在生活中有的感受畫不出來，要寫。」但緊接著又說：「有的呢，即使寫也寫不出來，太慘了。」

在「要寫」與「寫不出來」之間，《比我老的老頭》可視爲一部黃永玉的小型回憶錄。十三歲就離開湖南鳳凰老家去廈門集美中學讀書，初中沒畢業就在福建瓷廠做小工，其後到江西、上海、台灣、香港、北京等地從事藝術工作，結交的畫家作家音樂家不計其數，本書十四篇回憶文字長短不一，所寫的主要人物都是在生活與情感上對他有過特別影響的人；其中較爲台灣讀者熟知的則有寫《圍城》的錢鍾書，寫《邊城》、《長河》的沈從文，畫漫畫的「三毛之父」張樂平，以及水墨畫家齊白石、李可染、林風眠，書畫鑑賞家張伯駒等十餘人，都是一代大師。環繞著這些大師的其他人物，多如天上繁星，每一顆也都自有光芒：陳庭詩、李苦禪、吳祖光、汪曾祺、葉淺予……；以及可能讓讀者感到意外的蔣經國、蔣方良、章亞若（贛州時期）。當然免不了也有毛澤東、江青、周恩來（文革時期）等等以政治影響藝術的人物。

《比我老的老頭》，部分文體像散文，部分像雜文，但意境接近詩，故事則像小說。黃永玉的文字，非常口語而幽默，上天入地氣韻靈動；而且情摯意切，寫人寫景論事，無不盡心揮灑，每一篇章都是一幅大寫意，筆墨飽滿，痛快淋漓。只有對生活、藝術有過深切的體驗，對人性、環境懷有悲憫的觀察，才能揮灑出這樣的大寫意。

全書之中，最耐細讀的是〈這些憂鬱的碎屑〉，寫他的老家湖南鳳凰黃家與沈家的三代血緣；寫他

黃永玉在萬荷堂「老子居」客廳。（季季／攝）

黃永玉「萬荷堂」一角。（季季／攝）

看到的、解放後不敢再寫小說的沈從文；寫沈家兄妹的精神悲劇及沈從文的默默忍耐：「從文表叔彷彿從未有過弟弟妹妹。他內心承受著自己骨肉的故事重量比他所寫出的任何故事都更富悲劇性。他不提，我們也不敢提；眼見他捏著三個燒紅的故事，哼也不哼一聲。」

不過文末完稿日期「一九九八年八月」，恐爲編輯作業疏忽。沈從文去世是一九八八年五月，而文中提到「去年，我從家鄉懷化博物館的熱心朋友那裡，得到一大張將近六尺的拓片，從文表叔爲當年的內閣總理熊希齡的年輕部屬的殉職書寫的碑文。……書寫時間是民國十年……那時十九歲整……我帶給表叔看，他注視了好一會兒，靜靜地哭了。」（127頁）一九九八年的「去年」是九七年，沈從文早已去世多年，怎能「注視了好一會兒」呢？——應是「一九八八年八月」之誤。

另外，〈不用眼淚哭〉也很豐饒感人。但寫到一九四八年陪郎靜山上阿里山，「一路火車到台南」；「坐一種登山汽油火車上山……面對日月潭的招待所……」——時間距離產生空間距離，空間距離產生記憶距離，也許只有等黃永玉有一天再訪寶島時再去親自驗證了。

——到阿里山，是到嘉義轉搭登山火車，怎麼可能到台南轉呢？

二〇〇四・七・十八・中國時報「開卷」周報

女性視角的鄉愁之歌

——閱讀朴婉緒《那麼多的草葉哪裡去了？》

這是現年七十四歲的南韓女作家朴婉緒的鄉愁之歌。大自然的山野，花朵，草原，溪水，蟲魚，在她的鄉村歲月留下一幅幅豐美的圖像，一九四五年後的政治轉換與意識形態的切割，却留給她與家人深重的恐懼與創傷。

全書十二章，主旋律不斷呼應她的成長，輕快處柔美飽滿，幽微處情意生動，激越之處則讓人嘆息不止。朴婉緒的文字優雅細緻，以敏銳的女性視角，回看童年在三十八度線附近的家鄉生活以及青春期在漢城的波折；從日治時代，二戰結束，寫到韓戰開始。書的第一章「山野歲月」，敘述幼年在朴籍村的生活：「我那時經常流著鼻涕。……整個村莊被坡度和緩的小山丘環抱著，連一塊大岩石都看不到。……我在這樣的村子裡生活了八年，未曾知道這世界上還有貧富之分。」

書的最後一章「燦爛遐想」，見證韓戰爆發次年，一九五一年一月四日，李承晚政府再次放棄漢城，發動居民撤退南下的混亂不安；二十歲的她與家人帶著受槍傷的哥哥避難到漢城峴低洞一個已無人煙的村子：「能清清楚楚地看見釋放革命者和處死小叔的監獄。天地間悄無聲息。這讓我頓生恐懼……我想著有朝一日我要寫出文章來，是那遐想爲我驅散了恐懼。……」她上小學時，母親教養她不可以撿拾別人掉在地上的東西，但是戰亂顛覆了人性與道德；全書的最後一句：「我不再擔心會眼睜睜地餓死，我已做好對人去樓空的房子下手的準備。」——那時她是漢城大學一年級學生。

朴婉緒四十歲才在當時南韓最大的女性雜誌《女性東亞》（當時第一大報《東亞日報》所創辦）發表長篇小說《裸木》而一舉成名。卻直到一九八八年政治「解凍期」之後，年近六十才讓當年的遐想成眞，以抒情散文的形式，完成這部將近十四萬字的自傳性長篇，全書主軸環繞她與祖父，叔叔，母親與哥哥的生活起伏，旁及同學友伴，文學閱讀，也赤裸寫出她對李承晚政府的嘲諷與對紅色共黨的迷思。

朴婉緒出身舊時貴族家庭，祖父懂中藥，並在村裡教漢文。她三歲時，父親急性闌尾炎，祖父給他吃中藥，祖母請巫婆跳大神，拖延爲腹膜炎而去世。她母親善裁縫，經此刺激，決定遠離鄉村愚昧，獨力供養兒女接受更好的教育。她先帶著大兒子到漢城，把五歲的朴婉緒留在家鄉由祖父母照顧。到了八歲，母親回鄉接她到漢城上小學，她看到母親做裁縫，也想學著幫忙賺錢，母親卻說：「妳得多念書，要做新女性。」嬸娘嘲笑她母親太寵女兒以後也許嫁不出去，她回說：「我讓我女兒以後只帶著一張嘴出嫁。」

深受母親影響的朴婉緒，後來不止成爲一個念很多書的新女性，並且以新女性的視角寫了很多書。《那麼多的草葉哪裡去了？》原意是漢城與朴籍村在自然風貌上的對照，但「草葉」象徵的不止是朴籍村，而是只能在記憶裡追尋的美好歲月。

二〇〇五・三・二十六・中國時報「開卷」周報

一艘雙身船，偵探多少事

——序張至璋《鏡中爹》

1

這是一部個人與歷史和解，血肉與血淚和解的書。

一個懷抱歷史悲怨的人，不可能完成這本書。

一個不能溫柔透視歷史的人，也不可能完成這本書。

一個沒有赤子情懷的人，更不可能完成這本書。

摒除了以上三個不可能，張至璋幸福的完成了這本書。

中國近代史是一部巨大的遷移史：政府遷移，軍隊遷移，學校遷移，家庭遷移，個人遷移……。這些遷移，迫使許多人流離失所，青春斷絃；更使許多家庭妻離子散，天涯猶有未歸人。「十二億人裡，像我這種遭遇的，又有多少呢？有人調查過嗎？有人統計過嗎？」張至璋在書中的問句無人能夠回答，然而史跡斑斑，有類似遭遇的人確實多如蟻螻；而能像他這樣完成夢想的人卻如鳳毛麟角。不少人境遇慘澹，苟延殘喘，未敢妄想返鄉尋找親人，只能無奈的在異鄉潦倒以終。有些人也許終於完成了夢想，卻只是痛哭流涕，數十年離愁隨著淚水流走，一場殘夢了無痕，沒有留下任何追索歷史的文字紀錄。而張至璋，不是一個那樣不幸，也不是一個那樣脆弱的人。他受過長期的新聞工作訓練，能夠冷靜而客觀的分析事理。他曾是優秀的小說寫作者，對生命裡的各種人物與現象，一直懷抱著熱情和想像力。最重要的是，他出身於一個懂得欣賞文學藝術的家庭，遺傳了父母的智慧和毅力，心靈飽含著親情之愛，因而能夠一直保有赤子情懷。這種種得自父母的人格特質，不是偶然，而是必然，讓他終於能夠在一九九二年秋天回到南京尋父。經歷前後十年的尋訪，直到二〇〇一年才獲悉父親已於一九八〇年四月去世；二〇〇三年終於訪查到父親的骨灰掩埋處。十餘年之中，張至璋從未放棄追索父親在一九四九年之後的行蹤，其過程彷彿從空茫的大氣之中尋找透明的絲線，而終於一絲一線的把游絲連綴出父親中年至晚年的生命圖像，並且找到珍貴的父親遺物，完成了心靈上的家庭團圓，也完成了這部感人至深的家族史。

2

你看過雙身船嗎？相信很多人都沒看過。

雙身船並不是一艘間諜船。《鏡中爹》也不是一部偵探小說。但是這部描述赤子情懷與時代離亂的書，却是在一環緊扣一環的驚險中完成的；追索與還原歷史的過程，甚至比偵探小說還離奇。雙身船在書中影影綽綽，彷彿作者父親的化身；魂魄常相左右，引領作者靈思，讓他在特定的時間，遇到特定的人，發現特定的歷史秘辛。

雙身船出現在全書的篇章其實不多，著墨之處甚至不足千字，然而作者以曲筆淡墨書寫，影像美學貫穿全書。既涵蓋了父子親情流動的意象，也象徵了家庭離散的悲涼。前後遙相呼應，悠緩淒涼之中却能讓人感受一種溫暖的熱度；彷彿一塊微微的炭火在我們心裡明滅閃爍。

雙身船在第一章出現時是紙摺的船。作者幼年時代，七歲以前住在南京，沒坐過甚至也沒看過船。父親非常鍾愛這個獨生的兒子，時常教他畫圖，摺疊各種紙船：「每次摺船，總花不少時間，我却樂此不疲，憧憬著有天眞去乘船的滋味。」然而那一天眞正到來時，快樂的童年倏然結束：母親帶著他和姊姊先行到台灣，父親却因工作得暫留大陸；與父親的暫別竟然成永訣。雙身船在最後一章出現時，已是二〇〇三年冬天，作者年近花甲，經過無數離奇的尋訪，終於在杭州灣海邊墓場祭拜了父親的遺骨。奇異的是祭拜後的次晨，在上海黃浦江畔的旅館樓上，竟然看到眞正的雙身船行過江面，他太太祖麗大叫：「雙身船！」作者慌亂中抓起相機，按下快門；然而「那雙身船眞快，分秒鐘就溜走了。」

在後記裡，作者回顧完成尋父之夢的神奇旅程，不禁想道：「誰說不是爹五十年前摺紙船的大手在引領？」綜觀全書，作者父親的那雙大手彷彿一個超級偵探，在高空之中神遊兩岸，指引著他親愛的兒子，一步步圓了尋父之夢。

而全書最後一章的最後一句話，畫龍點睛，更具千鈞之力的戲劇效果：「不是我找爹，而是爹在找我！」

作者說那句話時，尋父之旅即將結束，坐在數萬尺高空的飛機上，心情正處於回顧尋父歷程與父子魂魄交會之後的舒緩狀態，祖麗問他：「還在想找爹的事嗎？」他「豁然開竅，突生靈慧」，對一路相陪的太太說了那句簡短的絕妙好辭。然後戛然而止，故事於無聲處結束，比偵探小說更具撼人的張力。

3

《鏡中爹》全書八章，結構嚴整。張至璋費心的揉和了新聞寫作與小說寫作的技巧，單一觀點與全知觀點交錯進行，「我」與「爹」不停在時光之鏡中對照，使讀者時而像在閱讀獨家新聞，時而像在閱讀魔幻小說，從而感知事實的深度與情感的厚度。第一章「鏡中爹」；第三章「珠子世界」；第四章「我的步伐」；第六章「尋人啓事」；第八章「時空」，書寫者「我」都在現場，以第一人稱單一觀點，忽前忽後伸縮距離，冷靜呈現家庭變遷與尋父的進展。第二章「解放」；第五章「改造」；第七章「掙扎」，寫父親一九四九年後在中國大地的孤獨遷移，「我」不在現場，改用第三人稱全知觀點，從尋獲的父親文件與遺物，細膩揣摩他當時的心情。其中尤以第八章閱讀父親的筆記，最爲圓潤感人。

張至璋的父親張維寅畢業於華北大學文學系。一九四九年後卻因政治因素輾轉流離，最後在上海鍛壓機床三廠做工人。一九七三年退休時，文革還在火熱進行，眼看與台灣的家人團圓無望，而年已七十有二，孤苦無依，遂和在上海菸廠工作的高佩珍結婚，住在她的房子裡，兩人相濡以沫度殘生。高佩珍有一個外孫兩個外孫女，他們喊張維寅公公，對他十分敬愛，總算過了幾年安穩的家庭生活，閒暇時則寫些筆記畫畫圖自娛。

張維寅與高佩珍先後去世之後，二〇〇一年十月，張至璋在上海見到了高佩珍的外孫朱龍根及兩個妹妹。他們見到張至璋，第一眼就說：「公公，公公，跟公公一模一樣！」——再次印證了《鏡中爹》的圖像。

朱龍根交給張至璋五本泛黃小冊子；「一頁頁都是爹的工整雋秀筆跡。……我問朱先生爲什麼珍藏這些小冊子，他說一來字太好，圖太美，扔了可惜，二來說不定來日見到公公的親人，能親手交給他。」張至璋之前尋獲的文件，都是父親輾轉各地工作，在他的單位取得的影印資料。朱龍根給他的却是父親的親筆手跡；「我想必須花時間，安靜下來解讀才行。」

回到墨爾本家中，他才愼重的拿出那五本寫在高小練習簿上的筆記，「洗盡塵囂，沉澱心靈，」開始一頁頁翻閱：「爹用墨水鋼筆記錄了六十五篇短文……好幾篇的文後有彩色鉛筆畫的圖。文字多半記載的是科技發明，人物動態，或哲理性的資料。」爲何父親會抄錄那些短文呢？「爹是個有原則，有條理，有思想的人，挑選文章，抄錄保存，爹不會信手拈來，畫圖更不會無的放矢。……」

於是我們看到作者在清晨的亮光裡，一篇篇仔細的反覆翻閱那些文章。情景就如童年時父親仔細的教他摺疊一艘雙身船。

雙身船兩船並排，「分秒鐘就溜走」。

《鏡中爹》父子對照，「終於看見了答案」。

五十年光陰在那清明的晨光中只是宇宙的一瞬。然而記錄那個當下，以及回顧那段歷史的文字，有如絲絲血脈，緩緩滲入讀者的心底，永遠不會消失。

二〇〇五・六・一・中央日報副刊

〈代後記〉吳濁流・鬼鬼・再見

一年專欄，「坐監」期滿，是向你告別說再見的時候了。

人的一生之中，因緣殊異，聚散離合，在不同的時刻，我們向不同的人告別。一聲「再見」，有時素面清簡，有時塗脂抹粉，有時抱頭痛哭；也有時只是默默對望，無言勝過萬語。然而千句萬句再見，最終大多是揮揮手消失於大氣之中。惟有在特別的時刻，特別的人說的再見，能夠悠悠穿越時空，永遠縈繞心底；吳濁流先生那句「鬼鬼，再見」，不止涵蓋著語言的玄奧，更有著他對我的鼓勵及我對他的虧欠，至今讓我難以忘懷。

一九六五年夏天，清貧歲月裡的永和小巷，平房矮小，木門斑剝，門鈴壞了也將就著沒修。反正沒有電視噪音，有人來找，敲敲門，叫一聲就聽見了。家人或同學來找，都叫我的本名，文友來找，都叫我的筆名；吳老來了，用力拍門之外，還用他那特殊的客家腔喊道：「鬼鬼，我來嘍，開門啊。」

不要懷疑也不要驚奇，吳老確實一直把「季季」兩字叫為「鬼鬼」。一九〇〇年六月，日本殖民台灣的第五年，吳老誕生於新竹北埔，母語是客家話，十一歲上公學校後才開始學漢文與日語。一九二〇年從師範學校畢業，在公學校任教二十多年，難忍日本人對台灣教師的不平等待遇，一九四三年憤而辭職到南京；為了在當地謀職才開始學北京話。「季季」與「鬼鬼」的發音之間，也許隱含著一些連他自己也說不清楚的語言迷思吧？

吳老身形粗壯高大，我家的門又窄又矮，每次他都拿下草帽微低著頭進來。他比我父親大十四歲，我用閩南語叫他阿伯，他則每次都緊握著我的手用北京話說，「最近寫了什麼新作品？」

一九六四年四月，我到台北專業寫作的第二個月，吳老獨力創辦《台灣文藝》，那時我還沒認識他。次年六月，收到他寄贈的長篇《亞細亞的孤兒》和《台灣文藝》。不久林海音來信，說吳濁流約我們幾個台灣女作家（還有劉慕沙、黃娟、丘秀芷、劉靜娟）到陳逸松家晚餐。陳逸松說，吳老一個人辦《台灣文藝》不容易，經費有限發不起稿費，要我們多加支持，常為《台灣文藝》寫稿。那是我第一次見到吳老；見識了他的熱情和正直，也第一次聽到了「鬼鬼」之聲。林海音更正說：「她是叫季季，不是叫鬼鬼啦！」吳老只是揚起那兩道關刀似的濃眉笑著，再開口還是「鬼鬼」。

哪想到過沒幾天，我在家裡聽到了吳老那低沉的有點沙啞的聲音：「鬼鬼，我來嘍，開門啊。」一進門他就握著我的手說，「最近寫了什麼新作品？」

吳老來看我這個晚輩，是希望我儘快給《台灣文藝》寫稿。我解釋說，一年前已簽約為皇冠基本作家，所有作品必須交給皇冠處理。

「一篇也不可以嗎？」他說。

怕他不相信，我找出合約給他看。他看完嘆一口氣，輕拍著我的手背說：「不要緊啦，那就不勉強妳！」

那天送別吳老，我滿懷歉疚。他揚起手上的帽子說：「鬼鬼，再見，有空我再來看妳。」我心想，不能爲《台灣文藝》寫稿，他還會再來看我嗎？也許只是一句客套話罷？

然而一個月之後，我又聽到了「鬼鬼，我來嘍——」又聽到了「最近寫了什麼新作品？」又聽到了「鬼鬼，再見，有空我再來看妳。」一個月又一個月，吳老沒再提爲《台灣文藝》寫稿之事；每次來都滔滔不絕說著他的寫作經驗，並且鼓勵我要努力寫作。如今，吳老去世近三十年，我始終沒忘記他的鼓勵，也永遠記得曾經欠他一篇作品。

「鬼鬼，再見。」我會繼續努力。

二〇〇五・五・十八・中國時報「人間」副刊

（「三少四壯集」專欄末篇）

後記：

文章發表當天，收到林海音的女兒夏祖麗自澳洲發來e-mail：「看了妳的專欄，回憶起吳濁流來我們家的歲月，很清楚記得他叫妳「鬼鬼」。他的客家腔很重，不容易聽懂……。」另外也收到「人間」副刊轉來讀者張榜奎先生e-mail，對客語發音有所解釋，特全文轉錄於下；並謝謝張先生的指正。

親愛的編輯先生：

今日閱讀貴報副刊。見〈吳濁流．鬼鬼．再見〉一文，文意中，作者季季女士雖然知道吳濁流先生為客家人，但似乎仍不了解吳先生為何稱其為「鬼鬼」。

事實上吳先生乃以純正客家發音稱謂「季季」。季，客家發音為「ㄍㄧ」。如四季發音為「西ㄍㄧ」、春季客家話讀如「春ㄍㄧ」、四季豆講成「西ㄍㄧ teu」。

今日客家話已少有人用，「季」字客家音更罕聽聞。讀〈吳濁流．鬼鬼．再見〉一文，雖不識吳先生，但「鬼鬼」兩字，吳先生神情已躍然紙上。

請轉 季季女士。 並祝

編安

讀者張榜奎上

文學叢書

1.	吹薩克斯風的革命者	楊　照著	260元
2.	魔術時刻	蘇偉貞著	220元
3.	尋找上海	王安憶著	220元
4.	蟬	林懷民著	220元
5.	鳥人一族	張國立著	200元
6.	蘑菇七種	張　煒著	240元
7.	鞍與筆的影子	張承志著	280元
8.	悠悠家園	韓・黃晳暎著／陳寧寧譯	450元
9.	想我眷村的兄弟們	朱天心著	220元
10.	古都	朱天心著	240元
11.	藤纏樹	藍博洲著	460元
12.	龔鵬程四十自述	龔鵬程著	300元
13.	魚和牠的自行車	陳丹燕著	220元
14.	椿哥	平　路著	150元
15.	何日君再來	平　路著	240元
16.	唐諾推理小說導讀選 I	唐　諾著	240元
17.	唐諾推理小說導讀選 II	唐　諾著	260元
18.	我的N種生活	葛紅兵著	240元
19.	普世戀歌	宋澤萊著	260元
20.	紐約眼	劉大任著	260元
21.	小說家的13堂課	王安憶著	280元
22.	憂鬱的田園	曹文軒著	200元
23.	王考	童偉格著	200元
24.	藍眼睛	林文義著	280元
25.	遠河遠山	張　煒著	200元
26.	迷蝶	廖咸浩著	260元
27.	美麗新世紀	廖咸浩著	220元
28.	台灣原住民族漢語文學選集—詩歌卷	孫大川主編	220元
29.	台灣原住民族漢語文學選集—散文卷（上）	孫大川主編	200元

30.	台灣原住民族漢語文學選集—散文卷(下)	孫大川主編	200元
31.	台灣原住民族漢語文學選集—小說卷(上)	孫大川主編	300元
32.	台灣原住民族漢語文學選集—小說卷(下)	孫大川主編	300元
33.	台灣原住民族漢語文學選集—評論卷(上)	孫大川主編	300元
34.	台灣原住民族漢語文學選集—評論卷(下)	孫大川主編	300元
35.	長袍春秋—李敖的文字世界	曾遊娜、吳創合著	280元
36.	天機	履　彊著	220元
37.	究極無賴	成英姝著	200元
38.	遠方	駱以軍著	290元
39.	學飛的盟盟	朱天心著	240元
40.	加羅林魚木花開	沈花末著	200元
41.	最後文告	郭　箏著	180元
42.	好個翹課天	郭　箏著	200元
43.	空望	劉大任著	260元
44.	醜行或浪漫	張　煒著	300元
45.	出走	施逢雨著	400元
46.	夜夜夜麻一二	紀蔚然著	180元
47.	桃之夭夭	王安憶著	200元
48.	蒙面叢林	吳音寧、馬訶士著	280元
49.	甕中人	伊格言著	230元
50.	橋上的孩子	陳　雪著	200元
51.	獵人們	朱天心著	260元
52.	異議分子	龔鵬程著	380元
53.	布衣生活	劉靜娟著	230元
54.	玫瑰阿修羅	林俊穎著	200元
55.	一人漂流	阮慶岳著	220元
56.	彼岸	王孝廉著	230元
57.	一個青年小說家的誕生	藍博洲著	200元
58	浮生閒情	韓良露著	220元
59.	可臨視堡的風鈴	夏　菁著	280元
60.	比我老的老頭	黃永玉著	280元
61.	海風野火花	楊佳嫻著	230元
62.	家住聖・安哈塔村	丘彥明著	240元
63.	海神家族	陳玉慧著	320元
64.	慢船去中國——范妮	陳丹燕著	300元
65.	慢船去中國——簡妮	陳丹燕著	240元

66. 江山有待	履　彊著	240元
67. 海枯石	李　黎著	240元
68. 我們	駱以軍著	280元
69. 降生十二星座	駱以軍著	180元
70. 嬉戲	紀蔚然著	200元
71. 好久不見──家庭三部曲	紀蔚然著	280元
72. 無傷時代	童偉格著	260元
73. 冬之物語	劉大任著	240元
74. 紅色客家庄	藍博洲著	220元
75. 擦身而過	莫　非著	180元
76. 蝴蝶	陳　雪著	200元
77. 夢中情人	羅智成著	200元
78. 稍縱即逝的印象	王聰威著	240元
79. 時間歸零	林文義著	240元
80. 香港的白流蘇	于　青著	200元
81. 少年軍人的戀情	履　彊著	200元
82. 閱讀的故事	唐　諾著	350元
83. 不死的流亡者	鄭　義主編	450元
84. 荒島遺事	鄭鴻生著	260元
85. 陳春天	陳　雪著	280元
86. 重逢──夢裡的人	李　喬著	280元
87. 母系銀河	周芬伶著	220元
88. 消失的台灣醫界良心	藍博洲著	280元
89. 影癡謀殺	紀蔚然著	150元
90. 當黃昏緩緩落下	黃榮村著	150元
91. 威尼斯畫記	李　黎著	180元
92. 善女人	林俊穎著	240元
93. 荷蘭牧歌	丘彥明著	即將出版
94. 上海探戈	程乃珊著	300元
95. 中山北路行七擺	王聰威著	200元
96. 日本四季	張燕淳著	350元
97. 惡女書	陳　雪著	230元
98. 亂	向　陽著	180元
99. 流旅	林文義著	200元
100. 月印萬川	劉大任著	260元
101. 月蝕	施珮君著	240元

INK PUBLISHING

季季作品集 01

寫給你的故事

作　　者	季　季
總 編 輯	初安民
責任編輯	施淑清
美術編輯	許秋山
校　　對	施淑清　季　季
發 行 人	張書銘
出　　版	INK印刻出版有限公司 台北縣中和市中正路800號13樓之3 電話：02-22281626 傳真：02-22281598 e-mail:ink.book@msa.hinet.net
法律顧問	林春金律師
總 經 銷	成陽出版股份有限公司 訂購電話：03-3589000 訂購傳真：03-3581688 http://www.sudu.cc
郵政劃撥	19000691 成陽出版股份有限公司
門市地址	106台北市新生南路三段96-4號1樓
門市電話	02-23631407
印　　刷	海王印刷事業股份有限公司
出版日期	2005年9月 初版

ISBN 986-7420-84-5

定價　280元

國家圖書館出版品預行編目資料

寫給你的故事／季季 著.－－初版，
－－臺北縣中和市：INK印刻，
2005〔民94〕面；　公分（季季作品集；1）

ISBN 986-7420-84-5（平裝）

855　　94015067